# IL CLUB
# DELLE LETTRICI

JENNIFER SCOTT

# IL CLUB DELLE LETTRICI

*Traduzione di*
GLORIA PASTORINO

PIEMME

Titolo originale: *The Accidental Book Club*


Questo romanzo è un'opera di fantasia. Personaggi e situazioni sono invenzioni dell'autrice e hanno lo scopo di conferire veridicità alla narrazione e sono quindi utilizzati in modo fittizio. Qualsiasi analogia con fatti, eventi, luoghi e persone, vive o scomparse, è puramente casuale.

Realizzazione editoriale: *Conedit Libri Srl – Cormano (MI)*

ISBN 978-88-566-4383-1

I Edizione 2015


www.edizpiemme.it

Anno 2015-2016-2017 - Edizione 1 2 3 4 5 6 7 8 9 10

Stampato presso ELCOGRAF S.p.A. – Stabilimento di Cles (TN)

# Prologo

*2 maggio*

*New York. Davanti alle librerie di tutto il paese si stanno formando lunghe code per l'uscita dell'ultimo romanzo del brillante autore vincitore del premio Pulitzer R. Sebastian Thackeray III, intitolato* Colpa.

*«Siamo qui dalle nove di questa mattina» dice Wendy McMickle, trentaquattrenne madre di due bambini. «E c'era già un sacco di gente. Qualcuno mi ha detto che la prima della fila è arrivata addirittura due giorni fa. È come se dovessimo incontrare il presidente, o qualcosa del genere...»*

Colpa, *che narra le vicissitudini di tre generazioni di donne tormentate, è il romanzo più atteso dell'anno, con previsioni di vendita di diversi milioni di copie.*

*Secondo la libraia Lavitia Jones l'uscita di un libro di Thackeray è «Natale, indipendentemente dal giorno in cui esce».*

*«Questa notte venderemo praticamente lo stesso numero di libri che abbiamo venduto in tutto il trimestre scorso» annuncia Lavitia Jones. «Ormai sono mesi che ci telefonano per chiederci di questo libro. Tutti vogliono* Colpa. *Le recensioni sono state entusiastiche. Alcuni dicono persino che questa volta Thackeray vincerà il Nobel, e io direi che se lo merita.»*

*Mentre alcuni gruppi femministi contestano la visione alquanto negativa delle donne nel romanzo, le recensioni hanno osannato* Colpa *definendolo l'unico, vero, grande romanzo americano che sia mai stato scritto. Fra tutti, un critico ha affermato che il romanzo «è di una sincerità graffiante», mentre un altro ha definito Thackeray «un esperto conoscitore del comportamento umano».*

*«Sì, ho letto* Colpa» *continua la libraia. «Non voglio anticiparvi nulla, ma aspettatevi un'esperienza che vi aprirà gli occhi. Tutto ciò che avete sempre pensato di sapere sulla vita si dimostrerà falso, credete a me.»*

*Thackeray stesso, tuttavia, è troppo modesto per parlare di possibili premi o vendite record. Lo scrittore è notoriamente un tipo molto riservato, che raramente concede interviste o compare in pubblico, e non sembra essere cambiato con l'uscita del suo ultimo libro. Thackeray non è iscritto a nessun social network, non ha un sito internet e si dice che rifiuti persino la posta dei suoi fan. Perciò nessuno può sapere cosa ne pensi del successo iniziale del suo* Colpa, *anche se in passato pare abbia definito il proprio lavoro «semplice senso comune ben confezionato in un attraente involucro».*

*«Chiamatelo come volete, ma io lo voglio» dice la signora McMickle. «Muoio dalla voglia di leggere questo libro da quando ho sentito dire che lo stava scrivendo. Sono più che sicura di aver letto tutto ciò che Thackeray ha scritto finora. E se scrivesse una lista della spesa, leggerei anche quella. Ho persino chiamato mio figlio Sebastian. Pensate quanto possa essere straordinario per me...»*

# Capitolo Uno

Jean Vison gettò una manciata di peperoni arrostiti e tagliati a pezzetti su una teglia di maccheroni al forno e mescolò il tutto, sperando di poter far passare il suo piatto per una ricetta "gourmet". Era questo il suo arduo compito di ogni secondo martedì del mese: fare appello a quel poco di conoscenza culinaria che aveva attinto dai siti internet di gastronomia per cercare di elevare a più alte vette la sua cucina e renderla degna del club del libro. L'idea era quella di creare un piatto da poter mettere accanto al pollo con capperi e limone di Dorothy, alla salsa cruda di May o alla *crème fraîche* con vattelapesca di Janet senza sfigurare. Ma mentre le sue amiche sembravano seguire delle vere ricette che prevedevano l'uso di gambi di finocchio, fili di peperoncino e strani ingredienti con cui fare esotiche *quenelle*, Jean si limitava a gettare pezzettini mollicci di peperone nella pasta e a sperare per il meglio. Come cuoca non era mai stata un granché...

E poi questo era un club del *libro*, si ripeté per l'ennesima volta. Erano lì per i libri, non per il cibo. Ma sapeva che era una bugia. Una volta il suo club del libro poteva anche essere stato un espediente per riaccendere l'amore per la lettura, e incidentalmente anche una gradevole distrazione dalla sua vita solitaria, ma ora i risotti allo zafferano, le torte senza farina e persino i suoi maccheroni al forno con i peperoni flosci contavano non meno della lettura. Non che la cosa le dispiacesse, anzi: spesso i loro pranzi erano molto più interessanti dei libri che avevano scelto per la riunione del club. A volte passavano più tempo a discutere della glassa allo zucchero di canna sui biscotti alla banana e rum di Mitzi che a parlare della trama del libro o del suo simbolismo. E quei pomeriggi trascorsi a chiacchierare davanti a una *quiche* così morbida che si scioglieva libidinosamente in bocca in realtà erano l'unica cosa che riusciva a tenere alto il morale di Jean durante tutto il mese successivo.

E non si trattava mai solo di *quiche*, di capperi o di aceto balsamico. C'era uno dei tanti figli turbolenti di Dorothy di nuovo in prigione per aver rubato un lettore DVD («Ma santo cielo, un lettore DVD» si era lamentata Dorothy. «Se doveva rischiare la prigione, poteva almeno essere tanto furbo da rubare qualcosa di meglio!»). C'era il divorzio di Dorothy e la nuova fiamma del suo ex che indossava un tanga alla piscina del country club nonostante non avesse più l'età per i tanga e, a sentire Dorothy, avesse «più buchi lei in quelle cosce di tutto un parco di auto usate lasciate fuori alle intemperie per l'intero inverno». C'erano gli sproloqui politici di Mitzi. C'erano le battute spinte di Loretta che mandavano di traverso a tutte il profumato Sangiovese. C'era la povera Janet, sempre così nervosa da avere il labbro superiore perennemente screpolato per il continuo mordicchiare, con le dita dalle unghie inesistenti che stringevano tremanti la forchetta, la pagina del libro o il bicchiere mentre cercava disperatamente di unirsi alla conversazione. C'erano le disavventure di May durante i suoi appuntamenti galanti.

C'era il fatto che nessuna menzionava mai Wayne.

E che lei riusciva a non pensare mai a lui durante quegli incontri.

Per un paio d'ore una volta al mese Jean non era la vedova di Wayne. Era solo Jean, quella che pensava che un fungo tagliato a fettine o un po' di scalogno tritato facessero da soli un piatto d'alta cucina. Era solo Jean, quella che comprava tre costose bottiglie di Shiraz per accompagnare le costolette di daino di May, quella che teneva un elenco di tutti i bestseller nello spesso taccuino in cui annotava le presenze, come se a qualcuno importasse delle presenze. Era solo Jean, quella che teneva silenziosamente tutto sotto controllo.

D'impulso, Jean gettò un pezzo di feta nell'impasto dei suoi maccheroni e mescolò il tutto. Ora era diventata pasta al forno alla greca... il che la rendeva automaticamente un piatto chic ed esotico. Se solo avesse avuto del finocchio da aggiungere... Immaginava che, in quanto a gusto, non avrebbe fatto una grande differenza, ma una volta alla televisione aveva sentito dire da un famoso chef che la feta e il finocchio andavano a braccetto come il burro d'arachidi e la gelatina. Jean era molto più esperta di burro d'arachidi e gelatina che di feta e finocchio, ma non c'era bisogno che le altre lo sapessero...

Infilò la pasta nel forno, stappò la prima bottiglia di vino e la posò sull'isola della cucina, circondandola con una schiera di luccicanti calici.

«C'è nessunoooo?» gridò Loretta, la vicina di Jean e migliore amica di lunga data, dalla porta di casa. Loretta era tecnicamente la più anziana del gruppo, ma solo all'anagrafe. Le piaceva definirsi "una ventenne rinata" e lo dimostrava praticamente ogni volta che apriva la bocca carica di rossetto.

«In cucina!» gridò Jean a sua volta, mettendo dei cioccolatini in una ciotola che poi posò al centro del grande tavolo da pranzo. Sicuramente all'inizio sarebbero rimasti tutti lì al loro posto, ma se la conversazione si fosse fatta abbastanza lunga e animata, sarebbero spariti uno dopo l'altro, anche se nessuna delle presenti avrebbe mai ammesso di averli toccati. Poi Jean controllò nuovamente gli appunti che aveva messo vicino al suo posto e si accertò che la sua copia de *La trama del matrimonio* fosse a portata di mano. Aveva così tante idee da condividere su questo libro, così tante cose che voleva dire... Non vedeva l'ora che la riunione cominciasse. Tornò in cucina appena in tempo per vedere Loretta tirare fuori una gigantesca pagnotta di pane da un sacchetto di carta.

«Ti dirò una cosa, Jeanie,» disse stringendo il pane tra le dita dalle unghie smaltate con l'esatto colore rosso scuro del rossetto «questo pane è meglio del sesso. La cosa più buona che abbia messo in bocca, dai tempi del college. E, credi a me, ne ho messe di cose fantastiche in bocca ai tempi del college! Un intero elenco telefonico di cose fantastiche, da Adam fino a Zachariah...»

Jean annusò leggermente il pane. Aveva un profumo dolce, di un qualcosa – anice, forse? – che si sarebbe sposato perfettamente alla sua pasta greca al forno (sì, aveva deciso di chiamarla così). «Burro» disse e andò al frigorifero per cercarne un panetto.

Nel frattempo Loretta si era versata un abbondante bicchiere di vino e si era appropriata del suo solito posto al tavolo, alla destra di Jean. «Sto morendo di fame» gemette, sistemandosi il colletto della camicetta. «Qualunque cosa tu stia cucinando ha un profumo meraviglioso.»

«Pasta greca al forno!» gridò Jean dalla cucina, dove stava frugando nella credenza alla ricerca di un piatto per il burro, e sorrise. Sì, detto ad alta voce sembrava proprio un piatto d'alta cucina.

«Be', allora, *opa*, come dicono i greci! Spero tanto che May porti di nuovo una di quelle sue cheesecake» disse Loretta. «Quanto mi piacerebbe tuffarmi in una piscina piena di quella soffice bontà!»

Jean fece capolino dalla porta. «Be', se dovessero fare una piscina del genere chiamami e sarò la prima in fila per tuffarmi, dopo di te. Comunque sono sicura che la porterà. In pratica le hai ordinato di non cucinare nient'altro!»

«E per un'ottima ragione. Le sue cheesecake sono leggendarie.»

Jean ridacchiò. In realtà May era leggendaria per due cose, i suoi bellissimi capelli biondo platino e la sua cucina, che conteneva sempre parti uguali di cibo e dei suddetti bellissimi capelli biondo platino. Loretta se n'era lamentata spesso, ma May, che Dio la benedica, puntualmente si limitava a ridacchiare e a ribattere a Loretta di «chiudere il becco e prepararsi da sola il dolce, se non le stava bene» e a quel punto tornavano tutte al loro pranzo, al loro libro e a tirare fuori i capelli dalla deliziosa cheesecake di May.

Qualcuno bussò alla porta, aprendola subito dopo, e Jean sentì delle voci animate provenire dall'ingresso. Dorothy e Mitzi, amiche e colleghe alla American Dollar Bank, si affacciarono alla porta della sala da pranzo, destreggiandosi tra piatti da portata e libri. Mitzi, la più giovane delle due e fervente ascoltatrice di talk show di stampo conservatore alla radio, stava parlando come al solito di qualcosa che sapeva di politico.

«Ciao!» le salutò Jean quando arrivarono in cucina, ma nessuna delle due la sentì, immerse com'erano nella loro conversazione, e continuarono a chiacchierare mentre posavano distrattamente i loro piatti accanto al pane di Loretta e li scoprivano.

«E meno male, dico io. Non possiamo permetterci di continuare a essere governati da maschi che non riescono a tenere i pantaloni allacciati! Non riesco ancora a credere che gli elettori l'abbiano tenuto al suo posto per così tanto tempo...» stava dicendo Mitzi.

«Io di certo non ho votato per lui» convenne Dorothy.

«Be', certo che no, perché tu hai un cervello. Ecco perché hai scaricato Elan.»

Dorothy cercò di sistemarsi i capelli crespi disseminati di fili bianchi dietro l'orecchio. Quando l'amica sollevò il braccio, Jean notò un buchino nel suo abito appena sotto l'ascella. Recentemente divorziata e rimasta sola con cinque ragazzi indisciplinati da gestire, per Dorothy era già tanto riuscire a vestirsi ogni mattina. A volte, durante le loro riunioni, Jean aveva l'impressione che la sua amica sarebbe crollata dal sonno lì al loro tavolo... «Oddio, non nominare quella persona. E tecnicamente è stato Elan a scaricare me.»

La porta si aprì di nuovo e arrivò May, seguita a ruota da Janet, che ricordò a Jean un timido cerbiatto per il modo in cui entrò nella stanza, in punta di piedi, con gli occhi sgranati e l'aria di chi si sente perennemente in colpa per qualcosa.

«Ehi, Dot, ho visto Elan e la sua spogliarellista al negozio di mobili... Te l'avevo detto?» gridò Loretta dall'altra stanza.

May, leccandosi il pollice che aveva accidentalmente infilato in un quadratino di cheesecake mentre scopriva il piatto, abbracciò velocemente Jean e poi andò dritta in camera da pranzo. «E tu che cosa ci facevi nel negozio di mobili, Loretta? Cercavi qualcosa per la tua sala lettura?»

«Oh, be', la maledetta poltrona col sedile reclinabile di Chuck si è scassata di nuovo. Quell'uomo ha distrutto più sedie che scarpe in vita sua, credi a me. Avrei dovuto chiedere alla spogliarellista di Elan se stava cercando un nuovo palo» gridò a Dorothy.

«Sai, Dorothy, dovresti proprio cercare di venire alla manifestazione con noi, sabato...» stava dicendo Mitzi, ma Dorothy si era lasciata cadere su una sedia e si stava lisciando distrattamente i capelli sulla nuca. Sembrava molto, molto stanca.

«Buona fortuna a lei. Se è così stupida da pensare che

lui non la tradirà dopo che ha tradito me con lei, si merita quello che le succederà» commentò Dorothy.

May tornò in cucina e passò in rassegna il bancone. «Oooh, quello stufato sembra delizioso. Cosa c'è dentro?»

«Quello è stufato del cowboy!» urlò qualcuno (Jean non riuscì a capire chi) dalla sala da pranzo, e poi sentì il rumore di sedie che grattavano sul legno mentre le altre si spostavano per venire a mangiare.

«Vieni, forza» disse Jean alla povera, titubante Janet. Poi dispose i piatti mentre le altre toglievano le pellicole trasparenti dai loro manicaretti, tiravano fuori i mestoli e versavano il vino, il tutto chiacchierando del più e del meno.

Come faceva sempre, Jean si prese un momento per appoggiarsi contro il bancone e limitarsi ad ascoltare. La casa era fin troppo silenziosa senza Wayne, ma le capitava di notarlo solo quando era piena di gente. A Wayne era sempre piaciuto ricevere ospiti. Quando i bambini erano ancora piccoli e loro due avevano l'impressione di avere tutto il tempo del mondo, raramente avevano dato delle feste, ma quando capitava, era una festa *vera*... di quelle così chiassose che si doveva urlare per farsi sentire dagli altri ospiti. E la risata di Wayne assicurava sempre il successo di ognuno di questi eventi.

Ora Jean pensava che non sarebbe riuscita a sopportare una festa senza la sua risata. Aveva sempre rifiutato i pochi inviti che aveva ricevuto da quando lui era morto. Ma questo... Questo ci andava vicino. Questo era il genere di festa che poteva controllare, ed era proprio di questo che aveva bisogno più di tutto nella vita, adesso. Aveva perso il controllo per troppo tempo, su tutto... Riaverlo almeno in parte la faceva sentire di nuovo bene.

Se due anni prima qualcuno le avesse detto che sarebbe venuto il giorno in cui il suo unico pensiero sarebbe stato se i peperoni arrostiti potessero essere una valida aggiunta alla pasta al forno, lei non ci avrebbe mai creduto.

Tirò fuori la sua teglia dal forno e la aggiunse al buffet, mentre le signore iniziavano a riempire i piatti e la conversazione si spostava lentamente e con naturalezza verso il libro, come succedeva sempre.

«Questa volta non volevo che finisse» sussurrò Janet da sopra il suo piatto, che conteneva minuscole porzioni di cibo, praticamente degli assaggini. Non era la prima volta che Jean notava questo vezzo di Janet, che in realtà era così grassa che la maggior parte del suo sedere sporgeva dalla sedia e spesso aveva le caviglie gonfie e livide sotto il risvolto dei pantaloni quando si alzava da tavola. «Che visione realistica dell'amore...»

Dorothy sbuffò. «In base alla mia esperienza, una visione realistica dell'amore è quando tuo marito da più di trent'anni segue i capricci del suo uccello e ti lascia per una donna che usa la parola *cioè* in ogni frase.»

«Non tutti gli uomini sono così. A te ne è capitato uno sbagliato, ecco tutto» ribatté May. «Io sono d'accordo con Janet. È sembrato realistico anche a me. E... carino.»

«Carino? Da quando in qua le malattie mentali sono "carine"?» chiese Mitzi, intromettendosi come sempre nel discorso.

May si strinse nelle spalle, spingendo verso l'altro i riccioli biondi. «Non saprei... Forse è il modo in cui scrive, che è carino. Era come se avesse dell'altro da dire. Continuo a chiedermi cosa avrei fatto se fossi stata Madeleine.»

«Non sapevo che "la trama del matrimonio" fosse una definizione usata realmente» intervenne Loretta. «Pensavo che fosse solo un buon titolo per il romanzo.»

Mitzi annuì. «È una definizione usata in letteratura, vero? Non lo sapevo nemmeno io.»

«Sono sicura che sia una definizione coniata nell'Ottocento, perché all'epoca era un'idea abbastanza nuova» mormorò Janet. «Credo che il titolo abbia una specie di doppio s-senso.» Balbettò alla fine della frase, e immediatamente chinò la testa sul proprio piatto.

Jean bevve un sorso di vino. «È stato piacevole leggere un romanzo d'amore così "sostanzioso"» disse. «Perché immagino che si possa chiamare romanzo d'amore, vero?»

«Non ne ho la più pallida idea. Non li scrivo io; a me piace solo leggerli» ribatté Loretta.

«Be', io credo di sì» disse Mitzi. «Se "la trama del matrimonio" significa un romanzo che ha una trama che parla appunto di matrimonio, come fa a non essere un romanzo d'amore?»

«Non se ti riferisci al *mio*, di matrimonio» brontolò Dorothy. «E la tua frase contorta mi ha fatto venire un gran mal di testa, Mitzi.»

«Anche a me» convenne Loretta.

May annuì. «Forse stiamo pensando troppo. Dell'altro vino!»

«A ogni modo, mi piacerebbe leggere altri libri di questo autore» disse Jean.

«Ehi, Jean, perché non abbiamo mai letto *Middlesex*?» chiese Dorothy. «Secondo me siamo l'unico club del libro al mondo che non l'ha mai letto.»

«E ha persino la parola preferita da Loretta nel titolo» scherzò May.

«Quale? *Middle*? Hai assolutamente ragione! Adoro quella parola. Specialmente se oltre a quella nel titolo ci sono *pompiere* o *cowboy sexy*» ribatté Loretta, e sollevò il suo bicchiere di vino come per brindare. May ridacchiò e fece tintinnare il suo bicchiere contro quello dell'amica.

«Be', io invece non vorrei leggere altro» disse Dorothy. «A me non è piaciuto.»

«Oh, Dot, a te non è piaciuto solo perché sei rimasta scottata dall'amore» disse Mitzi. Mitzi era sempre molto schietta con Dorothy, a volte anche troppo, a parere di

Jean. Ma a Dorothy non sembrava importare. «La nostra amicizia è sincera» diceva sempre. «Sincera come uno schiaffo in faccia.»

Dorothy scosse la testa. «A me Madeleine non è piaciuta. Mi è sembrata... Non so... Irritante.»

Mitzi tese la mano e accarezzò quella dell'amica. «Perché lei è giovane. Ed è ovvio che tu trovi irritante ogni ragazza giovane. E per un giusto motivo.»

«Assolutamente» convenne Jean. «Ma le storie d'amore torneranno a piacerti. Quando avrai preso un po' le distanze.» *Come me*, stava per aggiungere, ma sapeva che non sarebbe stata la verità. Lei non riusciva ancora a leggere i romanzi d'amore senza lasciarsi coinvolgere. Era ancora costretta a sorvolare sulle scene più tenere, quelle che le facevano pensare troppo a Wayne.

«Oh, Dorothy, me n'ero quasi dimenticata» disse Mitzi, cambiando argomento. «Il mio vicino è convinto che sia stato tuo figlio maggiore, Leonard, a rubare la decorazione del cofano della sua Mercedes d'epoca. È arrabbiatissimo. Probabilmente presto ti ritroverai la polizia alla porta. Il mio è solo un avvertimento.»

Dorothy gemette. «Proprio quello che mi serve... altri sbirri. Quei ragazzi...»

«Mandali in chiesa. Un buon pastore li rimetterà sulla retta via» suggerì Mitzi. «Mandali alla *mia* chiesa. Ci penserò io a rimetterli sulla retta via.»

«Lasciali a me. Ci penso io a loro» si offrì Loretta. «Dio mio, questo vino è ottimo, Jeanie.»

«Mi perdonerai se non voglio che tu corrompa il mio Leonard» obiettò Dorothy.

Loretta si finse indignata. «Santo cielo, non lo farei mai!»

«Oh, sì che lo faresti!» dissero Mitzi e May all'unisono e tutte, incluse Loretta, scoppiarono a ridere.

Jean posò il suo piatto sul tavolo e si sedette. Poi si

schiarì la voce. «Va bene, va bene, ma prima di divagare troppo, dobbiamo parlare di quale sarà il nostro prossimo libro. Qualche suggerimento?»

Si scambiarono tutte un'occhiata, la bocca piena, gli occhi sgranati. Jean chiedeva regolarmente suggerimenti, ma raramente ne accettava. «Va bene» disse Jean. «Ho stampato questo elenco.» Prese la lista e la mostrò alle amiche, poi la guardò di nuovo. «Stavo pensando all'ultimo libro di R. Sebastian Thackeray. Mi sembra che si intitoli *Colpa*...»

«Oh, ne ho sentito parlare molto bene» intervenne Loretta tra un boccone e l'altro della famosa *insalata Tabbouleth* di Dorothy. «Sono tutti al settimo cielo.»

«Non tutti. Ho sentito dire che alcuni gruppi femministi l'hanno contestato duramente» obiettò Janet.

«Eh, lo sanno tutti che le femministe sono sempre in cerca di qualcosa per cui arrabbiarsi» commentò Mitzi.

Dorothy le lanciò un'occhiata esasperata. «Oh, santo cielo, non ricominciare con le femministe.»

«Ma ci è piaciuto quel suo libro che abbiamo letto l'autunno scorso. Come si intitolava?» chiese May.

«Qualcosa sui crimini nel tempo» disse Dorothy. «Quello era piuttosto bello. Quell'uomo sa scrivere.»

«*Niente crimini nelle linee temporali*» puntualizzò Jean. «E sì, è piaciuto a tutte, ed è per questo che pensavo...»

Il telefono squillò, interrompendola. Da quando era morto Wayne il telefono non squillava molto spesso. In realtà chiamavano quasi sempre solo i membri del club. O un venditore di qualche call center.

Jean si scusò con le amiche e corse in cucina a rispondere.

«Jean?»

«Sì?»

«Sono Curt.»

Jean sgranò gli occhi, stupefatta. Non solo era trascorsa

un'eternità dall'ultima volta che qualcuno le aveva telefonato, ma suo genero Curt non le aveva *mai* telefonato nei diciassette anni da quando aveva sposato sua figlia Laura e se l'era portata via dall'altra parte dello stato. «Sì... Sì, come stai?»

«Uh, non bene. Temo che ci sia un piccolo problema.»

«Un problema? Che tipo di problema?» Jean posò l'elenco dei libri sul bancone.

«Si tratta di Laura. È in ospedale. Credo che tu debba venire.»

# Capitolo Due

Jean non vedeva suo genero da una vita e per poco non lo riconobbe nell'uomo dai capelli ingrigiti che camminava su e giù per il corridoio dell'ospedale in giacca e cravatta e un cellulare incollato all'orecchio.

Gli andò incontro e si fermò davanti a lui, con il manico della borsetta avvolto intorno a un polso. Con l'altra mano stringeva nervosamente quella stessa borsa al petto, cercando di combattere la Smania di Dover Fare Qualcosa. Curt la guardò, sollevò un dito e continuò a parlare, voltandosi per allontanarsi da lei.

Jean aspettò paziente, raddrizzando il più possibile la schiena. Le sue vertebre le avevano urlato di fare una sosta vicino a Columbia, ma lei aveva continuato, guidando per quattro ore di fila fino a St Louis e fermandosi solo nel parcheggio dell'ospedale.

Jean non aveva mai amato viaggiare in auto e lei e Wayne si erano sempre sentiti di troppo quelle poche volte che si erano autoinvitati a casa di Laura e Curt (Laura stessa li aveva invitati di sua spontanea volontà solo due volte, dal suo matrimonio), quindi non era abituata a guidare. E in particolare non era abituata a guidare da sola, senza Wayne al volante che faceva una battuta dietro l'altra e cantava quell'infernale canzone di Willie Nelson. La scarsa abitudine, insieme alla fretta, alla preoccupazione e al rifiuto di fare una sosta, le avevano procurato un intenso dolore alla schiena. Era fin troppo vecchia per fare gare di resistenza...

Curt tornò pochi secondi dopo, ficcandosi il telefono nella tasca dei pantaloni.

«Adesso sta dormendo» disse indicando la stanza alle sue spalle. «È priva di conoscenza già da un po'. Bailey sta arrivando. La sta accompagnando la vicina, anche se le avevo detto di dirle di chiamare invece di venire. L'ultima cosa di cui ha bisogno è ritrovarsi in mezzo a questo casino.»

«Cosa devo fare?» chiese Jean. L'odore di disinfettante e i leggeri *bip* che provenivano da qualche parte lungo il corridoio minacciavano di riportarla indietro in un orribile posto di cure inutili, lacrime a fiumi e resa finale all'inevitabile. Non era più stata in un ospedale da quando avevano deciso di riportare Wayne a casa a combattere l'ultima battaglia persa. Non sentiva la mancanza dei corridoi deprimenti e dei volti cupi della gente. «Posso vederla? Dov'è?»

Curt si voltò lentamente, come per cercare qualcuno che rispondesse alla sua domanda, poi si grattò la nuca e la guardò inclinando la testa. «Ascolta, Jean. C'è una cosa che forse tu non sai» disse. «Laura è un'alcolizzata. È necessario che tu lo capisca.»

Jean tentò un sorriso rassicurante, cercò di annuire come se avesse capito benissimo, ma in realtà era ancora scossa per il breve resoconto che suo genero le aveva fatto al telefono. Sua figlia era in ospedale per intossicazione alcolica. Da martedì pomeriggio. Era andata al lavoro, che era poi la cosa che sua figlia faceva meglio, lavorare, e aveva fatto una specie di scenata. Avevano minacciato di chiamare la polizia se non se ne fosse andata subito e ore dopo, durante le quali Laura era stata Dio solo sa dove a fare Dio solo sa cosa, una sua amica l'aveva ritrovata a faccia in giù sul prato di fronte alla casa, con le chiavi della macchina strette in mano. Cosa diavolo c'era da capire, in questo?

«Me l'hai detto al telefono che era ubriaca» rispose Jean, come se questo sistemasse tutto.

Lui scosse la testa. «Ubriaca è dir poco. Ma questa cosa di oggi... Non è affatto un incidente isolato. Tua figlia ha un problema di alcolismo. È peggiorato da quando ci siamo separati, ma va avanti da...»

«Che vuol dire, da quando vi siete separati?»

Curt ripescò nervosamente il telefono dai pantaloni, lo guardò come se non sapesse come gli era finito in mano e se lo rimise in tasca. «Lei non te l'ha detto.» Era un'affermazione, non una domanda. Jean fece di no con la testa. «Certo che no» borbottò lui, poi fece un respiro profondo e sbuffò. «L'ho lasciata circa un mese fa. Non sopportavo più il fatto che bevesse. Aveva superato ogni limite. E anche con Bailey era diventato impossibile trattare.» Scosse la testa, esasperato, si passò la mano sulla faccia un paio di volte e sospirò; in ultimo fece un altro respiro profondo. «Laura dovrà andare in un centro di recupero. Non c'è via d'uscita. È un anno che mi dice che smetterà quando si sentirà pronta, ma ormai si è spinta troppo oltre per riuscirci da sola. Non sarà *mai* pronta. Se continua così, si ucciderà. O ucciderà qualcun altro.»

Jean batté le palpebre, confusa. «Un anno» mormorò, cercando di mantenere un certo contegno, cercando di non far vedere che per tutto questo tempo sua figlia l'aveva presa in giro. Dopo che Laura aveva ottenuto un importante lavoro cinque o sei anni prima, aveva praticamente smesso di parlare con i suoi familiari. Anche Kenneth non la sentiva mai. Wayne e Jean avevano ricevuto solo una telefonata ogni tanto e avevano visto Bailey pochissime volte. Laura sembrava avere sempre una scusa per non tornare a casa a Natale. «Al lavoro è un casino, mamma. A malapena avrò un po' di tempo libero per trascorrere il Natale qui con Bailey e Curt. Non ce la faccio proprio a venire a Kansas City. Dovremmo spedirci di nuovo i regali» diceva. A sentire Laura, Bailey non aveva più fatto una festa di compleanno da quando aveva dieci anni. Il funerale di Wayne era stata la prima volta in cui Jean aveva visto sua figlia in oltre un anno e da allora erano già passati due anni, durante i quali Laura non si era fatta più viva. Ma non conoscere la propria figlia abbastanza bene da sapere che stava lottando con l'alcol al punto da finire in ospedale le sembrava un fallimento. Avrebbe dovuto andare a trovarla senza essere invitata. Avrebbe dovuto invitare Laura e la sua famiglia più spesso. Avrebbe dovuto telefonarle più spesso. Si sentiva tremendamente in colpa...

«E Bailey resterà con te?» chiese. «Mentre Laura sarà via?»

Curt la guardò con espressione esasperata. «Non vorrà, di sicuro, ma sì. Non avrà altra scelta. Ti scriverò l'indirizzo del mio appartamento. E ti farò sapere dove decideremo di sistemare Laura.»

«Sistemare Laura» mormorò Jean, rendendosi conto che stava di nuovo ripetendo le parole di Curt. Ma si sentiva talmente scioccata da queste notizie, così confusa e sbalordita da come le cose fossero potute arrivare a questo punto senza che lei ne sapesse niente, che non riusciva a fare altro. «Come fosse un cane abbandonato.» Le parole le uscirono di bocca con una certa asprezza prima che se ne rendesse conto.

Curt allargò le braccia in un gesto di impotenza. «Non volevo dire che... Volevo solo dire che ti farò sapere in quale centro di recupero andrà. È dura, Jean, voglio che tu lo sappia. Non è affatto facile per me. Io amo...» Si bloccò, deglutì con forza e i suoi occhi si velarono per un istante. «Io le amo entrambe. Ma non posso dire di amare la mia famiglia, perché non ho più una famiglia da tanto, tanto tempo. Forse è anche colpa mia... non lo so.»

«Be', avrà avuto un motivo per bere, immagino» disse Jean, cercando di offrire la propria solidarietà, ma anche di capire. Si rese conto che poteva sembrare che cercasse qualcuno da incolpare, e forse era proprio così. Perché se fosse stata in qualche modo colpa di Curt, allora forse non era stata colpa sua... «Qualcosa dev'essere andato storto.»

Curt alzò di scatto gli occhi su di lei e, anche se Jean non conosceva suo genero molto bene, le sembrò di leggere un moto di rabbia sul suo viso rabbuiato. Allora si raddrizzò, strinse con più forza la borsetta al petto e sollevò il mento. Non si sentiva più forte come una volta, ma di certo non era il tipo da tirarsi indietro durante una discussione.

«Molte cose sono andate storte» rispose Curt. «Ma se mi stai chiedendo se le ho fatto qualcosa, come tradirla o ferirla in qualche modo, la risposta è no. Le sono sempre stato vicino. Più a lungo di quanto avrebbe fatto la maggior parte degli uomini. Più di quanto lei abbia fatto con me.»

«Non ti ho chiesto questo» disse Jean, anche se ovviamente era proprio quello che gli aveva chiesto.

«Per la maggior parte ciò che è andato storto è che lei era talmente sposata al suo lavoro e all'alcol e ai suoi progetti da non avere tempo per essere sposata con me» continuò Curt. Abbassò lo sguardo a terra per un istante, poi si raddrizzò bruscamente e indicò la stanza alle sue spalle, facendosi da parte. «Sarà meglio che entri. Ma non aspettarti di poter avere una conversazione con lei o qualcosa del genere. Ci ho già provato. Non è andata bene.»

Jean avanzò di qualche passo, sentendosi improvvisamente dispiaciuta per quel suo genero con le spalle curve e i pantaloni che sembravano troppo larghi sui fianchi, come se fosse molto dimagrito di recente. Sembrava profondamente triste e amareggiato. Jean non poté fare a meno di ricordare il giorno del matrimonio di sua figlia, il modo in cui Curt la seguiva dappertutto sfiorandole con delicatezza la schiena o stringendole la mano come un bambino frastornato, ridendo a tutte le sue battute, accarezzandole il mento con le nocche con sguardo adorante. Era così stregato da Laura che Jean era sicura che, se avesse guardato meglio, avrebbe visto dei veri cuoricini nei suoi occhi. L'avrebbe seguita ovunque... Ma probabilmente non si sarebbe mai aspettato di doverla seguire qui.

Jean gli posò una mano sul braccio, con delicatezza. «Mi dispiace» disse, anche se non era sicura se la sua fosse solo una generica espressione di solidarietà o se intendesse scusarsi davvero.

Le tende nella stanza di Laura erano tirate, probabilmente per arginare il massiccio mal di testa da dopo-sbornia con cui si sarebbe svegliata, e la stanza era avvolta in una grigia penombra. Dalla soglia Jean riconobbe a malapena sua figlia nella figura sdraiata nel letto. Anche lei, come Curt, era dimagrita... e molto, a giudicare dall'aspetto. Era scheletrica. Ma quando Jean si avvicinò al letto, notò anche che il viso di sua figlia era gonfio, molliccio, come una torta prima di essere messa in forno. Era collegata a un monitor, cosa che a Jean sembrava che gli ospedali facessero con tutti i ricoverati, che avessero avuto un infarto o una semplice unghia incarnita, e aveva il tubo della flebo che le spuntava dal dorso di una mano. L'altra mano, bendata, era posata sul petto.

Jean rimase accanto al letto a fissare sua figlia. Intossicazione alcolica. No, ancora non aveva senso per lei. E ora anche una separazione? Cosa diavolo era successo? E perché Laura non le aveva detto niente?

Laura era stata una bambina così carina... Lo dicevano tutti, quanto era carina. Aveva dei lineamenti perfetti e una grazia innata. Da piccola stava sempre attaccata a Jean: era sempre tra le sue gambe quando cercava di passare l'aspirapolvere, cucinare o fare compere. Raramente si allontanava più di qualche passo. Mentre suo fratello Kenny coglieva ogni opportunità per darsela a gambe ed esplorare il mondo con il suo piglio coraggioso e risoluto, Laura era sempre più cauta, più incline a preoccuparsi e ad avere paura. E sembrava prendere tutto troppo a cuore.

E poi era brava. A scuola le veniva tutto facile, anche fare amicizia. Cantava abbastanza bene e quando voleva sapeva tirare fuori una vena artistica. Era anche incredibilmente organizzata, sin da piccolissima (i suoi giocattoli erano sempre perfettamente allineati e ordinati), e crescendo non faceva che sembrare più intelligente e più brava ogni giorno che passava.

Era bella. Aveva talento. Ed era una perfezionista come Jean non ne aveva mai conosciute prima. Era il tipo di bambina che non dà alcuna preoccupazione, che aveva tutto sotto controllo. E che da grande aveva avuto un matrimonio romantico, una bella bambina e un lavoro di alto livello che amava, perché lei *amava* il suo lavoro, grazie alle sue qualità. Il tipo di bambina che era diventata una donna che aveva tutto e che teneva la sua vita sotto con trollo. Il tipo di bambina che ti consentiva di metterti comodamente seduto a guardare e a sentirti orgoglioso del lavoro fatto.

Solo che ora era in un letto d'ospedale. E mentre Jean guardava quel viso gonfio, riusciva ancora a vedere tracce di quella bambina. Riusciva ancora a vedere tracce della *sua* bambina, quella sempre attaccata alle sue gonne...

Un'infermiera entrò all'improvviso nella stanza, interrompendo i pensieri di Jean. «Probabilmente dovrebbe dormire un po'. Quando arriverà il dottore le faranno una radiografia a quel polso.»

La mano di Jean si strinse involontariamente intorno al proprio polso. «Cosa le è successo?»

L'infermiera si strinse nelle spalle. «Nessuno lo sa. E probabilmente non lo sapremo mai. Succede abbastanza spesso in casi del genere. La gente si ubriaca, si ferisce, perde conoscenza e poi la mattina dopo si chiede perché ha il polso rotto. È un mistero per tutti.»

L'infermiera uscì e la stanza le sembrò di nuovo grigia e tetra, occupata da un'estranea fradicia di sudore che somigliava vagamente a sua figlia. All'improvviso le parve tutto così irreale... Magari in realtà era ancora a casa sua, e Dorothy le stava raccontando una di quelle sue storie complicate sui problemi legali di uno dei figli e lei si era semplicemente estraniata dalla cena, per un momento. Sì, doveva essere così, si stava immaginando tutto e ben presto sarebbe tornata nel mondo e si sarebbe accorta con sgomento di essersi gettata addosso un pezzetto di peperone arrosto impiastrato di formaggio... Ma più a lungo restava lì, ad ascoltare quell'infernale *bip* dei macchinari, più tutto diventava orribilmente reale.

Sua figlia era nei guai.

Si avvicinò lentamente fino a sfiorare con le ginocchia il materasso. Laura aveva la pelle pallida e lucida e ogni volta che respirava Jean sentiva un olezzo di alcol provenire dalla sua bocca. Le scostò delicatamente la frangia dalla fronte e fu trasportata indietro nel tempo. Sembrava che ogni ricordo che aveva di lei da bambina fosse di un nuovo successo: diploma, laurea, matrimonio, pranzi per festeggiare nuovi lavori, nuove promozioni. Ma quanto erano state ingannevoli quelle apparenze? Possibile che dopo ognuno di quei festeggiamenti Laura fosse uscita per ubriacarsi con cocktail dozzinali e si fosse ritrovata a piangere sul sedile posteriore dell'auto di qualcuno lamentandosi di quanto in realtà fosse squallida la sua vita? Era forse una madre negligente, incapace di gestire le imperfezioni, gli errori che ogni madre deve affrontare giorno dopo giorno? Perché aveva dovuto fare una cosa del genere a se stessa?

A sentire Curt, sembrava proprio che ci fossero "imperfezioni" del genere in Bailey. Bailey, quella dolce bambina con i capelli lunghi che si arricciavano dolcemente alle punte. Bailey, che si era succhiata l'indice e il medio così tanto che aveva parlato con la lisca fino agli otto anni. Quella bambina così adorabile, con quei grandi occhi marroni e le lentiggini sul naso. Occhi profondi, i suoi... Jean aveva sempre avuto la sensazione che ci fosse un'altra bambina nascosta dietro quegli occhi, una bambina che nessuno avrebbe mai veramente compreso né conosciuto.

«Cos'è successo, Laura?» sussurrò e al suono della sua voce, sua figlia si mosse, farfugliando qualcosa che le fece temere di averla svegliata. Indietreggiò e uscì dalla stanza. Ora non sapeva cosa fare. Restare lì? Cercarsi un albergo? Tornarsene a casa? Curt non le aveva detto chiaro e tondo perché l'aveva fatta venire. E a lei sembrava di dover fare qualcosa.

Si incamminò lungo il corridoio e si imbatté in una piccola sala d'aspetto con una mezza dozzina di poltroncine e una tv accesa, ma muta. Curt era accasciato su una delle poltrone, con una bottiglia d'acqua in una mano e l'altra sulla fronte. Aveva il gomito appoggiato al bracciolo e la testa china. Su una sedia di fronte a lui, piegato in avanti con i gomiti appoggiati sulle ginocchia, c'era un uomo con un maglione rosa pastello e pantaloni sportivi beige. Stava dicendo qualcosa a bassa voce e Curt annuiva. Quando Jean si fermò sulla soglia, l'uomo smise di parlare e alzò lo sguardo su di lei.

«Oh, scusate» disse Jean, sentendo di aver interrotto qualcosa di importante.

Curt la guardò. «No, non c'è problema. Questo è Will.

È il nostro pastore. O almeno lo era. Abbiamo... abbiamo smesso di andare in chiesa già da un po' di tempo.»

L'uomo con il maglione rosa si alzò e le tese la mano. Jean la strinse ed entrò nella stanza quel tanto che bastava per appollaiarsi sul bordo della sedia più vicina alla porta, anche se aveva sopra una macchia che normalmente le avrebbe fatto scegliere di sedersi da un'altra parte. «Io sono Jean» disse. «La madre di Laura.»

«Piacere di conoscerla» rispose l'uomo con una voce gentile e una punta di innata allegria che Jean trovò sgradevole in quell'ambiente ospedaliero. Un pastore in un ospedale secondo lei doveva ispirare serietà.

«Will mi stava giusto dicendo di un programma al Blue Serenity» disse Curt tra un sorso d'acqua e l'altro.

«Un paio di miei parrocchiani ha avuto dei buoni risultati, laggiù» disse il pastore, come se stesse parlando di una compravendita di auto usate o di un centro estetico. «Confidiamo di poter riportare Laura sulla retta via. Una piccola disintossicazione, molte preghiere.»

Jean annuì, ma rivolse la sua attenzione a Curt. «Il suo polso. Non hai idea di come...?»

«No. Due mesi fa sono stati quattro punti sulla fronte, un'altra volta una caviglia slogata. Ho quasi paura a lasciarla sola, quando fa così, quando si ubriaca così tanto da cadere e farsi male senza poi ricordare nulla.»

«E hai detto che Bailey si comporta male» disse Jean. «È per questo? È per quello che sta succedendo a Laura?»

Curt si strinse nelle spalle. «Chi può sapere perché Bailey fa quello che fa? Lei non parla mai e quando parla non dice altro che bugie. Quando si alza dal divano è per fare qualcosa di assurdo. Tipo rubare cose pazzesche come chiavi inglesi e lucido da scarpe nei negozi, stronzate che non le servono a niente... Scusa, Will.»

«Capisco.»

«Rompere cose, uscire di nascosto di notte, fumare addirittura sigari, e poi usarli per fare buchi nelle mie giacche. Cose strane, assurde. Non riesco a comunicare con lei... Credo che nessuno ci riesca. Quella ragazza non ha amici. I suoi professori la vedono come un problema. È una casinista e basta. Prevedo la prigione, per lei.» Bevve un altro sorso d'acqua, lo mandò giù a fatica. «E presto, se continuerà così.»

Jean sentì una stretta al cuore, un po' per il dispiacere e un po' per la paura. Odiava l'idea di sua nipote che lottava contro la vita, di sua figlia che soffriva, ma aiutare il prossimo in difficoltà non era mai stato il suo forte. A malapena era sopravvissuta alla morte di Wayne. Aveva appena ricominciato a riprendere il controllo della propria vita, a tornare alla normalità. E anche prima non era mai stata brava a mostrare le proprie emozioni. Non sapeva come riparare le vite infrante. Le piaceva che la vita fosse sicura, stabile, prevedibile.

«C'è qualcosa che posso fare?» quasi sussurrò. «Con Bailey?»

Curt sembrò riflettere, poi scosse la testa. «È un problema troppo grosso, in questo momento. Non so cosa potresti fare. Non so neppure cosa farò io. Mi inventerò qualcosa.»

«Pensi che dovrei andare con Laura? In questo Serenity qualcosa?»

«Non potrà essere trasferita oggi, temo» disse il pastore. «Devono farle la radiografia al polso e la terranno sotto osservazione dal momento che era priva di conoscenza quando la sua vicina l'ha portata qui. E poi c'è il vomito. Vorranno tenerla attaccata alla flebo almeno per un altro po', per impedirle di disidratarsi. Lei dovrebbe tornare a casa.»

Jean armeggiò con i manici della borsetta. Odiava ammetterlo, ma era sollevata. Non vedeva l'ora di trovarsi un albergo, un rifugio tranquillo. Doveva riposare la schiena.

E cercare di assimilare tutto quello che aveva scoperto, di far incastrare in qualche modo i pezzi. Sarebbe andata a trovare Laura l'indomani mattina. Avrebbe potuto seguirla al centro di recupero... Vedere di ottenere delle risposte. Guardò Curt per chiedere conferma. Lui annuì.

«Ti chiamerò domattina» disse.

«Passo io qui» ribatté. «Non so ancora dove andrò.»

«Oh, va bene allora. Grazie per essere venuta. Lei non sa che sei corsa qui, ma sono certo che ne sarebbe felice. Ha sempre detto che avrebbe voluto che voi due aveste un rapporto più stretto.»

Jean si sentì raggelare. Se l'aveva sempre desiderato, perché allora non ci aveva mai provato?

Si ritrovò ad annuire, a stringere di nuovo la mano al pastore e poi a scambiare i saluti di circostanza, ma mentre camminava verso le grandi porte scorrevoli in fondo al corridoio le sembrava di scappare. Non notò neppure la ragazza grassottella con i pantaloni neri strappati che le passò accanto mentre usciva.

# Capitolo Tre

Jean restò sveglia per tutta la notte. Non che dormisse particolarmente bene da quando era morto Wayne... Non era più la stessa donna che una volta dormiva come un ghiro. Era la donna che era stata in piedi fino a notte fonda per dare a suo marito pezzetti di ghiaccio da succhiare, che gli aveva inumidito le labbra quando era stato troppo debole persino per leccarsele, che gli aveva premuto un panno freddo contro la fronte sudata, che gli aveva tenuto la mano quando aveva pianto per il dolore. Quella donna temeva che non sarebbe riuscita mai più a dormire bene.

A volte era difficile per Jean credere che quelle cose erano successe proprio a lei, che aveva perso l'amore della sua vita in pochi, terribili mesi. Non c'era stato tempo per pianificare, per prepararsi o magari per fare quel viaggio a Yellowstone di cui parlavano da prima che si sposassero.

Dio... Com'era possibile? Com'era possibile che avessero vissuto una vita insieme e non avessero mai trovato il tempo per fare un salto su nel Wyoming per un lungo fine settimana? Cosa avevano fatto del loro tempo? Niente di importante, Jean ne era certa. E mentre era rimasta seduta lì a sentire l'orribile odore della morte imminente emanare da suo marito, con quel sorriso da "non aver paura, andrà tutto bene" stampato sulla faccia, mentre dentro di lei era terrorizzata, aveva pensato a tutte le cose che invece avevano fatto insieme. Stupide commissioni, inutili fine settimana trascorsi in silenzio per qualche sciocco litigio o corse su e giù per accompagnare i figli ai compleanni di bambini che neppure conoscevano. Perché avevano scelto quelle cose? Perché si erano costruiti una vita di noia, rimandando sempre i desideri e i sogni per un altro giorno, che alla fine non sarebbe arrivato?

Erano queste le cose su cui Jean rimuginava incessantemente la notte, invece di dormire. Erano queste le cose a cui pensava. Pensava a quando lei e Wayne leggevano i libri ad alta voce sorseggiando un bicchiere di Merlot, le gambe intrecciate sul divano o la testa di lui sul suo grembo, la voce di Wayne che divorava le parole sulla pagina come un'auto da corsa divora la strada. Pensava all'ultimo libro che avevano aperto insieme, quello che lei gli aveva letto al suo capezzale, quello che non avevano finito. Pensava all'ultima frase di quelle pagine, *Adele venne da lui nel sonno quella notte*, e a quante volte aveva desiderato di aver continuato a leggere fino a concludere la storia. Perché per la maggior parte del tempo era proprio questo che pensava: "La nostra storia non era ancora conclusa. In così tanti modi...".

Ma qualcosa, in quella stanza d'albergo, le rendeva particolarmente difficile dormire. Forse era il modo in cui la metà vuota del letto le dava l'impressione di sprofondare nella propria metà, rendendola consapevole in ogni istante della notte che lei era viva e lui invece non lo era più. Avevano affittato un letto per Wayne, alla fine, e l'avevano messo nella sala da pranzo inutilizzata accanto alla cucina. In questo modo Jean avrebbe potuto avere cura di lui senza fare su e giù per le scale e stargli sempre vicino per cogliere la fine quando fosse arrivata... Una fine che le era sembrata imminente almeno un milione di volte in quegli ultimi due mesi, tanto da sentirsi lei stessa un uccello del malaugurio, sempre in piedi sulla soglia con un fazzoletto in mano. Ma, cosa più importante – e Jean lo sapeva senza saperlo davvero, senza volerlo affrontare – spostare Wayne in salotto aveva significato non portare la morte nel loro letto. Avevano amato il loro letto. Avevano fatto *l'amore* nel loro letto. Era un luogo sacro, il luogo dove il loro rapporto era rimasto vivo.

Sì, è vero, lui non aveva mai portato il suo cancro nel loro letto, ma la sua stessa assenza era un cancro, che spingeva Jean a girarsi e rigirarsi tra le coperte desiderando che arrivasse il giorno, anche se sapeva che avrebbe dovuto affrontarlo con gli occhi gonfi e le membra stanche.

Ma nel suo letto a casa dormiva incommensurabilmente meglio che in quel letto d'albergo. E non era solo per il letto stesso che, in effetti, sembrava uno strumento di tortura medievale per quanto era duro, o per il cuscino, praticamente inesistente, ma per la realizzazione che quella era la prima volta che si trovava in una camera d'albergo da sola.

In un primo momento aveva cercato di fingere che Wayne fosse in bagno a fare una di quelle sue lunghe "docce da vacanza". Si era persino alzata e aveva acceso la lampada in bagno, poi aveva chiuso la porta per lasciare solo la striscia di luce sul pavimento. Quante volte si era addormentata con quella luce accesa? Colorado, Omaha, Branson e persino lì a St Louis... Ma non a Yellowstone, mai a Yellowstone. I bambini che dormivano pacificamente nel letto accanto al suo, il leggero odore del cloro della piscina che aleggiava nella stanza, l'aria condizionata che rombava come un jet nel buio, l'eccitazione per le avventure del giorno dopo che impregnava l'aria. Avevano condiviso giorni così belli durante quelle vacanze... I bambini troppo entusiasti per litigare, troppo allegri per fare capricci. E durante ogni vacanza fino a quando Laura era andata al college, Jean si era sempre premurata di fare qualcosa "da donne" con lei, come farsi fare la manicure insieme, visitare un museo delle bambole o semplicemente fare shopping senza gli uomini. Era stato così divertente... Laura era stata una bambina divertente, anche con quel suo modo fin troppo serio di affrontare la vita...

Jean si girò e si rigirò nel letto senza che la luce le fosse di aiuto, e alla fine decise di chiamare Loretta, anche se era decisamente passata l'ora in cui Chuck di solito andava a letto... o più spesso si addormentava sulla sua vecchia poltrona, lasciando la povera Loretta da sola con una pila di romanzi rosa con le peripezie amorose di Flavian Munney sul comodino. Loretta rispose al secondo squillo.

«Be', avevo cominciato a pensare di dover uscire per controllare tutti i fossati sulla I-70. Hai delle bustine di ketchup nel cassetto del cruscotto?»

Jean scoppiò a ridere. La sua amica non era il tipo da rispondere con un semplice "pronto". «Bustine di ketchup?»

«Per sopravvivere nel caso restassi intrappolata per giorni su un albero.»

«E come ci finirebbe la mia auto su un albero? Non è mica un aereo.»

«Infatti. E quindi nessuno penserebbe di cercarti lassù. Come sta?»

Jean sospirò e chiuse gli occhi per non mettersi a fissare la striscia di luce che filtrava da sotto la porta del bagno. Davvero aveva creduto di poter ingannare se stessa con quella tattica? «Male. Malissimo. Sono felice che suo padre non sia qui. Ma non ho voglia di parlarne. Già non riesco a dormire... Volevo solo sapere com'è andata col gruppo.»

«Ah. Bene. Nessuno ha trovato capelli nella cheesecake di May. Il che ovviamente ci ha fatto preoccupare all'idea di averli ingoiati col dolce. Ti giuro che sembravamo un branco di gatti in procinto di vomitare sul tappeto. Te ne ho lasciato un pezzo, in ogni caso. Magari la tua fetta sarà quella fortunata. Te l'ho messa in frigo.»

«Grazie. Temo però di non essere dell'umore per una cheesecake, al momento.»

«Ma scherzi? Non sai quanto ho dovuto trattenermi per non divorarla io! Specialmente quando Mitzi ha cominciato con il suo "liberali radical-chic" di qua e "cattocomunisti" di là. Qualcuno dovrebbe dirglielo che quei termini fanno tanto anni Novanta! E poi Dorothy ha ricevuto una telefonata da Elan e sembra che uno dei ragazzi abbia dato fuoco a un cestino dell'immondizia alla scuola elementare, così abbiamo deciso di farla finita lì. Sembrava la cosa giusta da fare a quel punto. E tu mangerai la tua fetta di cheesecake.»

«Nient'altro? Non avete parlato del prossimo libro?»

«No. Non ci sembrava giusto senza di te. Abbiamo pensato che potremmo vederci di nuovo fra due martedì. Una specie di riunione bis abbreviata. Che ne pensi? Potremmo tenerla da me, se non te la senti. Le ragazze sono preoccupate, ovviamente. Per te e per Laura.»

Jean borbottò qualcosa di vago. Sentì Loretta sbadigliare e all'improvviso ebbe la certezza che, se non si fosse alzata immediatamente per andare a spegnere la luce del bagno, le sarebbe venuta una crisi isterica. Chiuse la conversazione promettendo di chiamare l'amica il giorno dopo per farle sapere quanto tempo sarebbe rimasta a St Louis e riattaccò, praticamente correndo verso l'interruttore del bagno e alzando poi la potenza del condizionatore così tanto che sembrava stesse per decollare verso il parcheggio. Aveva la schiena tutta sudata. Ed era stanca, così stanca... Stanca come se non dormisse da anni. Di sicuro ora si sarebbe addormentata.

Ma non fu così. Si girò e rigirò nel letto così tanto che per ben tre volte dovette districarsi dalle coperte. Prima aveva troppo caldo. Poi troppo freddo. Era esausta, troppo esausta, e spaventata e distrutta dal senso di colpa per tutte le volte che Laura aveva voluto o avuto bisogno di qualcosa da lei e lei non gliel'aveva data. Per tutte le volte che aveva fatto un errore come madre, momenti impressi in maniera fin troppo vivida nella sua memoria. Perché le madri facevano una cosa del genere?, si domandò. Perché portavano in giro il loro senso di colpa come una bandiera?

Jean avrebbe tanto voluto poter offrire a sua figlia un bacio o un abbraccio e farla stare magicamente meglio. Ma più di tutto avrebbe voluto un'altra di quelle uscite tutte al femminile che avevano segnato le loro vacanze...

Quando arrivò in ospedale la mattina dopo, così intontita per la mancanza di sonno da temere che avrebbe potuto addormentarsi in auto durante il tragitto dall'ospedale al centro di riabilitazione, le infermiere avevano svegliato Laura già da qualche ora. Sua figlia aveva il polso ingessato e indossava nuovamente gli abiti sgualciti del giorno precedente. Jean notò delle macchie d'erba sulla giacca marrone chiaro e altre chiazze non identificabili sul davanti della camicetta, a cui sembrava mancare anche un bottone. Laura non si era fatta la doccia e aveva delle profonde occhiaie bluastre. Portava i capelli raccolti in una coda alta, ma sembravano unti e flosci. Vide Jean e sbuffò.

«Non dirmi che ti ha chiamato Curt.»

Jean entrò nella stanza stando attenta a non disturbare l'infermiera che stava togliendo la flebo a sua figlia. «Sì» rispose.

Laura sbuffò di nuovo, poi fece una smorfia di dolore quando l'infermiera tirò fuori l'ago. «È chiaro, ti ha chiamato lui» disse. «Non avrebbe dovuto. Non era necessario.»

Jean non era sicura di cosa intendesse dire. Non avrebbe dovuto perché Laura non voleva disturbare sua madre? O non avrebbe dovuto perché Laura non la voleva lì? D'un tratto Jean si sentì grossa e ingombrante, come se occupasse troppo spazio in quella stanza minuscola.

«Voglio sapere quando stai male» ribatté sulla difensiva. «Sono tua madre.»

L'infermiera bendò la mano di Laura e raccolse la sua roba. «Torno con le istruzioni del dottore» disse uscendo.

«Sì, ma abiti a quattro ore di macchina da qui. E io non sto male. Ho solo bevuto troppi Bloody Mary» disse Laura, strofinandosi il dorso della mano. «Lui ingigantisce sempre, anche le sciocchezze.»

«Ma non era una sciocchezza» ribatté Jean. «Tu sei... s-svenuta e ti sei rotta il polso... e non mi hai detto che voi due vi siete separati.» Si rese conto che stava farfugliando e desiderò ancora una volta che ci fosse Wayne lì con lei. Si era sempre sentita più calma quando lui le era vicino, come se fosse la sua voce della ragione. Lui non si sarebbe sentito a disagio. Non avrebbe avuto alcun problema a dire chiaro e tondo come la pensava. E nonostante i frequenti litigi e il modo noncurante in cui Laura era sembrata prendere la sua morte, anche sua figlia avrebbe voluto che Wayne fosse lì, Jean ne era certa. Avrebbe attinto un po' di forza da lui.

Laura si accigliò e agitò la mano come per minimizzare l'accaduto, poi si toccò con cautela i capelli, come se non volesse scompigliarli ancora di più. «Ma dai, mamma, non sono la prima persona a bere troppa vodka. Curt ha fatto il melodrammatico come al solito. Immagino che abbia fatto venire qui anche Bailey.»

«Io non l'ho vista» disse Jean.

«Oh, fidati, lei è stata qui, lasciando come al solito una scia di distruzione dietro di sé» disse Curt, e Jean e Laura si voltarono contemporaneamente verso la porta. Laura gli lanciò un'occhiata esasperata e si alzò in piedi, come per prepararsi alla battaglia.

«Andiamo» disse, chinandosi per recuperare la borsa dalla sedia accanto a letto. «Non ce la faccio a stare nella stessa stanza con lui in questo momento.»

«Ma non ti hanno ancora dato le istruzioni per la dimissione» obiettò Jean.

Laura agitò di nuovo la mano in un gesto di noncuranza. «Non mi serve qualcuno che mi dica come badare a me stessa. Me la sono cavata benone per quarant'anni e me la cavo benone anche ora.»

Jean cercò di sorvolare sulla parte dei "quarant'anni". Davvero Laura pensava di aver sempre dovuto badare a se stessa da sola? Non teneva in nessun conto tutto ciò che aveva fatto sua madre per lei? O forse davvero lei non aveva fatto abbastanza. Forse una parte del problema era proprio questo. O forse il problema era *tutto* lì. All'improvviso le venne una gran voglia di piangere... di raggomitolarsi nel letto d'ospedale di Laura, stringere un cuscino e piangere fino a addormentarsi.

«E il centro di recupero?» chiese Jean, e Laura si bloccò a metà strada, lasciando cadere le braccia lungo i fianchi.

I suoi occhi saettarono da Jean a Curt e poi ancora a Jean. «Sentite: ho bevuto troppo in un giorno feriale. Ho sbagliato, lo ammetto. Ho fatto un casino. Un gran casino. Probabilmente mi sono anche fatta licenziare. Ma che nessuno di voi due si comporti come se non avesse mai bevuto troppo un martedì pomeriggio. La gente a volte commette errori di giudizio e il mio è stato appunto questo, un errore di giudizio. Farò ammenda. Non sono un'ubriacona da strada. Non mi piscio addosso e non ho allucinazioni. E non mi serve un centro di recupero.»

«Invece sì» disse una voce alle spalle di Curt e Jean sentì, al suono di quella voce, una fitta allo stomaco, che scacciò via ogni stanchezza e ogni dubbio. Curt si fece da parte e lì, in corridoio dietro di lui, c'era una ragazza che Jean riconobbe subito come sua nipote Bailey.

«Magnifico» sibilò Laura con lo sguardo fisso a terra.

«Saresti dovuta restare in macchina» disse Curt.

«Ma a lei *serve* un centro di recupero» insistette la ragazza, alzando leggermente la voce.

Jean guardò sua nipote per la prima volta in molti anni: grossa di vita e fianchi, con un'ossatura robusta e lineamenti paffuti, lo sguardo spento come se anche lei avesse bisogno di dormire, i capelli che sembravano scalati con un'accetta, tinti di un nero così forte da sembrare blu sotto le luci al neon dell'ospedale. I jeans che indossava erano sporchi al punto di essere duri come una crosta e la maglietta di una rock band, nero sbiadito, le tirava vistosamente sulla pancia. Ma sopra a ogni cosa c'era la voce, la voce che Jean ricordava dall'ultima volta che l'aveva vista. La voce, chiara e angelica, una voce fin troppo giovane per dire le cose che stava dicendo e per preoccuparsi di ciò di cui si stava preoccupando. Jean sentì una stretta al cuore ricordando la bambina che era solita arrampicarsi sul suo grembo, ficcandole in mano dei libri con gli occhi grandi e avidi, e cercò di far combaciare quel ricordo con l'immagine di questa strana ragazza che trasudava rabbia e dolore.

«Oh, ma che bel melodramma» ribatté con sarcasmo Laura. «Devi essere così orgoglioso di te, Curt, per avermela messa contro in questo modo.»

Curt allargò le braccia in un gesto di innocenza. «Io non te l'ho messa contro, Laura. Hai fatto tutto da sola. Ma lei ha ragione. Tu sei un'alcolizzata e hai bisogno di entrare in un centro di recupero. E questa non è la prima volta che te lo dico. Quante volte te l'ho detto? Forse ascolterai, finalmente, ora che te lo dice anche Bailey.»

«E da quando in qua una sedicenne se ne intende di alcolismo?» chiese Laura.

«Ma sei seria?» ribatté Curt. «Bene, proverò a dirtelo con parole semplici: se ne intende di alcolismo perché sua madre» indicò Laura «è un'alcolizzata.»

«Oh, ma davvero, Mister Perfettino? Be', lascia che ti dica cosa c'è che non va in me, allora. Non è l'alcol. È il fatto di non avere un marito su cui contare. Comodo per te avermi lasciato sola proprio quando fare i genitori stava diventando più difficile... Nella buona e nella cattiva sorte, ricordi?»

«È nella cattiva da molto, molto tempo ormai.»

Laura lo fissò con durezza, facendo sentire Jean a disagio, come fosse un'intrusa. «Ah, se non lo so io...»

Laura e Curt continuarono a battibeccare e Jean osservò Bailey, che era dietro suo padre e spostava gli occhi dall'uno all'altra come se li stesse guardando duellare con una spada, ma il suo viso era chino verso terra, con i capelli che lo oscuravano come un velo, e Jean sentì il proprio cuore infrangersi in mille pezzi perché lei *lo vedeva...* Anche se loro non lo vedevano, lei, invece, lo vedeva: sua figlia e suo genero stavano rovinando questa ragazza.

Jean fece un passo avanti per frapporsi tra loro. «Voi due dovete smetterla di fare così di fronte a Bailey.» Con la coda dell'occhio vide la testa di sua nipote sollevarsi leggermente al sentire il suo nome.

«Senza offesa, mamma, ma tu non dovresti neppure essere qui. Ti sono grata per la tua preoccupazione, ma questi non sono affari tuoi» ribatté Laura. «È lui. Se mi lasciasse in pace come fanno tutti i divorziati...»

«Noi non siamo divorziati. Io vorrei salvare il nostro matrimonio, nel caso te ne fossi dimenticata.»

«Perché? In modo da poter vivere col mio sostanzioso stipendio mentre tu te ne vai in giro con i tuoi amici tutto il tempo per poi tornare a casa e sminuirmi ogni santo giorno per essermi fatta una vita mentre tu non c'eri?»

«E questo cosa diavolo vorrebbe dire?»

Jean non sapeva cosa fare. Per quanto assurdi fossero a volte i litigi tra coniugi, e lei e Wayne avevano avuto la loro dose di assurdi litigi, immischiarsi era ancora più assurdo. Guardò di nuovo sua nipote, che ora fissava proprio lei con un sorriso stampato sulle labbra. Ma era un sorrisetto strafottente, come se la stesse sfidando a pronunciare di nuovo il suo nome, come se tentasse di trascinarla nella follia cui stava assistendo.

Jean distolse lo sguardo, a disagio. «Laura, credo che forse un paio di giorni per riprenderti potrebbero non essere una cattiva idea» disse.

«Quindi ora ti ci metti anche tu?» Quando Jean non rispose, Laura scosse la testa e fissò il pavimento per qualche istante. «Bene» disse. «Bene. Volete tutti rinchiudermi in qualche centro di recupero? Bene. Ci andrò. Mi farà bene un po' di vacanza. Ma quando le vostre vite saranno ancora una merda senza di me, vi renderete conto che sono io quella che tiene in piedi il tutto. Non tu.» Indicò Curt, poi Bailey e poi Jean. «Né tu. E nemmeno tu. Solo io.» Si mise la borsa sulla spalla. «Ci vado da sola. Non accompagnatemi.»

«Non hai la macchina» obiettò Curt.

«Prenderò un taxi.» E con quelle parole Laura uscì dalla stanza, spingendo da parte Curt e Bailey e non degnando Jean neppure di uno sguardo.

Rimasero tutti lì in silenzio, senza guardarsi. L'assenza di Laura riempiva la stanza quasi quanto aveva fatto la sua presenza. Jean sentì sua figlia sbraitare ordini al bancone delle infermiere, poi la sua voce svanì mentre si allontanava.

«Pensi che dovrei seguirla?» chiese.

Curt scosse la testa. «Vado io con lei. Perché tu non vai al ristorante del tuo albergo e io ti raggiungo tra un'ora?»

Jean annuì e fece per dire qualcosa a Bailey... anche se non sapeva cosa. Forse avrebbe dovuto chiederle della scuola, o magari dirle che il suo nuovo taglio di capelli sembrava interessante, o semplicemente... quello che una nonna dovrebbe dire a una nipote. Qualcosa per dimostrare che era interessata, che ci teneva a lei. E magari riportare un po' di normalità nella sua giornata, ammesso che fosse possibile. Cosa ci può essere di normale quando tua madre è diretta a un centro di recupero per alcolisti?

Ma Jean non disse niente e, quando alzò di nuovo lo sguardo, Bailey era già scomparsa.

# Capitolo Quattro

*Cara Margaret Wise Brown,*
*mi chiamo Bailey e ho sei anni. Il mio libro preferito nel mondo intero è il tuo* Una casa per un coniglietto. *La mia mamma me lo legge ogni sera. Mi piace un sacco il coniglietto morbido delle figure. Mi piacerebbe tanto accarezzarlo.*

*Ho solo due domande per te: perché il coniglietto non aveva una casa? Dov'era la sua mamma coniglio?*

*Baci*

*Bailey*
*Sei anni*

*P.S. La mia mamma sta scrivendo questa lettera per me, perché ancora non so come si scrivono tutte le lettere.*

*P.P.S. Mi piace tanto anche quando la mamma fa la voce della rana. È così divertente!*

Bailey era nella mansarda che sovrastava il salotto.

Era rannicchiata dietro la sedia a dondolo, con le ginocchia strette al petto, e sfregava, sfregava le dita sulle caviglie leggermente pelose, spingendo sempre di più fino a sentire dolore. Aveva la guancia premuta contro le ginocchia e una copia malridotta di *Anna dai capelli rossi* stretta tra le gambe e la pancia. Era un libro che la maggior parte dei ragazzi a scuola riteneva "antiquato" e "melenso", una robaccia che erano stati costretti a leggere alle medie, ma era sempre stato uno dei suoi libri preferiti, una storia che tornava a leggere ogni volta che sentiva la propria vita sfuggire al suo controllo. Non riusciva a spiegarlo neppure a se stessa. Tutto ciò che sapeva era che quel libro era come la sua ancora di salvezza, che la teneva aggrappata a un luogo dove si sentiva al sicuro, dove tutto andava per il verso giusto.

Bailey sfogliava le pagine fitte di parole che ormai conosceva quasi a memoria e si immaginava fantasiosa e determinata come Anna. Faceva scorrere le dita sul testo (*Marilla, non è piacevole pensare che domani è un nuovo giorno, senza altri errori?*) e cercava di assorbirlo attraverso la pelle, desiderando che la vita reale fosse così, che ci si potesse presentare alla porta di qualcuno, commettere errori e ricevere comunque amore. Lei invece si sentiva un'estranea nella propria famiglia, se ancora si poteva considerare tale. Era una famiglia quella in cui il padre viveva altrove e la mamma viveva dentro una bottiglia e nessuno sembrava più capirti e amarti? Per la maggior parte del tempo si sentiva lei, l'errore, e ogni domani era già incasinato prima ancora di cominciare.

Aveva letto dietro la sedia a dondolo per ore, finché non aveva sentito gli occhi che le si chiudevano per il sonno, ma ora si limitava a guardare. E ad aspettare che il mondo le esplodesse intorno.

Dopo che sua madre se n'era andata come una furia dall'ospedale e suo padre l'aveva riportata a casa, Bailey era "fuggita": era corsa fuori di casa, aveva sbattuto con rabbia la porta dietro di sé, aveva urlato qualcosa sul fatto che era orribile che sua madre dovesse andare al centro di recupero e che lei fosse bloccata lì con *lui* e che no, grazie, avrebbe preferito vivere per strada da sola. Le era sembrato un discorso fantastico in quel momento, anche se mentre lo faceva sapeva già che in realtà non aveva altro posto dove andare.

Così aveva raggiunto il portico sul retro della casa dei vicini ed era rimasta a guardare finché, dopo un tempo fin troppo lungo per poter credere che lui le volesse davvero bene come proclamava sempre, suo padre si era precipitato fuori urlando il suo nome, poi era salito in auto ed era corso via. A quel punto lei era tornata di nascosto in casa, aveva preso il libro e si era nascosta dietro la sedia a dondolo. Perché, in realtà, dove altro poteva andare? Non c'erano domani privi di errori per lei da nessuna parte.

Suo padre era tornato un'ora dopo, sempre gridando infuriato il suo nome. Le falde della giacca, in movimento, avevano lasciato intravedere la pancetta che aveva lavorato così sodo per farsi crescere in tutti quegli anni in cui era rimasto seduto davanti alla tv, da solo, con la sua birra e il suo cellulare, senza mandare sms a nessuno, senza parlare con nessuno, senza fare niente, un fantasma nella sua stessa casa. Aveva setacciato una stanza dopo l'altra, sbattendo porte e imprecando.

Ma non aveva mai guardato su, verso il ballatoio.

Perché avrebbe dovuto? In fondo non voleva trovarla davvero. Ce l'aveva avuta di fronte per tanto, troppo tempo, ma non aveva mai *voluto* trovarla, non davvero. Da quanto ormai lei aveva imparato che, se voleva scomparire, non doveva far altro che metterglisi davanti?

Ci aveva provato. Oh, se ci aveva provato! In tutto l'anno appena trascorso le sembrava di non aver fatto altro che cercare un modo per farsi notare dai suoi genitori. Ma erano così presi dai loro problemi che era come se, qualunque cosa facesse, lei per loro non esistesse.

Il giorno prima, quando aveva saputo di Laura, aveva costretto l'amica di sua madre, Becky, ad accompagnarla all'ospedale. In realtà Bailey non sapeva cosa c'era andata a fare. Sapeva solo che sentiva di dover fare qualcosa... qualcosa che dimostrasse a entrambi che esisteva anche lei. Che era *lì*.

Quando Becky l'aveva lasciata davanti all'ingresso, era andata al banco delle informazioni e aveva scoperto dove era sua madre e cinque minuti dopo era al suo capezzale, a guardare il suo petto muoversi su e giù sotto la leggera camicia da notte dell'ospedale. Anche se odiava Laura Butler, Paziente Intossicata dall'Alcol, una parte di lei si era sentita sollevata che non fosse morta. Non oggi, almeno.

Aveva visto suo padre fuori, in corridoio, a parlare al cellulare. Strano che si fosse fatto vivo. Non era da lui... E questo significava che la situazione doveva essere seria, questa volta.

Quello che lui non sapeva, e di cui forse Laura stessa non si era resa conto mentre invece Bailey lo vedeva chiaramente, era che sua madre si era incamminata lentamente e inesorabilmente verso il suicidio quando lui se n'era andato, quattro settimane prima. Se n'era andato e aveva lasciato lei, Bailey, ad affrontare la situazione da sola. Chi lascia una sedicenne ad affrontare una cosa del genere da sola?

Perché questa era una cosa che faceva paura. E faceva soffrire. Quella lì nel letto era la stessa madre che le leggeva le favole prima di dormire. Era la stessa madre che le aveva cucito un costume da principessa pellerossa per Halloween. Com'era possibile? Come poteva la stessa vita includere entrambe le madri? Non era giusto. E quella sensazione di ingiustizia che prima saltava fuori solo di tanto in tanto, inattesa, ora sembrava infuriare costantemente dentro di lei, il che non faceva che spaventarla ancora di più.

Bailey aveva vagato per la stanza d'ospedale, aprendo cassetti e frugando tra i rotoli di nastro adesivo e le bende e i bastoncini di legno.

Poi aveva visto un vaso di vetro pieno di batuffoli di cotone appoggiato al bancone. Aveva passato il dito sulla sua superficie liscia, immaginando se stessa che lo sollevava e lo gettava a terra, rompendolo in mille pezzi. Era stata preda di quelle strane sensazioni sempre più spesso, negli ultimi tempi, di questo bisogno di fare qualcosa di pazzesco, di scioccare gli altri. Di fare in modo che i suoi genitori alzassero la testa e la notassero, anche solo per lamentarsi o per punirla di nuovo. Almeno era qualcosa... Una punizione era preferibile all'essere invisibile.

Aveva messo entrambe le mani ai lati del vaso, l'aveva sollevato e ne aveva sentito il peso. Ma il viso bianco come un lenzuolo di sua madre era proprio lì accanto, e vederlo l'aveva fatta soffrire troppo. Così aveva rimesso il vaso al suo posto e si era allontanata dal bancone. Sapeva che era meglio fermarsi, prima di fare qualcosa di stupido. Di questi tempi sembrava specializzata nel fare cose stupide. Pareva che tutta la sua vita fosse specializzata in stupidità, e nessuna la faceva sentire meglio.

Era rimasta ferma lì, tra il bancone e il letto, sentendosi a disagio, fissando sua madre, desiderando che aprisse gli occhi e tornasse magicamente normale. Desiderando che la smettesse con queste assurdità e tornasse a occuparsi della loro vita e a fare la madre. L'aveva fissata talmente a lungo che gli occhi avevano cominciato a bruciarle e a riempirsi di lacrime. Ma più a lungo aveva guardato, più sua madre aveva continuato a dormire e più Bailey si era resa conto che quello che stava accadendo era reale e che sua madre non sarebbe magicamente cambiata, né per un polso rotto né per il piccolo imbarazzo di una capatina all'ospedale. Ci sarebbe voluto molto di più.

Aveva sentito un rumore di passi in corridoio e una voce di donna. «Signor Butler?»

«Aspetta un attimo, Ted» aveva detto suo padre e poi: «Sì».

«Ho il numero di telefono del centro di recupero...»

Bailey aveva sollevato di scatto la testa. Centro di recupero? Mandavano sua madre in un centro di recupero? Nessuno le aveva detto niente in proposito. Cosa sarebbe successo se sua madre fosse stata rinchiusa? Lei avrebbe dovuto andare con... *lui*, suo padre? Il disertore? No. Mai.

In quel momento Bailey non aveva desiderato altro che correre a casa, prendere il suo libro e sprofondare nella magica atmosfera della fattoria dell'isola di Prince Edward dove non esistevano mamme ubriache, papà fantasmi e imbarazzo. Non aveva desiderato altro che fuggire dalla sua famiglia incasinata, e quel desiderio aveva alimentato la rabbia che sentiva dentro di sé.

Si era asciugata le guance col dorso della mano e si era voltata verso il bancone. Con un movimento rapido aveva afferrato il vaso di batuffoli di cotone, l'aveva sollevato in alto sopra la testa e l'aveva gettato a terra, dove si era rumorosamente infranto in mille pezzi.

Poi era corsa fuori dalla stanza e dall'ospedale, ridendo e piangendo fino a quando non si era piegata in due per il dolore.

Suo padre non si era divertito affatto. E dopo che avevano ripulito la stanza dai vetri le aveva urlato contro tipo un milione di ore, ma a lei era sembrato che ne fosse valsa la pena. Anche se sua madre non avrebbe ricordato niente, la mattina dopo...

E ora sua madre era al centro di recupero e suo padre stava cercando Bailey la Fuggitiva e lei era dietro la sedia con il suo libro (*Ci sono così tante Anne dentro di me. A volte penso che è per questo che sono una persona così problematica*), ad ascoltare il rumore del frigorifero e il sibilo dell'aria condizionata che si accendeva e si spegneva e il flebile ronzio delle mosche in cucina in sottofondo. O forse quello non lo sentiva davvero. Le sembrava solamente di sentirlo perché sapeva che erano sicuramente lì, a ronzare sopra l'immondizia.

Il telefono squillò per tre volte. Se chiudeva gli occhi, riusciva a immaginare il rumore dei passi della mamma che andava a rispondere, il *bip* del pulsante di risposta che veniva premuto, la voce della mamma che cominciava bassa e tranquilla per finire alta e urlante mentre intraprendeva un'altra delle sue battaglie. Chi sarebbe stato, questa volta? Il lavoro? La banca per il mutuo? Forse era la compagnia telefonica e quegli squilli sarebbero finalmente stati gli ultimi. Pace. La pace sarebbe stata una bella cosa. Una volta lei sapeva cos'era la pace. Una volta sapeva cosa si provava a raggomitolarsi contro il petto della mamma, toccare le illustrazioni dei libri, memorizzare le favole insieme a lei. Quella era la pace. Ma era stato così tanto tempo fa che non sembrava più neppure un vero ricordo. Sembrava una fantasia, proprio come lo era la Anna del libro che lei tanto amava.

Bailey si domandò dove fosse suo padre ora, se la stesse ancora cercando. O forse era passato al centro di recupero per assicurarsi che sua madre non avesse fatto una capatina in un bar prima di andarci. Erano davvero arrivati a questo punto? Sua madre ora frequentava i bar, chiedendo un altro goccetto, ruttando e pendendo da una parte all'altra dello sgabello per poi ritrovarsi a cadere tra le braccia di qualche laido ubriacone? Bailey ne dubitava. Laura Butler era un mucchio di cose, questo sì, ma non era di certo una persona volgare. Laura Butler avrebbe preferito essere morta, piuttosto che volgare.

Eppure sua madre non era stata esattamente entusiasta di andare al centro di recupero (chi lo sarebbe stato?) e suo padre stava probabilmente correndo da lei per assicurarsi che ci andasse davvero, per costringerla a farlo o magari litigare ancora con lei o per fare... Dio solo sa cosa.

Ma qualunque cosa lui fosse tanto desideroso di fare,

di certo non era trovare *lei*. Perché lei era sempre stata lì, a pochi passi sopra di lui, per tutto il tempo, e lui non si era preso la briga neppure di alzare lo sguardo.

Dopo che lui se n'era andato, Bailey era rimasta lì. Si era raggomitolata ancora di più su se stessa e aveva guardato le particelle di polvere fluttuare nell'aria. Dopo un po' la sua mente aveva cominciato a vagare e si era immaginata ad alzarsi e ad arrampicarsi sulla sedia a dondolo per poi scavalcare la ringhiera della mansarda e fluttuare nel sole insieme alla polvere. Galleggiare, roteare, cavalcare le invisibili brezze della vita che soffiavano intorno a lei. Senza peso. Bellissima. Nel suo sogno a occhi aperti, i suoi capelli divennero persino rossi e galleggiarono in due grosse trecce dietro di lei...

Fu strappata alle sue fantasticherie dalla porta che si apriva di nuovo. Batté le palpebre e si strofinò gli occhi. Si era forse addormentata? Aveva perso la cognizione del tempo, ma dal modo in cui erano cambiate le ombre (il pulviscolo non fluttuava più di fronte a lei) e dalla rigidità delle sue gambe, immaginò che fossero trascorse ore. Le ginocchia le facevano male per essere state piegate tutto quel tempo; la guancia che aveva tenuto appoggiata contro i jeans era accaldata e dolorante; il libro le era caduto ed era a terra accanto a lei.

La porta si aprì ancora di più ed entrò suo padre, ma facendosi subito da parte per lasciare entrare la nonna.

Bailey ricordava a malapena sua nonna. Le sue visite erano state brevi e sporadiche. Loro non erano praticamente mai andati a Kansas City a trovare i nonni (sua madre la chiamava la "città dimenticata da Dio") e i nonni erano venuti a St Louis molto di rado. Sua madre era andata al funerale del nonno da sola. Fino a quella mattina in ospedale, Bailey non aveva più visto la nonna da quella che sembrava un'eternità. Sembrava più piccola di come la ricordava. E più vecchia.

E quindi cosa ci faceva, ora, qui? Era curiosità, la sua? Voyeurismo? Un improvviso, assurdo bisogno di prendersi cura di Laura dopo tutti questi anni? Era questo che l'aspettava in futuro, una vita talmente incasinata da costringere sua madre a interessarsi finalmente a lei?

La nonna entrò, fece una smorfia e Bailey la vide sforzarsi di non coprirsi il naso.

«È immondizia» mormorò suo padre, facendole strada in soggiorno e accendendo la luce. «Immagino che tu abbia smesso di pagare la tassa per i rifiuti. Ce n'è una quintalata anche in garage. E lì la puzza è anche peggiore.»

La nonna sembrava intontita e seguiva suo padre con passo incerto.

«E poi ci sono i piatti. Pile sempre più alte. Con la roba incrostata sopra da settimane. Non so come mai... Di solito Bailey è brava con i piatti» aggiunse suo padre.

"Di solito Bailey è brava a fare tutto" avrebbe voluto correggerlo. "Se non lo fa Bailey, di solito non lo fa nessuno."

«Non ne avevo idea» mormorò la nonna. «Non avrei mai immaginato che Laura lasciasse andare così la sua casa.»

"Fidati, Laura Sobria non l'avrebbe mai fatto" avrebbe voluto gridare Bailey. "Laura Sobria sarebbe morta se avesse saputo che c'era qualcuno in questa casa disgustosa in questo momento. Ma Laura Sobria se n'è andata molto tempo fa. Dio mio, e se se ne fosse andata la sera in cui Curt Fantasma aveva improvvisamente scoperto che non voleva più avere niente a che fare con questa vita? Be', sì, sì, credo sia stato quella sera.

E non era anche la stessa sera in cui Laura Non Così Sobria e Curt Fantasma avevano avuto quel tremendo litigio su chi avrebbe *dovuto* prendersi carico di Bailey in questo casino?

Be', sì. È stata quella sera."

Le bruciavano gli occhi e Bailey li batté con forza, assaporando il dolore dietro le palpebre mentre le lacrime si formavano, piene, e cadevano.

«Allora, lascia solo che prenda delle cose per Laura, da portarle alla clinica» disse suo padre, andando verso la camera da letto. «Fa' come fossi a casa tua» aggiunse mentre la sua voce svaniva in fondo al corridoio.

«Va bene» disse mestamente la nonna e Bailey la guardò spostarsi al centro della stanza e girare lentamente su se stessa. In lontananza sentì il cigolio e lo sbattere dei cassetti del comò di sua madre che venivano aperti e chiusi, il tonfo della valigia che veniva tirata fuori dall'armadio, il sibilo della zip che veniva aperta. Di solito quel suono preannunciava l'inizio di una tristissima vacanza in una destinazione alla moda, con tutta la famiglia che stringeva sinistramente gli occhi per proteggersi dal sole finché Laura non trovava il minibar, Curt i suoi canali via cavo preferiti e Bailey un posto in cui raggomitolarsi con un libro, da sola.

La nonna rimase in piedi per qualche minuto a braccia conserte, poi si chinò e cominciò a raccogliere le riviste per impilarle sul tavolino davanti al divano. Come se potesse servire a qualcosa... Quindi raccolse tutta una serie di lattine di soda vuote e le portò in cucina. Dopo un istante Bailey sentì il suono del metallo che cadeva nel cestino della differenziata. La nonna tornò, ripulendosi le mani, e si chinò per raccogliere qualcosa di fronte al divano. E poi qualcos'altro. E un'altra cosa ancora. Si raddrizzò, posò tutto sul divano, poi si tolse il cardigan, lo appallottolò e lo usò per spolverare il tavolino e la mensola del caminetto.

Alla fine la nonna si strinse nelle spalle e si lasciò cadere sul divano, incrociando e poi allargando le braccia a disagio, guardandosi intorno, osservando il disastro che era diventata la casa.

E fu in quel momento che il suo sguardo vagò verso l'alto.

I loro occhi si incrociarono.

Bailey trasalì, si strinse ancora di più al petto le ginocchia doloranti, raddrizzò la testa e spinse con più forza la schiena contro la parete. Ma non c'era modo di nascondersi, lì dov'era seduta. E poi, non era questo che voleva? Essere trovata facilmente, se solo qualcuno fosse stato abbastanza interessato da cercarla?

Nessuna delle due parlò. Per quella che sembrò un'eternità si limitarono a fissarsi, ognuna sfidando l'altra a essere la prima a dire o a fare qualcosa, qualunque cosa. Bailey sentiva il proprio respiro esploderle nelle orecchie; il cuore le batteva come un tamburo nel petto. Ma per il resto era immobile, tremendamente immobile.

Alla fine una serie di rumori lungo il corridoio annunciò il ritorno di suo padre con una valigia gonfia in una mano e una borsa di tela nell'altra.

«Credo di aver preso tutto» disse. «Se manca qualcosa dovrà semplicemente farne a meno finché non sarà di nuovo sobria. Comunque penso che non avrà occasione per sfoggiare chissà quali abiti.»

La nonna si alzò. Afferrò il cardigan sporco e appallottolato e si girò verso di lui.

Bailey aspettò.

Aspettò che sua nonna facesse la spia.

Chiuse gli occhi per prepararsi all'esplosione di rabbia che sarebbe sgorgata da suo padre. Strinse le dita intorno al libro, il suo porto sicuro contro la tempesta.

Ma... «Ho raccolto un po' di cose» fu tutto ciò che disse la nonna. «C'è bisogno di una vera pulizia, ma ho pensato che non avrei avuto il tempo di passare l'aspirapolvere o cose del genere. Però potrei trattenermi ancora un giorno...»

Suo padre scosse la testa. «Cosa? Oh, le pulizie... No, no. Ci penserò io. Non appena avrò sistemato tutto.»

«Se ne sei sicuro...»

«Certo. Sei pronta?»

Ancora una volta Bailey si preparò al peggio e ancora una volta non successe nulla. La nonna annuì e i due si avviarono alla porta, con suo padre che uscì per primo, galante come sempre.

Ma a parte un'altra veloce occhiata verso l'alto prima di chiudere la porta dietro di sé, la nonna non fece niente.

Assurdo.

Ed esasperante.

Ma come, finalmente qualcuno la nota e non si preoccupa di dire una parola?

Perché? Perché era così difficile da notare? Perché nessuno la vedeva? Perché doveva ricorrere a dei ridicoli capricci? E perché le importava così tanto farsi notare?

Bailey si voltò e, scivolando all'indietro, uscì lentamente dal nascondiglio dietro la sedia a dondolo. Allungò le gambe verso la balaustra della mansarda; quando le distese, le ginocchia scricchiolarono, e Bailey trasalì.

Poi scivolò di nuovo in avanti, piegando le ginocchia, e con un sospiro sferrò un calcio con tutte le sue forze. Una delle colonnine di legno della ringhiera si spezzò a metà come fosse di burro e la parte inferiore si staccò dai chiodi e cadde sul tavolo del salotto di sotto.

Bailey sorrise, si trascinò, sempre seduta sul pavimento, dall'altra parte della sedia a dondolo e lo rifece. Più e più volte. Finché tutte le colonnine non furono distrutte.

Riusciva quasi a sentirlo nella testa, suo padre, che urlava come un pazzo, che praticamente schiumava di rabbia. Perché diavolo hai fatto una cosa del genere, Bailey?

«Perché...» disse ad alta voce, ansimando mentre fissava il mucchio di macerie di sotto. Gettò giù il suo vecchio libro, che cadde sopra a tutto. «Perché tu non ti sei degnato di alzare lo sguardo.»

# Capitolo Cinque

«Toc toc!» sentì Jean dall'ingresso proprio mentre tirava fuori dal forno una fumante torta salata al pollo e rosmarino.

«In cucina!» gridò, chiudendo il forno con il ginocchio. Portò la torta salata sul bancone che aveva già preparato per la riunione del club del libro. C'erano sottopentola sparsi in giro accanto a cucchiai da portata e persino un set di pinze da insalata, nel caso fossero servite. Jean sapeva che avrebbe dovuto essere un incontro veloce per concludere quello che era stato interrotto dalla telefonata di Curt, ma conosceva le signore abbastanza bene da sapere che "veloce" non significava lesinare sulla cucina. Sistemò la sua torta salata su un sottopentola.

«Cos'è questo profumo?» chiese Loretta attraversando la cucina in ciabatte con un enorme vassoio di formaggio in mano. «Il mio naso sta facendo i salti mortali dalla gioia.»

«Formaggio?» disse Jean incredula. «Sai benissimo che Mitzi dirà che è imbrogliare limitarsi a tagliare un paio di caciotte.»

«Be', allora Mitzi può tranquillamente tenere le sue manone lontane dal mio formaggio.»

Jean fece una risatina e agitò uno strofinaccio contro Loretta. «Smettila. Mitzi non ha delle manone.»

«E il formaggio non è imbrogliare. Vedi? Abbiamo entrambe ragione.» Loretta si chinò sulla torta salata e inspirò profondamente. «Credo che lei stia diventando un vero chef, signora Jeanie. Il profumino è delizioso. Non vedo l'ora di metterci sopra le mie manone.»

«Grazie. In effetti ne sono piuttosto orgogliosa» disse Jean. «E speriamo che il sapore sia altrettanto buono. Hai portato i libri?»

«Chuck li sta portando con la vecchia station wagon di Wendy proprio in questo momento. Gli ho detto di lasciarli sul portico, in modo che ognuna possa prenderne una copia prima di entrare. Sono così eccitata all'idea di leggerlo! Ho sentito che sta causando un mucchio di polemiche.»

Jean staccò un pezzettino di crosta e la assaggiò. «Non succede con tutti i libri di Thackeray? Pensavo che fosse proprio questa, la ragione per cui lo leggiamo.»

Loretta rubò un cubetto di formaggio dal vassoio e se lo ficcò in bocca. «Forse questa è la ragione per cui lo leggi *tu*. Io lo leggo perché secondo me lui è sexy. Dov'è il vino?»

«Sul tavolo, a respirare.» Jean andò in sala da pranzo e Loretta la seguì, dopo essersi presa un altro pezzetto di formaggio. Jean se ne intendeva di vino ancor meno che di cucina, ma pensava che "lasciar respirare il vino" fosse una mossa da intenditori. Una specie di equivalente enofilo del mescolare i peperoni rossi alla pasta al forno. «Sexy? Davvero? È un po'... flaccido, non credi?»

«Oh, tesoro, alla nostra età chi non lo è? La pelle flaccida è il nuovo nero, non lo sapevi?» Loretta vide la bottiglia. «Versamene un po', Jeanie. Non è il vino che dovrebbe respirare. Sono io. Dovrei respirare un bel bicchiere in questo momento. Forse, se bevo abbastanza, a Chuck verranno certe idee...»

Povera Loretta. Il suo matrimonio con Chuck una volta era vivo ed eccitante. Erano una di quelle coppie che tutti invidiavano, una coppia con una tale alchimia che irradiava dai loro corpi quando erano insieme... Ma quando Chuck era andato in pensione le cose erano cambiate. Aveva comprato una nuova poltrona reclinabile e ne aveva fatto la sua amante. Loretta faceva persino fatica a convincerlo ad alzarsi per venire a tavola e della camera da letto poi, neppure a parlarne. Jean sapeva che la sua amica era tutta chiacchiere quando si trattava di uomini... Amava molto Chuck e non avrebbe mai toccato nessun altro uomo. Ma il problema era proprio quello: Chuck ora non toccava altro che il telecomando e questo faceva impazzire Loretta. Il suo modo di affrontare la situazione erano i romanzi erotici, le cotte platoniche, il vino e tante, tante battute a spese del prossimo.

Jean versò del vino alla sua amica e si sedettero insieme al tavolo. «Oggi sei davvero esasperata» disse facendo tintinnare i bicchieri.

«Ah, ma io sono esasperata tutti i giorni. Sei tu che l'hai notato solo oggi.»

«Oh, no, cara, lo noto ogni giorno» ribatté Jean.

Suonò il campanello, seguito da un rumore di passi nell'ingresso. Come sempre Mitzi e Dorothy arrivarono insieme, con Dorothy che si lamentava dei suoi figli e Mitzi che offriva drastici consigli che avrebbero fatto rabbrividire la maggior parte delle persone.

«Ciao!» le salutò Jean, andando in cucina per aiutarle a posare i piatti che avevano portato.

«Sei tornata» esclamò Dorothy, abbracciandola per qualche istante. «Come sta?»

Jean si strinse nelle spalle, sconsolata. «Non ho più avuto notizie. Posso solo immaginare che significa che va tutto bene.»

«Che strano» commentò Mitzi, appoggiandosi al bancone e mangiando un pezzo di formaggio. Loretta aveva ragione: non aveva detto una parola sul presunto "imbroglio". «Laura... Non l'avrei mai immaginato. Sembrava il tipo che aveva sempre tutto sotto controllo.»

Jean annuì. «Non l'avrei mai immaginato neppure io.» Non aveva detto alle sue amiche che Curt aveva lasciato sua figlia, né del comportamento di Bailey. Preferiva che Laura conservasse una parvenza di dignità... Oppure era per se stessa che si sentiva in imbarazzo? Era così superficiale da non voler parlare alle amiche dei suoi problemi quando loro le parlavano sempre dei propri? Ma no, certo che no. Era solo una questione di riservatezza.

Mentre tutte scoprivano i propri piatti, la casa iniziò a riempirsi di profumi celestiali: una ricca vellutata di pomodoro e basilico che fumava in una pentola, qualcosa di dolce e speziato su un piatto coperto di alluminio vicino al lavello. Arrivarono in sequenza May e poi Janet, ciascuna con una pentola in una mano e una pila di libri nell'altra.

«Babbo Natale ci ha lasciato dei regali sulla porta» commentò May, posando i suoi quadratini di cheesecake e sventolando il nuovo libro. Lo girò e lesse una delle recensioni sulla quarta di copertina. «*Provocatorio e provvidenziale... Non guarderete mai più vostra madre nello stesso modo...* Oooh, suona...»

«Provocatorio» suggerì Loretta, sollevando il suo bicchiere di vino.

«E provvidenziale» aggiunse Mitzi, e lei e Loretta ridacchiarono.

Dorothy si chinò sulla spalla di May per leggere il resto. «*Thackeray mina alle fondamenta il datato modello della famiglia americana in cui "la mamma sa sempre ciò che è meglio per tutti"*. Oddio, chi ha scritto una cosa del genere?» chiese.

«Mia madre morirebbe se sapesse che sto leggendo un libro di Thackeray» disse Mitzi. «È una tale liberale, sempre a combattere per i diritti calpestati di questo o di quello e a protestare contro la guerra... E poi il nostro autore è anche gay, no?»

«Be', non vedo perché dovrebbe essere importante» ribatté Dorothy.

«Infatti non lo è» disse Mitzi, forse un po' troppo sulla difensiva per sembrare sincera. «Sto solo dicendo che se davvero mia madre sapesse sempre ciò che è meglio per tutti, noi non staremmo leggendo il libro di questo tizio.»

«Abbiamo votato» le ricordò Jean, ben sapendo che le convinzioni democratiche di Mitzi avrebbero fugato ogni preoccupazione riguardo alla lettura di Thackeray. «E tu hai votato a favore, a quanto mi dicono.»

«Certo che sì» ribatté Mitzi, mettendosi un pezzetto di carota cruda in bocca e spostandosi verso la sala da pranzo con un sorriso birichino. «Io non ho mai fatto quello che mi diceva mia madre. Perché dovrei cominciare adesso?»

«A cominciare dallo sposare Blake» aggiunse Dorothy, prendendo anche lei una carota e seguendo l'amica.

«Oh, sì. In effetti la mamma non vedeva di buon occhio Blake» convenne Mitzi, versandosi un bicchiere di vino. Ne bevve un sorso mentre Jean apriva una seconda bottiglia e la metteva al centro del tavolo. «Pensava che fosse... Come diceva, sempre? Arrapato come un cane con un cuscino nuovo da scopare. E, cosa peggiore di tutte, era cattolico.»

Le signore scoppiarono a ridere. «E parlando di uomini...» disse Loretta, avvicinando a sé il libro di Dorothy, aprendolo alla pagina che parlava dell'autore e poi girandolo perché anche le altre lo vedessero. Mezza pagina era occupata da una foto di Thackeray, seduto su un'antica poltrona di pelle bordeaux con un sigaro tenuto con noncuranza tra le dita e i capelli spazzolati all'indietro e cotonati come se fosse appena stato dal parrucchiere. «Sono l'unica a trovarlo sexy?»

«Bleah» commentò May, entrando in sala da pranzo con un bicchiere d'acqua. «Sì, sei decisamente l'unica.»

Mitzi prese la bottiglia di vino e la agitò di fronte a May. «Perché l'acqua?»

May guardò sconsolata il proprio bicchiere. «Troppe calorie per un martedì. Sono a dieta.»

«Ragazza mia, tu sei sempre a dieta» obiettò Loretta. «E sai una cosa? Alla fine la gravità vanifica sempre tutti gli sforzi. Se avessi di nuovo trent'anni, cancellerei la parola dieta dal mio vocabolario. Non m'importerebbe più niente di diventare molliccia come un piatto di gelatina.»

«Sì, certo» disse May. «Che t'importa, tanto tu sei fantastica. E ho visto delle vecchie foto tue e di Chuck. Eri uno schianto anche allora.»

«Io credo che tu sia bella così, May» disse Jean dalla cucina.

May lanciò un'occhiata da quella parte, arrossì, imbarazzata, poi si riprese. Indicò la foto di Thackeray. «Sembra uno Shar Pei. Non gli si vedono neppure gli occhi.»

«Pfff» sbuffò Loretta. «E tu che ne sai? Uscivi con quel tizio tutto pieno di nei.»

«Oh, questo mi ricorda una cosa» intervenne Mitzi, girandosi verso May. Toccò una sedia vicino a lei, invitandola a sedersi. «Com'è andato il tuo appuntamento di ieri sera?»

May arrossì come faceva sempre quando le amiche le chiedevano della sua vita amorosa. Ancora single e senza figli, era un po' una mosca bianca, nel loro gruppo. Loretta una volta aveva detto che il suo talento culinario era sprecato senza un uomo con cui condividerlo, ma Mitzi l'aveva accusata di essere sessista e ne era nato il più acceso dibattito sui meriti del femminismo che la casa di Jean avesse mai visto. Jean era rimasta in silenzio ad ascoltare, sorseggiando il suo vino e pensando che Wayne avrebbe amato partecipare a quella conversazione, specialmente perché si era conclusa con tutte che mangiavano i quadretti di cheesecake di May e bevevano il vino di pere che aveva portato Mitzi e concordavano su una cosa: nessuno sapeva cucinare meglio della loro bella single dai ricci dorati. Più tardi, quello stesso giorno, dopo che le altre se n'erano andate, May era rimasta per aiutare a lavare i piatti.

«Ho una confessione da farti» aveva detto, pulendo l'orlo di un bicchiere da vino con una spugnetta insaponata. «Sai tutti quegli uomini di cui parlo sempre?»

Jean, che stava ricoprendo gli avanzi, l'aveva guardata. Anche alla fine di una giornata i capelli di May erano bellissimi, così ricci e corposi. «Sì?»

May aveva stretto le labbra e aveva nascosto leggermente il mento nel suo maglione a collo alto. Per una giovane e carina come lei, si vestiva sempre in maniera un po' troppo castigata e all'antica. Oppure, come aveva detto una volta Loretta: «C'è un'affascinante bibliotecaria assatanata di sesso nascosta lì sotto da qualche parte, intrappolata da tutti quei bottoni, ganci e pizzi».

«Inventati. Tutti. Pura fantasia. Persino quello con i nei.»

Jean l'aveva guardata sgranando gli occhi per la sorpresa. «Cosa?»

«È solo che...» May aveva immerso il bicchiere in acqua e poi l'aveva sollevato alla luce. «Ci ho rinunciato. Agli uomini. E agli appuntamenti galanti. Non mi sono mai piaciuti. Non voglio sposarmi. Non voglio dei bambini. Mi piace stare da sola. Ma nessuno lo capisce. Pensano che se sei sola, devi *sentirti* sola, ma io non mi sento sola. Cioè, guarda oggi, no?» May aveva asciugato il bicchiere e l'aveva posato, sottosopra, nella rastrelliera. «Se fossi sposata con figli, probabilmente sarei troppo occupata per far parte di un club del libro. E non avrei avuto modo di conoscervi, tutte voi ragazze.»

«Ma stai con noi solo una volta al mese. Non è come avere una famiglia» aveva obiettato Jean.

«A me basta» aveva ribattuto May, guardandola negli occhi. Entrambe avevano taciuto per qualche istante e Jean aveva capito che la sua amica stava dicendo la verità: voleva davvero stare sola.

May aveva preso un altro bicchiere e l'aveva immerso nel lavello. «Non so... È un mondo così spaventoso che ho paura di portarci gente nuova. E la metà del tempo questi uomini... mi fanno ribrezzo. Sono volgari, oppure sono dei bambini troppo cresciuti. Sono divorziati perché hanno tradito la moglie oppure non hanno un lavoro e... mio Dio, pensare di portare una figlia in questo mondo ad affrontare tutto questo... Io proprio non posso.»

«Ti capisco» aveva detto Jean. Più di quanto May si rendesse conto, probabilmente.

May aveva lasciato galleggiare il bicchiere e aveva fatto una smorfia a Jean da sopra la spalla. «Così invento appuntamenti disastrosi per potermene stare a casa col mio gatto e mangiare in pigiama. Non è normale, non credi?»

Jean e May si erano guardate per un istante, poi entrambe erano scoppiate a ridere. «No, immagino di no» aveva detto Jean. «Ma qualunque cosa vada bene per te è normale, giusto?»

«Giusto» aveva convenuto May, tornando ai piatti. «E io non li invento per me. È solo che... le altre, vogliono tutte sapere cosa succede. È come se avessero bisogno di prove che almeno sto *cercando* di trovarmi un marito. Così io do semplicemente loro quello che vogliono. E mi invento degli appuntamenti assurdi in modo che non sembri strano che non voglia uscire con quel tizio una seconda volta. Immagino che siano piccole bugie bianche, perciò che importanza ha? In questo modo non vengo giudicata. Probabilmente c'è qualcosa di sbagliato in me. Tu che dici?» Era tornata a lavare il suo bicchiere.

«Ma no, certo che no» aveva risposto Jean. «Nessuno deve per forza comportarsi in una certa maniera. Se sei felice così, sei felice così. È possibile essere felici da soli. Guarda me.» Aveva avuto intenzione di finire la frase con qualcosa di incoraggiante tipo: "Guarda me! Sono sola e sono felice!". Ma non era riuscita a pronunciare le ultime parole. Lei era sola. Ma a differenza di May, a lei importava. Sentiva ancora la sua mancanza ogni giorno, come una sciocca principessa delle favole. E non la mancanza di un uomo qualunque, ma di uno specifico: Wayne.

«Mitzi penserebbe che c'è qualcosa di sbagliato in me» aveva aggiunto May.

«Mitzi pensa che c'è qualcosa di sbagliato in tutti» aveva ribattuto Jean, e avevano riso insieme.

Non aveva mai raccontato a nessuno della sua conversazione con May di quel giorno, neppure a Loretta, alla quale di solito confidava tutto. Se Wayne fosse stato vivo, forse l'avrebbe detto a lui, ma, a parte questo, considerava i dubbi e le paure di May un loro segreto e aveva smesso di unirsi al coro di "quando ti sposi" ogni volta che le altre menzionavano la questione. Cosa che facevano regolarmente. E quel giorno non era diverso.

«Sì, raccontaci del tuo appuntamento» la incalzò Dorothy. «È stato amore a prima vista?» Jean aspettò la bugia.

May si strinse nelle spalle, accarezzando la copertina di Thackeray. «Era calvo. Be', non calvo calvo, ma lo stava diventando, così era ancora nella fase di negazione.»

«Uh oh, il riportino» disse Mitzi a voce bassa.

«Esattamente. E indossava roba marrone.»

«Cosa c'è che non va nel marrone? A me piace il marrone» intervenne Jean. E in effetti indossava una camicetta di flanella a scacchi marroni con un golf a collo alto anch'esso marrone. May le lanciò un'occhiata e scoppiò a ridere.

«Che c'è? Il marrone è bello» insistette Jean.

«Ma marrone e quasi calvo a un primo appuntamento non lo è» intervenne Mitzi. Sollevò il suo bicchiere di vino e lo fece tintinnare contro quello di May. «Sono con te in questo, sorella. Dagli un bel calcio di benservito prima che ti mostri i calzini bianchi e le scarpe nere.»

«Possiamo tornare al cane che si fa il cuscino?» chiese Loretta, girando di nuovo il libro e indicando la copertina. «Io non vedo uno Shar Pei.»

«Io credo che sia abbastanza affascinante» disse Janet, e tutte si voltarono verso di lei, ricordando improvvisamente che era lì con loro. Era una cosa che succedeva spesso. Janet alla fine trovava il coraggio di mormorare qualcosa e tutte si bloccavano e la fissavano. Non era certo un toccasana per la sua timidezza... Janet sorseggiò la sua acqua e la mandò giù con molta più forza di quanto fosse necessario. Il suo viso avvampò.

«Be', finalmente!» esclamò Loretta dopo un istante di sconcerto. Posò il libro e fece un gesto verso Janet. «Qualcuno che capisce cos'è sexy e cosa non lo è. Voi altre non avete gusto.»

«E parlando di gusto,» intervenne Dorothy, mandando giù l'ultimo sorso del suo vino «ho sentito che la sciacquetta del mio ex ha trovato un lavoro da Lookie Lou.»

«Prima che divaghiamo troppo...» iniziò a dire Jean, ma era già troppo tardi. Non si menzionava un posto come Lookie Lou senza ottenere una reazione. Non dal loro gruppo, almeno.

«Ma dai!» esclamò May. «Il locale di spogliarelli?»

Dorothy annuì. «Ho reagito esattamente così anch'io. Chi andrebbe a vedere quella vecchia bagascia che si toglie i vestiti?»

«Vuoi dire a parte Elan» le fece notare Loretta.

«Be', gli standard di Elan sono crollati quando ha compiuto cinquant'anni e ha comprato quella stupida motocicletta» ribatté Dorothy.

Loretta sbuffò. «Quell'affare non è una motocicletta. È una bicicletta mascherata. Le mancano solo le nappine sul manubrio.»

«Sono sicura che le nappine ce l'aveva la sua amichetta in un posto che so io, se capite cosa intendo» commentò Mitzi.

«E tu come l'hai scoperto?» chiese May.

Dorothy fece una smorfia. «Meglio che non ve lo dica.»

Il che, ovviamente, fece venire a tutte una gran voglia di saperlo.

«L'ha vista Justin» spifferò alla fine Mitzi. «Ma ve lo immaginate? Entri in un locale di spogliarelli con una carta d'identità falsa, tutto pronto a eccitarti per qualche bella ragazza, e chi ti trovi davanti? La fidanzata di tuo padre! Ciao, matrigna! È pronta la cena?» Mitzi scoppiò a ridere e rovesciò il suo vino.

«Ma sul serio?»

Dorothy annuì tristemente, poi si voltò verso Jean. «Che dici, mangiamo? Questa conversazione mi sta facendo rivoltare lo stomaco.»

«Ma certo» rispose Jean, saltando su dalla sedia e spingendo tutte verso la cucina. «Prima che si freddi tutto.» Non che le importasse molto del cibo freddo, negli ultimi tempi. Di recente aveva preso l'abitudine di mangiare zuppa semicongelata direttamente dalla lattina, mentre era in piedi accanto al lavello. Perché sporcare dei piatti per una persona sola? Anche se dentro di sé sapeva benissimo che non era un comportamento salutare...

A dire la verità, neppure ora aveva molta voglia di mangiare... Era stata troppo presa dalle storie delle altre... L'appuntamento galante, l'ex marito, la mamma e persino l'inquietante adorazione di Loretta per R. Sebastian Thackeray. Ascoltare le storie delle sue amiche la aiutava a sentirsi ancorata alla realtà. E a distogliere il pensiero da Laura.

«Allora, Jean, come sta Laura?» chiese alla fine Mitzi quando si sedettero tutte davanti ai loro piatti.

«Non le ho più parlato da quel giorno in ospedale» rispose Jean. «E Curt non mi chiama da due settimane. Immagino che non ci siano novità.»

«È ancora lì dentro?»

Jean si strinse nelle spalle. «Chi lo sa? Non mi tengono mai al corrente delle loro cose. E io odio disturbarli. Curt sembra... distrutto, immagino.»

«Chi potrebbe biasimarlo?» disse May. «La sua vita è a pezzi, in questo momento. Ha tutte le ragioni per essere distrutto.»

«E non solo la sua» aggiunse Jean. «Sembra che anche mia nipote Bailey stia facendo le bizze. È diventata un vero problema, a quanto mi ha detto.»

«Ah!» esclamò Mitzi, dispiaciuta. «Poverina. Probabilmente sta soffrendo molto.»

Jean scrollò le spalle impotente, ricordando la tristezza che aveva letto negli occhi di sua nipote il giorno in cui l'aveva vista su in mansarda. C'era qualcosa, in quegli occhi, chiedeva aiuto, ed era minaccioso allo stesso tempo. Alla fine non era riuscita a dire a Curt che l'aveva vista lassù. Sentiva che quella non era la sua battaglia e che Bailey preferiva così. Non poteva fingere di sapere cosa le stava passando per la testa o cosa provava o sentiva sua nipote. Di certo si sentiva sola e smarrita. Di certo le mancava sua madre. Ma Jean non riusciva a scrollarsi di dosso un persistente senso di colpa per non averle teso una mano quando avrebbe potuto. Non era sicura di aver fatto la cosa giusta. «Li chiamerò stasera per vedere se riesco a scoprire cosa sta succedendo» disse.

«Non puoi fare altro» convenne Loretta.

«Forse non hai avuto notizie perché è andata così bene che tua figlia è già uscita ed è tornata a casa» suggerì May.

«Speriamo» disse Jean, ma nel profondo del cuore sapeva che probabilmente era tutto il contrario.

Dopo pranzo si riunirono in salotto, dove si accasciarono tutte sui morbidi cuscini del divano lamentandosi di quanto erano piene, per poi cantare le lodi dei rotolini alle uova di Mitzi e dei sandwich di Dorothy, e come sempre si divertirono a indovinare chi avrebbe trovato il "regalino" nei quadratini di cheesecake di May.

«Indosso sempre una bandana ora quando cucino, ragazze. Ve l'ho già detto» insistette May, ma tutte continuarono a ridacchiare comunque.

Poi, dal momento che il viaggio d'emergenza di Jean a St Louis aveva fatto naufragare il loro ultimo incontro e non avevano nessun libro da criticare, concordarono di leggere insieme ad alta voce i primi capitoli di *Colpa*, a cominciare da Mitzi, seguita da Dorothy per finire con Loretta, che fece ridere tutte con la sua resa della presunta voce profonda e sensuale di Thackeray.

«Ma dai, che brutto! Sembri un attore di film porno» commentò Mitzi, il che causò altre risate, specialmente dopo che Loretta reagì colpendo giocosamente il braccio di Mitzi con il suo libro.

L'incontro si concluse molto in fretta. I piatti furono lavati e ordinati e Jean si ritrovò troppo piena per cenare, troppo stanca per guardare la tv e troppo agitata per leggere.

Finì per fare una doccia per rilassarsi un po' e poi si avvolse nell'accappatoio di spugna più morbido che aveva e infilò le pantofole a forma di coniglietto. Accese il televisore e tenne il libro di Thackeray in grembo mentre guardava il telegiornale della sera, con la testa bagnata ancora avvolta nell'asciugamano.

«Be', Wayne, ne abbiamo uno tosto, questo mese» disse ad alta voce, sollevando il libro come per mostrarlo a qualcuno nella stanza. Lo aprì e cominciò a leggere. *«La vita di Johanna Bland era una finzione. Batteva da quando aveva tredici anni, infilando le sue imponenti cosce in abiti troppo piccoli per la sua misura e contando sulla sua dipendenza dalle metamfetamine per restare magra e carina, troppo cieca per rendersi conto che non era più né magra né carina. Neppure agli occhi di sua figlia, Blanche, la cui più grande aspirazione era battere bene almeno la metà di quanto faceva sua madre, racimolare un po' di contanti e divertirsi un po' prima di uccidersi senza troppe cerimonie buttandosi sotto un treno della metropolitana.»* Jean fissò accigliata la pagina. «Santo Dio» mormorò, poi guardò di nuovo verso il soffitto. «Ce ne aspetta uno lungo e faticoso, temo» disse. Sospirò. «Vorrei tanto che fossi qui a leggerlo con me.»

Il giorno in cui Wayne era morto non era stato quello in cui Jean aveva sentito la propria vita sfuggire al suo controllo. In realtà era successo quando gli era stata diagnosticata la malattia.

Jean non avrebbe mai dimenticato il viaggio silenzioso dall'ospedale a casa. Aveva guidato lei all'andata, perché Wayne non si sentiva bene e voleva spingere indietro il sedile per stare più comodo e magari fare un pisolino mentre erano imbottigliati nel traffico della città. Ma al ritorno dall'ospedale lui aveva raddrizzato il sedile e aveva continuato a fissare fuori dal finestrino e gli unici suoni nell'auto erano stati il sibilo del riscaldamento e i rumori attutiti delle auto intorno a loro, un clacson qui, una frenata là. Wayne stava riflettendo. Jean conosceva l'espressione di suo marito quando rifletteva. Ma non gli aveva chiesto a cosa stava pensando. Lo sapeva già.

Non ricordava di aver battuto le palpebre neppure una volta, sulla via di casa.

Erano rimasti seduti in quel modo tutta la sera, fianco a fianco a tavola durante la cena, sul divano a guardare un film, a letto a leggere i loro libri. Tutto in totale silenzio, come se nessuno dei due sapesse cosa dire all'altro. *Andrà tutto bene* sarebbe stata una bugia. *Ho paura* sarebbe stato troppo sincero, e nessuno dei due avrebbe potuto sopportarlo. *Forse si sono sbagliati* sarebbe stato così ottimistico da apparire stupido. Non si erano sbagliati e niente sarebbe andato più bene e tutti e due erano spaventati a morte, ma ammettere una di queste cose ad alta voce sarebbe stato dire una verità che nessuno dei due era disposto o preparato ad affrontare.

«Dobbiamo dirlo ai ragazzi» aveva detto alla fine Jean, dopo che Wayne aveva spento l'interruttore della lampada sul comodino ed entrambi erano rimasti sdraiati al buio, in silenzio, fianco a fianco, con gli occhi spalancati che fissavano il soffitto.

«Lo so» aveva risposto lui. «Possiamo aspettare?»

«Il dottore ha detto che potrebbero essere solo pochi mesi.» Jean aveva sentito una stretta alla gola mentre pronunciava l'ultima parola e la sua voce aveva tremato. «Voglio dare loro tempo. Il tempo di dire...» *Addio. Dare loro il tempo di dire addio*. Ma non era riuscita a dire quell'ultima parola.

«Ma io non voglio che siano solo pochi mesi, Jean» aveva detto Wayne, ed era sembrato un bambino spaventato, non l'uomo coraggioso che conosceva e amava da tanti anni. Jean aveva spostato la mano sotto le coperte per stringere quella di lui.

«Lo so» aveva detto. «Neppure io.» E poi aveva deglutito con forza, perché non voleva piangere di fronte a lui. Non voleva confermare le sue paure, che l'avrebbe lasciata distrutta e sola. Voleva che lui pensasse che avrebbe sopportato la sua morte. Che avrebbe potuto affrontarla e sopravvivere. Voleva donargli almeno quella pace.

Avevano chiamato entrambi i figli la sera successiva mettendo il vivavoce. Wayne aveva comunicato la notizia personalmente, con la voce rotta dall'emozione entrambe le volte. Kenneth aveva pianto come un bambino, balbettando che suo padre era un combattente e avrebbe potuto sconfiggere la malattia. Laura era sembrata distante, distratta, come se non avesse davvero capito quello che stava succedendo.

«Caspita, è brutto» aveva detto. «Quanto tempo?»

Wayne aveva chiuso gli occhi. «Dicono non molto, temo. Vorrei vedere Bailey al più presto.»

«Sì, certo» aveva risposto Laura, ma in un tono accondiscendente. «Uau. Cancro. Quanti anni hai, sessantasette?»

«Sì» aveva risposto Wayne.

«Cent'anni fa saresti stato considerato un uomo molto vecchio» aveva continuato lei. «Per quello che vale...»

Wayne aveva lanciato un'occhiata a Jean e poi aveva aggrottato la fronte perplesso. «Immagino di sì» aveva risposto.

«Laura è così» aveva detto Jean quando avevano riattaccato. «Questo è il suo modo di affrontare le difficoltà. Sai com'è fatta. Se non può risolvere un problema, fa finta che non ci sia.»

Ma, visti gli eventi delle ultime due settimane, Jean non poteva fare a meno di chiedersi se magari Laura non fosse stata ubriaca anche quella sera.

E ora eccola lì, in un centro di recupero da qualche parte alla periferia di St Louis, a combattere con suo marito, a combattere con sua figlia, a combattere con le bollette, a combattere per mantenere il proprio lavoro. A combattere, sempre.

Jean si domandò se Laura si stesse sentendo come si era sentita lei quando a Wayne era stato diagnosticato il tumore, all'inizio della malattia. Si chiese se si sentisse come annaspare in un oceano, bevendo e sputando a ogni bracciata, ma senza mai andare da nessuna parte. Si domandò se sentisse le meduse che le bruciavano la pancia e gli squali che le mordevano i calcagni, spingendola ad andare avanti, a sbrigarsi, a riprendere in mano la propria vita. Si domandò se fosse per questo che Laura era arrivata a quel punto... Cercando di uscire da quel maledetto oceano, di arrivare su una spiaggia dove potersi asciugare e riprendere il controllo di sé.

Non che avesse importanza. Si può perdere il controllo, ma questo non significa che si possa piantare baracca e burattini. Non significa lasciar affogare la propria figlia adolescente perché la temperatura dell'acqua non è di tuo gradimento.

Jean decise di non leggere più a voce alta. Posò il libro in grembo, appoggiò la testa contro lo schienale del divano, chiuse gli occhi e immaginò la possibile reazione di Wayne al libro di Thackeray. Le sembrava quasi di sentirlo: «Jeanie, sto cercando di trovare la verità nascosta da qualche parte qui dentro. Dev'esserci una verità che l'autore sta cercando di trasmetterci». Perché Wayne era sempre stato così: aveva sempre tentato di trovare nei libri più di quanto ci fosse in realtà. Aveva sempre avuto questa idea che non bastava leggere, ma bisognava imparare dai libri che si leggevano. Una volta lei l'aveva scherzosamente sfidato a trovare una verità nascosta anche nei libri del Dottor Seuss e lui cosa aveva fatto? Era tornato dalla biblioteca con uno di quei libri per bambini e l'aveva analizzato per lei, una stupida pagina dopo l'altra. «Perché vedi, Jeanie, questo libro parla di coraggio di fronte alle avversità, aveva detto. In realtà è molto più sofisticato di quello che sembra.» E poi aveva ricominciato a leggerlo facendo la voce da attore shakespeariano. Alla fine lei aveva riso talmente tanto da farle male la pancia, ma l'aveva anche guardato con ammirazione. Il suo era sicuramente un dono. O almeno a lei sembrava tale.

Squillò il telefono, strappandola dai suoi pensieri.

Jean si alzò, portando distrattamente il libro con sé, per poi posarlo accanto al telefono.

«Pronto?»

«Jean, sono di nuovo Curt.»

Jean si sentì sprofondare. L'ultima volta che Curt aveva chiamato era stato per darle brutte notizie. E la sua voce non prometteva nulla di buono neppure questa volta. «Sì?» chiese timidamente.

«È per Bailey.»

«Bailey?» Jean fu colta alla sprovvista. Si era aspettata brutte notizie su Laura. «Cos'è successo? Sta bene?»

Una pausa, un respiro profondo. «Dipende da quello che intendi per stare bene. Fisicamente sta benone, quello sì.»

Jean aspettò, ma Curt non aggiunse altro. Che intendeva con quel "fisicamente sta benone"? «Bene» mormorò, non sapendo cos'altro dire o cosa avrebbe potuto spingerlo a continuare a parlare. In realtà non sapeva nemmeno se *voleva* che lui continuasse a parlare. Sembrava che ultimamente Curt la chiamasse solo per dire cose che la facevano soffrire.

«È una tremenda spina nel fianco» sbottò Curt alla fine. «Del tutto fuori controllo. Non so cosa fare con lei e non riesco... non riesco più a gestirla. Ha bisogno di sua madre, ma sappiamo qual è la situazione...»

Jean si accasciò sulla sedia accanto al telefono. Wayne l'aveva battezzata la sua "sedia necessaria" dopo la discussione che avevano avuto per decidere se comprarla o no. «Ma dove cavolo pensi di metterla?» aveva chiesto. «Nell'angolino del telefono» aveva risposto lei, felice di aver trovato un bel nome per la piccola nicchia in corridoio dove c'era la presa telefonica. «E perché mai?» aveva insistito lui. «Per sedersi mentre si usa il telefono» aveva replicato Jean come se quella di Wayne fosse una domanda sciocca. «Se hai un angolino del telefono, è necessario avere qualcosa su cui sedersi.» Ovviamente nessuno ci si era mai seduto, neppure una volta. Tutti avevano semplicemente portato il cordless verso qualunque sedia, letto o panca della casa volessero sedersi. Ora finalmente Jean si era seduta sulla sedia necessaria e non c'era nessuno a notarlo.

«L'hai portata a vedere qualcuno?»

«A vedere qualcuno? No, senti, non è per questo che ti chiamo.»

«Va bene.»

«Ti chiamo per chiederti un favore.»

«Va bene» ripeté Jean.

«Ho bisogno che la prendi tu.»

«Chi?»

«Bailey.»

«Prenderla dove?»

«Prenderla in casa» ribatté Curt in tono impaziente. «Ho bisogno che stia con te per un po'. Non riesco a controllarla e questa situazione sta iniziando a interferire col mio lavoro. Non potresti prenderla tu solo fino a quando Laura non riuscirà a stare di nuovo in piedi con le proprie gambe e non capiremo cosa fare? Non potrebbe stare da te?»

Jean tacque per qualche istante, la mente in subbuglio. Portare Bailey... lì? Era trascorso così tanto tempo da quando aveva avuto un bambino in casa! Guardò dall'altra parte del corridoio dove era appeso il quadro a olio che Wayne aveva comprato a una svendita anni prima. Era tutto fiori marroni, bordeaux e ocra, antico e decisamente brutto. Era il genere di cosa che gridava: "Qui ci vive una vecchia!".

«Be'... ma magari dovresti portarla da uno psicologo» balbettò Jean. «Non so cosa potrei...»

«Sì, potrei portarla da uno psicologo, ma non posso stare con lei ventiquattr'ore su ventiquattro per assicurarmi che non mi distrugga la casa. Qualche volta devo lavorare o mi licenzieranno, e a quel punto cosa faremo? Uno psicologo non può aiutarti se non hai i soldi per comprare da mangiare.»

«Distrugga la casa...?» Ancora una volta Jean si guardò intorno, alzandosi dalla sedia necessaria e andando verso la cucina come in trance. La maggior parte delle cose in casa sua non venivano spostate da anni, tranne che per togliere la polvere da sotto. I mobili della cucina erano rustici, con tendine di percalle, rattan e legno scuro. Il tavolo da pranzo poteva ospitare quattordici persone e sulla credenza lì accanto c'erano tutti i suoi gingilli di porcellana, la sua collezione di oggetti MADE IN OCCUPIED JAPAN. Poi c'era il bar di Wayne... Lei non aveva mai toccato nessuno dei suoi bourbon d'annata né le sue caraffe di cristallo. Lui andava talmente fiero del suo bar... Adorava giocare al barista durante le cene con gli amici. Ora era tutto molto fragile e polveroso.

Curt sospirò al telefono. «Ha versato una di quelle taniche da tre litri di latte sul mio parquet e poi se n'è andata. Ben tre litri. Ha rovinato il legno. Poi ha inciso le parole *Nessuna pace* sulla porta del bagno con le forbicine delle unghie. Fa delle cose assurde e credo che sia colpa mia. Se le dico di restare in casa, scappa di nascosto. Se le dico di andarsene, si chiude in camera da letto. Una volta le ho detto di fare i compiti e lei ha mangiato i fogli. Li ha appallottolati, se li è ficcati in bocca e li ha mandati giù. Poi ha cominciato ad abbaiare. E non voleva smettere. Ha continuato ad abbaiare finché non sono uscito dalla stanza. Non posso chiuderla in casa per punizione. Non posso fare niente con lei. Se la punisco, mi ignora completamente oppure sembra che non le importi affatto. È cocciuta e mi odia.» Fece una risatina piatta. «È stata sua madre a rovinare questa famiglia e Bailey odia me.»

Jean a quel punto era entrata in salotto. Si accasciò sul

divano, facendo scorrere automaticamente le dita sugli occhiali di Wayne ancora posati sul tavolino lì accanto.

«A me sembra che abbia bisogno di aiuto» disse. «Probabilmente dentro ha un sacco di rabbia repressa.»

«Infatti» convenne Curt. «Ha davvero bisogno di aiuto. E glielo procureremo non appena Laura uscirà e tutto tornerà alla normalità, te lo giuro. Ma fino ad allora... sono io che ho bisogno di aiuto, Jean. Ti prego. Ho bisogno di te.»

Jean si sentiva tremendamente confusa. Le sembrava che ci fossero un mucchio di domande senza risposta, un mucchio di domande che non erano neppure state poste, ma ora non le veniva in mente niente. Vuoto assoluto. «E Laura? Uscirà presto? Hai avuto sue notizie?»

«Be', non c'è ancora una data definitiva, no. Ma immagino che vorrà uscire il prima possibile. È intelligente. E motivata.»

«Ma non sa di Bailey.»

«Veramente è stata lei a suggerirmi di chiamarti. Preferirebbe decisamente che Bailey stesse con te che con i miei genitori.»

«Ma non preferirebbe che Bailey restasse con te invece di andare da qualsiasi altra parte?»

Curt tacque per un istante. «Jean, ho bisogno di te. *Abbiamo* bisogno di te. Tutti noi. Ti prego.»

Jean si guardò di nuovo intorno, poi chiuse gli occhi. Questa casa non conosceva il caos... E lei non conosceva affatto quella ragazza... quella ragazza problematica.

Ma Bailey era sua nipote.

La sua unica nipote.

E Wayne l'avrebbe fatto. Lui non avrebbe esitato neppure un istante.

«Va bene» disse. «Quando me la porti?»

# Capitolo Sei

*Cara Beverly Cleary,*
*ciao, mi chiamo Bailey. A me mi piace un sacco legere. La mia mamma mi a dato uno dei tuoi libri un giorno mentre puliva il garag. Non mi ricordo come si chiamava ma mi sa che era* Ramona la peste. *Io pensavo che era noioso perché era un sacco vecchio... Ma invece mi è piaciuto e o cominciato a legere tutti i tuoi libri. A volte sono una peste come ramona. Voio chiedere altri libri a Babbo Natale. Mi sugerisci qualcosa?*

*Bailey Butler*
*Anni sette*

Bailey era stata a Kansas City esattamente due volte in vita sua. In entrambe le occasioni ci era andata per fare visita ai nonni a casa loro. Tenevano il Lysoform in cima agli sciacquoni in bagno. La mamma e il papà ci avevano scherzato sopra. Lysoform come decorazione: bello.

E ora avrebbe dovuto andare a vivere lì? Ma che, suo padre era impazzito?

Aveva tentato di protestare, aveva urlato come una pazza. Non aveva funzionato. Lui aveva continuato a ficcare le sue cose nelle valigie, toccando persino la sua biancheria intima. Che schifo. Come se lui sapesse quali erano le cose importanti per lei. Aveva messo in valigia tipo un migliaio di calzini, come se le importassero i calzini, ma nemmeno uno dei suoi libri. Non si era neppure avvicinato alla sua libreria. Ma davvero non aveva mai notato che lei aveva sempre un libro in mano? Pensava veramente che le servissero dei doposci a giugno, ma neppure un libro?

Bailey aveva cominciato a lanciare tutto quello che le capitava a tiro. Aveva rotto i pochi oggetti nel deprimente appartamento di suo padre che sembrava potessero avere una qualche importanza. A lui non era interessato.

«Non vuoi obbedire alle mie regole e neppure ascoltarmi, ma forse ascolterai tua nonna» aveva detto.

Perché? Perché avrebbe dovuto ascoltare chiunque? Nessuno aveva mai ascoltato lei. Nessuno. Mai.

Ecco una bella regola per te, papà: non guidare dopo aver bevuto.

Ed eccone un'altra: non abbandonare tua figlia con una persona che non ha la minima idea della regola numero uno.

Oh, ed eccone una buona: se lo fai, non aspettarti che lei pensi che tu sia il papà più fantastico del mondo o qualcosa del genere.

Alla fine ci aveva rinunciato. Lui la stava spedendo via e almeno ora non avrebbe dovuto continuare a fingere di "fare qualcosa di produttivo", il nuovo slogan di papà. E comunque la nonna non sarebbe stata così difficile da fregare. Quella donna era rimasta seduta nella stessa stanza con lei per tipo trenta minuti prima di alzare lo sguardo.

Eppure... lei era l'unica che aveva alzato lo sguardo. C'era almeno quello...

Ma non aveva detto niente del fatto che l'aveva vista. Bailey stava ancora cercando di capire perché.

Lui se n'era andato. Aveva detto che faceva una scappata veloce per prendere delle cose per il viaggio in macchina per Kansas City. Ma era un bene che fosse uscito, anche per poco tempo. Lei lo voleva lontano. Era così arrabbiata con lui che le bruciavano gli occhi.

Si era sdraiata sul letto di suo padre, come aveva fatto molte altre volte il pomeriggio quando marinava la scuola per tornare a casa a fare un pisolino. Lui non aveva badato a spese per l'arredamento della sua nuova tana da scapolo e il letto era dieci volte più comodo e più morbido di quello che aveva lei a casa, per non parlare poi dei mobili presi in qualche svendita con cui suo padre aveva arredato la sua camera lì.

Bailey strinse al petto il suo *Anna dai capelli rossi*, malridotto dopo la caduta, ma ancora intero, sfogliando le pagine per sentire quel piacevole fruscio, e fissò il ventilatore da soffitto finché non le sembrò che le pale si muovessero da sole sotto il suo sguardo appannato. Ma che importanza aveva, comunque? Cosa c'era qui per lei, in fondo? Dov'erano finiti quei giorni in cui sua madre preparava i biscotti al cioccolato e metteva la musica a palla e insieme ballavano, ridevano, magari spolverando o passando l'aspirapolvere, facendo profumare la casa di fresco e pulito? Dov'erano finite quelle notti accoccolata contro il petto della mamma, ad ascoltare la storia del coniglietto che aveva bisogno di una casa? Dio, aveva costretto sua madre a leggere quel libro così tante volte! Adorava quella storia, ma più che altro adorava quei momenti. Il suono della voce di sua madre, l'odore del suo profumo, il modo in cui le sue dita dei piedi sembravano schiacciate nelle calze di nylon... Quei ricordi facevano tanto male, ma Bailey non riusciva a smettere di pensarci. Non era più riuscita a smettere di pensarci da quando sua madre aveva cominciato a essere così ubriaca la sera da non essere in grado più neppure di togliersi quelle calze.

Lasciò cadere il libro sul pavimento accanto al letto e si infilò una sigaretta, sgraffignata dal cassetto della scrivania del prof di ginnastica l'ultimo giorno di scuola, tra le labbra. Poi, con mano tremante, rendendosi conto che oramai stava salendo a un nuovo livello di sconvolgimento del sistema, avvicinò l'accendino, rubato dalla stessa scrivania, alla sigaretta e l'accese.

Il fumo bruciava mille volte più di quanto aveva immaginato. Aveva pensato che sarebbe stato come il fumo che saliva dal barbecue circolare in muratura che sua madre accendeva le Domeniche della Sangria, invece sembrava liquido bollente che colava nei polmoni. Iniziò a tossire così forte che le sembrò che gli occhi le uscissero dalle orbite, raggomitolandosi su un fianco e premendo la guancia contro il cuscino duro di suo padre, stringendosi lo stomaco col braccio libero.

Sì... Così le piaceva. Il dolore fisico per annullare quello emotivo. Bailey sapeva che era un gioco pericoloso, ma non poteva farne a meno. Il dolore la faceva sentire viva, la faceva sentire *lì*. Era trascorso così tanto tempo da quando si era sentita presente che a volte temeva di essere il frutto dell'immaginazione di qualcun altro.

Il dolore passò e arrivò lo stordimento: era così bello essere senza peso e staccata dal mondo che Bailey fece un altro tiro dalla sigaretta e tossì di nuovo, ma questa volta meno. Così fece un altro tiro e poi un altro, perfezionando le varie prese della sigaretta – infilata tra le nocche di indice e medio, stretta tra il pollice e l'indice – e poi gettando la cenere ardente sulla sovraccoperta, godendosi la vista della stoffa che si accartocciava formando tanti piccoli buchi. Tentò di immaginarsi come l'antagonista fumatrice dell'eroina di uno dei suoi libri, ma non gliene venne in mente neppure una. Perché i cattivi non fumavano mai? Alla fine il mozzicone era arrivato quasi fino al filtro e lei desiderò più di ogni altra cosa di aver fregato l'intero pacchetto.

Ma avrebbe trovato altre sigarette, da qualche parte.

Tutto era facile da rubare. Per il momento però avrebbe dovuto accontentarsi del rilassato stordimento che le aveva dato questa.

Ci fu un rumore metallico contro la serratura della porta di casa e Bailey capì che quel momento di pace era finito. Era tempo di partire. Doveva togliere un po' di quegli stupidi calzini dalla valigia. Doveva trovare il suo libro del coniglietto. Se non poteva avere una casa, almeno avrebbe avuto un vecchio amico che era sempre stato con lei e l'aveva aiutata ad andare avanti.

Ma prima, aveva una reputazione da difendere. Doveva fare in modo che quell'uomo si sentisse giustificato per l'ennesimo abbandono. Lei era Bailey Butler, Spina nel Fianco. Bailey Butler, Bambina Problematica. Bailey Butler, Ragazza Inutile. Non poteva andarsene senza lasciargli un piccolo ricordo del fatto che era stata lì. Si mise a sedere, dando al cuscino di suo padre un'ultima pacca di apprezzamento, poi tirò indietro la sovraccoperta e spense la sigaretta proprio sul cuscino.

Il puzzo di stoffa, acre, invase la stanza.

## Capitolo Sette

Jean non era sicura di chi fosse più nervoso, se lei o sua nipote.

Sua *nipote*. Era così strano dire quella parola. Non che non sapesse di averne una; ovvio che lo sapeva. Era solo che aveva sempre pensato alla ragazza in termini generici. Come "la nipote", non come Bailey, la ragazza in carne e ossa che si sarebbe presentata alla sua porta da un minuto all'altro.

Biscotti. Alla fine aveva preparato dei biscotti. Non perché fosse una fissata dei biscotti o perché fosse sicura che a Bailey piacessero, ma perché fare biscotti le sembrava una di quelle cose che fanno le nonne.

Perciò li aveva preparati. Grossi biscotti con gocce di cioccolato, fatti con vero burro e lavorati a mano invece che con il mixer, perché aveva letto che mescolare a mano li rendeva più soffici quando uscivano dal forno. Perlomeno la casa odorava di Natale, quando Bailey arrivò.

Mentre apriva la porta, Jean sfoggiò il suo sorriso migliore. «Ciao!» gridò, probabilmente troppo forte e in un tono forzatamente allegro. Era certa che i ragazzi potessero percepire la paura e di sicuro Bailey in quel momento percepiva il suo terrore. «Entrate, entrate!» Indietreggiò e fece un ampio gesto con il braccio, rendendosi conto che ricordava un po' la valletta di un quiz televisivo. *Mo-*

*stra a Bailey cosa c'è dietro la porta numero tre, Jeanie! Una nuova casa!*

«Mi dispiace del ritardo» disse Curt, passandole accanto con due pesanti valigie. «Qualcuno ha deciso di dare fuoco al mio letto poco prima di partire.»

«Fuoco?» ripeté Jean, facendosi avanti per aiutarlo con le valigie. Lui continuò a camminare e ancora una volta lei rimase con le mani che gesticolavano a vuoto. «Va tutto bene?»

Bailey era in piedi sul portico e stringeva al petto un cuscino e una coperta. Alzò gli occhi al cielo, infastidita, occhi contornati da una massiccia dose di trucco impastato e colato come se avesse pianto. Stava ferma lì come se avesse messo radici, fissando un punto a terra vicino ai piedi di Jean.

«Su, entra» la esortò Jean con cordialità, ma la ragazza non si mosse.

«Sì, va tutto bene. Per fortuna» disse infuriato Curt. «Queste dove le metto?»

Jean trasalì. «Oh, giusto. La stanza degli ospiti è di sopra, la prima porta a destra. Puoi mettere le tue cose lì e poi sistemarle con calma.» Indirizzò quest'ultima frase a Bailey, che continuava a non muoversi. «La sovraccoperta ha un disegno con gli orsetti neri. Spero ti piaccia.»

Nello stesso momento Curt, che stava trascinando le valigie su per le scale, gridò da sopra la spalla: «Entra in casa, avanti! Chiudi quella porta!».

Jean fece una risatina imbarazzata. «Non fa niente, davvero. Prenditi tutto il tempo che...»

Lentamente, esitando, Bailey entrò in casa, con le mani ancora sepolte sotto la coperta e il cuscino. Jean si fece da parte per lasciarla passare, poi chiuse la porta dietro di lei. Non appena Bailey fu entrata, l'imbarazzo in casa sembrò quasi palpabile. Jean non sapeva cosa dire.

Non si era mai sentita a proprio agio con i bambini,

neppure con i suoi. Quando Kenneth e Laura erano piccoli, sembrava che tutte le amiche di Jean adorassero essere madri, che le loro vite fossero finalmente complete. Ma Jean si era sempre sentita goffa e insicura. Amava i suoi figli con tutto il cuore... solo che non era mai stata in grado di dimostrare quell'amore. Pensava di essere continuamente giudicata: dalle altre madri, dai suoi figli e specialmente da Laura. E aveva sempre temuto di non riuscire a fare ciò che ci si aspettava da lei. Ora, con Laura al centro di recupero e Bailey lì davanti a lei nell'atrio chiaramente a disagio, si chiese se ci fosse mai riuscita davvero. Se ci *sarebbe* mai riuscita. Di certo non avrebbe mai pensato di mettere in dubbio le proprie capacità di madre a sessant'anni suonati.

«Ho fatto dei biscotti» disse, felice di averli fatti, perché ora almeno aveva qualcosa da dire.

Bailey girò la testa molto lentamente verso di lei e la guardò perplessa. «Lo fai per tutti gli ospiti?» chiese, e Jean rimase sorpresa dal tono gelido e piatto di sua nipote.

La fissò sconcertata. «Io ho-ho delle amiche per cui a volte cucino» disse. «E immagino di aver fatto dei biscotti una volta o due...»

Bailey tirò su col naso e alzò di nuovo gli occhi al cielo. Jean non aveva mai visto nessuno alzare così tanto gli occhi al cielo, come se la vita stessa fosse una tale delusione, un tale vano tentativo in ogni cosa, che ormai era praticamente inutile viverla.

«Ne vorresti uno?» chiese, avviandosi verso la cucina nella speranza che Bailey la seguisse.

Ci fu una lunga pausa e Jean si rese conto che sua nipote non si era mossa. Ma continuò ugualmente a camminare, continuò ad andare, perché in fondo era ciò che le riusciva meglio da quando Wayne era morto... Andare avanti senza mai guardarsi indietro, perché quello che avrebbe potuto trovare alle sue spalle faceva molta più paura di quello che vedeva davanti a sé.

«Ti ha fatto una domanda» ringhiò Curt a sua figlia. Ci furono dei tonfi attutiti mentre scendeva giù dalle scale rivestite di moquette. Un attimo dopo era in cucina, tutto l'opposto della sua apatica figlia: un fascio di nervi e di energia rabbiosa.

«No» sentì rispondere Jean dall'ingresso.

«No cosa?» tuonò Curt, facendo trasalire Jean. Poi prese un biscotto dalla teglia lasciata sul bancone a raffreddare.

Bailey parlò di nuovo, ma questa volta in tono sarcastico e acuto. «No, grazie, cara nonnina» disse e Jean si sentì arrossire per la presa in giro, anche se era sicura che in realtà fosse suo padre quello che Bailey stava sbeffeggiando.

Curt scosse la testa. «Lo vedi?» disse con la bocca piena. «Vedi quello che devo sopportare? Non ha detto una parola gentile per tutte e quattro le ore che ci sono volute per arrivare qui. Per la prima ora e mezza non ha fatto che insultarmi. A un certo punto si è persino chiusa a chiave nel bagno di una stazione di servizio e ha fatto un pisolino. Ha schiacciato caramelle su tutto il mio parquet di casa. Come ha fatto sua madre a non rendersi conto di quello che stava accadendo a questa ragazza?» Scosse nuovamente la testa e si ficcò in bocca un altro pezzo di biscotto, masticando con rabbia. Jean si domandò se riuscisse a gustarsi quello che mangiava. «A ogni modo, ti ringrazio per averle permesso di stare qui. Ci farà bene, credo, stare lontani l'uno dall'altra per un po'.»

«Vola, vola via, fantasmino» mormorò Bailey dall'ingresso. Jean si affacciò dalla porta della cucina e la vide ancora lì, con il cuscino e la coperta stretti al petto, che girava lentamente su se stessa e fissava il lampadario a bracci mentre lo faceva. «È quello che i fantasmi fanno meglio» continuò Bailey, con voce così bassa che Jean riuscì a malapena a distinguere le parole.

«Ma lei... lei è...?»

Curt sbuffò. «È strana, ma non quanto vorrebbe far credere. È una commedia. Una tattica per attirare l'attenzione.»

"Forse, allora, ne ha bisogno" pensò Jean, ma non lo disse ad alta voce. Perché la verità era che non aveva idea di cosa avesse bisogno davvero questa strana ragazza. Nessunissima idea.

«Va bene. Allora, lei ha il suo portatile e il suo cellulare. Sa come trovarmi, se avesse bisogno di me. E tu puoi chiamarmi se ti serve qualunque cosa. Ma spero che non avrai problemi.» Alzò la voce all'ultima frase, per farsi sentire da Bailey.

«Buu!» fu la risposta pronunciata con voce cavernosa che lo raggiunse dall'ingresso.

Curt la ignorò del tutto e tirò fuori il portafoglio dalla tasca posteriore. «Ecco, qui c'è la sua tessera sanitaria» disse, porgendo una tessera bianca a Jean. «E duecento dollari per le prime settimane. Posso dartene degli altri martedì prossimo, se ti servono.»

Jean rimase con i soldi in mano come se non sapesse a cosa servissero, poi si rese conto che in effetti non lo sapeva davvero. Ma per l'amor del cielo! Non poteva ovviare al fatto di non conoscere affatto la propria nipote facendole degli stupidi biscotti! Di cosa aveva davvero bisogno Bailey? Avrebbe avuto bisogno di un rasoio, shampoo, assorbenti magari? Le piaceva la pizza? Cosa mangiava a colazione, e si era ricordata di portare i calzini? Le sarebbe servito un costume da bagno? A Jean girava la testa per tutte quelle domande che aveva dimenticato di fare prima di accettare di prendere Bailey con sé.

«E hai il mio numero di telefono» stava dicendo Curt, imperterrito, anche se Jean aveva paura di non riuscire ad afferrare tutto. «Non ha la patente, perciò non lasciarla guidare la tua auto. E comunque non ci si potrebbe mai fidare di lasciarla guidare... Ti chiamerò fra qualche giorno per vedere se ti serve qualcosa e...»

Jean chiuse gli occhi e immaginò Wayne accanto a lei. Il Wayne giovane e in salute. Il Wayne i cui globuli bianchi funzionavano ancora bene, divorando le cose brutte. Il Wayne che aveva cresciuto due figli e costruito la staccionata intorno al loro giardino e che non sopportava le ingiustizie. Tentò di assorbirlo in sé, di assimilare la sua energia. Ti prego, Wayne," lo scongiurò nella sua mente "aiutami a trattare con lei. Ti prego, aiutami a capire come fare."

Alla fine Curt smise di parlare, la ringraziò di nuovo e annunciò che tornava a St Louis al suo lavoro. Jean gli preparò un sacchettino con qualche biscotto da mangiare lungo la strada e lo seguì alla porta.

Curt si fermò quando arrivò accanto a Bailey, ma non fece neppure un tentativo di tendere una mano verso di lei, anche se sembrava volesse farlo, anche se sembrava pensasse di *doverlo* fare. «Ti chiamerò» disse e Jean si domandò se quella fosse la cosa migliore che sapeva fare, quella che più si avvicinava al dimostrare ciò che provava nell'allontanarsi dalla sua unica figlia. E, ancora una volta, pensò con sorpresa – con *paura* – che forse era esattamente così che lei stessa aveva gestito i propri rapporti con Laura, e magari anche con Wayne e Kenneth. Era possibile che Laura crescendo si fosse talmente abituata alla mancanza di dimostrazioni d'affetto da aver attratto un uomo in tutto e per tutto simile a lei? Era possibile che nessuno avesse mai detto a Bailey che le voleva bene?

«Non ci dormirò la notte» replicò Bailey, tentando di fare la dura, ma senza riuscire a mascherare la sofferenza nella sua voce. A Jean sembrò di vederla stringere ancora di più il cuscino e la coperta al petto.

«Non dare problemi a tua nonna» disse Curt. «Capito?»

All'inizio sembrò che Bailey non avesse intenzione di rispondere. Dondolò leggermente a destra e sinistra, un movimento così minimo che Jean ebbe quasi l'impressione di essere lei quella che si muoveva. Ma poi alla fine disse «Sissignore» con la stessa voce piatta.

E fu allora che l'imbarazzo raggiunse l'apice. Jean sentiva che avrebbe dovuto lasciarli soli, ma era davanti alla porta con una mano sulla maniglia e Curt si trovava tra lei e la cucina, mentre Bailey era tra lei e le scale. Era intrappolata nel loro momento di disagio, incapace di uscirne.

Curt sollevò la mano di pochi millimetri, come se volesse metterla sulla spalla di Bailey o magari sopra la sua testa, ma poi cambiò idea. Percependo il movimento, Bailey smise all'istante di dondolarsi e rimase immobile, tesa, col mento basso stretto contro il cuscino e la coperta che teneva in mano. E dopo pochi istanti, che sembrarono durare un'eternità, Curt alla fine avanzò verso la porta e uscì.

«Ti chiamerò» ripeté e scese in fretta i gradini del portico diretto verso l'auto.

Quando Jean chiuse la porta, fu come se quel momento di imbarazzo si fosse improvvisamente trasferito da Curt a lei. All'improvviso si rese conto di non sapere cosa fare. Non sapeva se doveva parlare, tendere una mano a sua nipote o lasciarla in pace. Non sapeva se andare avanti con le sue cose e rischiare che Bailey se ne stesse lì in piedi all'ingresso per ore, o magari per settimane, fino a quando Curt fosse venuto a riprenderla. O se dovesse afferrare la ragazza per il gomito e portarla in cucina dai biscotti, che ora le sembravano l'idea più stupida che avesse mai avuto. Chi prepara biscotti per una cosa come questa?

«Hai bisogno che ti mostri dov'è la stanza degli ospiti?» chiese alla fine.

Bailey scosse la testa: no.

«Ha il proprio bagno,» spiegò Jean «così avrai tutta la privacy che ti serve.»

Bailey cotinuava a premere il mento contro il cuscino.

«Hai fame?»

Un altro no con la testa.

«Nella tua stanza c'è anche il televisore. Non ha il satellite, ma se vuoi guardare i canali satellitari puoi farlo su quello grande ogni volta che vuoi. Io non lo uso quasi mai... È di sotto. Dopo la cucina e la sala da pranzo.»

Niente. Magari Bailey sarebbe rimasta lì piantata all'ingresso qualunque cosa lei avesse fatto. Magari sarebbe comunque finita così, nonostante tutto. La coperta che la ragazza teneva avvolta tra le braccia si spostò leggermente e Jean vide quello che sembrava l'angolo di un libro per bambini fare capolino da sotto. Se non avesse saputo che era impossibile, avrebbe potuto giurare che fosse uno della serie Little Golden Book, come quelli che lei leggeva sempre a Laura e a Kenny quando erano piccoli. Bailey seguì il suo sguardo e infilò di nuovo il libro sotto la coperta, con un certo imbarazzo.

«Va bene, allora...» Jean tacque per un istante, lambiccandosi il cervello per trovare qualcosa di interessante, fantastico o profondo da dire, qualunque cosa che potesse far muovere di lì quella ragazza, ma non le venne in mente niente. «Fammi sapere se ti serve qualcosa.»

Fece per tornare in cucina, anche se non aveva idea di cosa avrebbe fatto una volta lì. Ma proprio mentre raggiungeva la porta, sentì di nuovo quella voce bassa e melodica.

«Non era un incendio.»

Jean si voltò. «Come, scusa?»

Bailey abbassò la coperta, ma non sollevò lo sguardo. «Non ho dato fuoco al letto.»

«Oh...»

«Ho solo spento una sigaretta sul suo cuscino. C'è una differenza.»

«Sì, certo» disse Jean. «Capisco.» Anche se in realtà non capiva. «Io non fumo» disse alla fine, e si sentì stupida per non aver detto qualcosa di più rassicurante, di più consolante. Avrebbe voluto dire, "Ti credo", oppure "Quello che c'è tra te e tuo padre qui non ha importanza", o "Non sono preoccupata" o qualunque altra cosa che avrebbe potuto far capire a Bailey che ora era in un posto sicuro, un posto dove si sarebbero presi cura di lei, dove sarebbe stata amata. Ma Jean non riusciva a decidersi su quale delle cose sarebbe stato meglio dire e più il silenzio si prolungava, più sarebbe sembrato assurdo dire una qualunque di quelle frasi. Alla fine non disse niente. Lasciò che quel "Io non fumo" concludesse il discorso...

I minuti sembrarono allungarsi a dismisura mentre lei e Bailey restavano nel corridoio, una di fronte all'altra. Jean aprì e chiuse la bocca una decina di volte e fu solo quando il telefono squillò (era Kenneth, che si chiedeva se Bailey fosse arrivata, voleva sapere come andavano le cose e se Jean aveva bisogno di aiuto) che riuscì a trovare una scusa per muoversi. Quando alla fine concluse la telefonata, dopo aver borbottato risposte criptiche alle domande di suo figlio come se dovesse difendere dei segreti di stato, Bailey se n'era già andata nella sua stanza e aveva chiuso la porta. Jean rimase per qualche minuto fuori sul pianerottolo, con la mano aperta davanti a sé come se potesse raggiungere Bailey nella stanza e confortarla come non era in grado di fare quando erano faccia a faccia, le orecchie tese per captare qualunque segno di movimento, qualunque indizio di comportamento distruttivo.

E se sua nipote avesse deciso davvero di dare fuoco a casa sua?

Era possibile? Era davvero così imprevedibile?

Dopo un po', Jean bussò.

«Devo andare all'alimentari» disse a voce alta. «Ti va di venire?»

Nessuna risposta.

«Bailey?» gridò, col cuore che le batteva forte. E se la ragazza avesse fatto qualcosa di stupido dentro la stanza? Se si fosse fatta del male o fosse sgattaiolata via di nascosto? Ci fu un suono soffocato. Jean saggiò la maniglia, ma non girava. Bussò di nuovo, in maniera un po' più insistente questa volta. «Bailey?»

«Ho detto che sto dormendo!» fu la risposta irritata che arrivò dall'altra parte della porta, un urlo così forte che Jean indietreggiò, stringendo involontariamente la mano a pugno. Rimase in corridoio, incerta, poi si avvicinò di nuovo.

«Oh. Va bene. Mi... mi dispiace di averti svegliata.»

Jean sapeva che avrebbe dovuto avere timore a lasciare Bailey in casa da sola, ma la verità era che nell'istante in cui salì sulla sua auto e si avviò verso la città si sentì estremamente sollevata. Lì al supermercato non ci sarebbe stato niente di nuovo, niente di sconosciuto. Lì avrebbe avuto lei il controllo.

Prese un carrello dalla fila vicino all'auto e iniziò a spingerlo attraverso il parcheggio, godendosi il rumore familiare delle ruote e i consueti scossoni della plastica sul cemento pieno di buche del parcheggio. Si gustò l'abituale sibilo delle porte automatiche che si aprivano per lei, i tintinnii delle casse che permeavano allegramente l'aria, il fruscio della gente che si muoveva per le corsie, lo sferragliare metallico dei carrelli, la musica, una canzone di Cindy Lauper che si diffondeva per la sala. Tutto come al solito. Tutte cose che lei comprendeva bene. Nessuna sorpresa, qui dentro.

Andò al banco gastronomia e fece per ordinare il solito, due etti di petto di tacchino arrosto e sei sottilette, quando, alzando gli occhi, vide Janet, la sua amica del club del libro dal viso costantemente arrossato.

Jean fece una risatina sorpresa, quella che Laura aveva sempre chiamato la sua "risata snob". «Mamma, dai, è una risata finta» le diceva sempre, alzando gli occhi al cielo un po' come aveva fatto sua figlia solo pochi minuti prima, nell'ingresso. «Ti fa sembrare una di quelle mogli con la puzza sotto il naso della tv.» E poi, ovviamente, crescendo, Laura era diventata lei stessa tutta apparenze e Jean si era spesso chiesta se non facesse anche lei quella risatina snob ogni tanto e se la facesse sentire ridicola come accadeva ancora a Jean ogni volta che le scappava.

«Non sapevo che lavorassi qui» disse all'amica.

Janet si strinse nelle spalle, il naso rosso per l'imbarazzo. «Ho cominciato un paio di settimane fa. Mi sento malissimo a stare lontano dai miei ragazzi, ma ci servivano i soldi, così...» Trafficò con l'orlo del grembiule.

«Ti capisco benissimo» replicò Jean, e fece di nuovo quella risatina, sentendosi ancora di più a disagio. Cominciava ad avere la sensazione che quella sarebbe stata una giornata all'insegna dell'imbarazzo più totale. «Avevo pensato anch'io di lavorare qui» disse, il che non era vero, e lei non aveva la più pallida idea del perché l'aveva detto, specialmente perché sembrò aumentare ancora di più il disagio che provava, e lei e Janet abbassarono lo sguardo, imbarazzate.

«Ho letto *Colpa*» sbottò alla fine Janet. «Il libro, sai? Quello per il nostro prossimo incontro. L'ho finito ieri sera dopo il mio turno.»

«Oh, il libro!» esclamò Jean, sollevata perché aveva qualcosa di cui parlare, ma allo stesso tempo mortificata, perché con tutti gli strani accadimenti degli ultimi giorni, aveva dimenticato di leggerlo. «Il club del libro! Ovviamente! Sì, sì. Un libro piuttosto interessante.»

La fronte di Janet divenne rossa come un peperone. Si

chinò sul bancone, premendo la pancia contro il vetro dall'altra parte. «A me è sembrato...»

«Janet!» sbraitò all'improvviso una voce, e Janet trasalì, portandosi le mani al petto. Un uomo calvo insaccato in un grembiule uguale a quello di Janet la fulminò con lo sguardo. «Mi sembrava di averti detto di tagliare dell'altro prosciutto in offerta.»

«Stavo giusto per farlo» rispose Janet con una vocina piccola piccola, abbassando gli occhi lucidi verso il pavimento. «Ho una cliente.»

«A me sembra che tu te ne stia qui a spettegolare con la tua "cliente"» ribatté l'uomo facendo il segno delle virgolette con le dita. «Non ti paghiamo per chiacchierare con le tue amiche» tuonò raddrizzandosi in tutta la sua statura e piazzando le mani sui fianchi. «Mettiti al lavoro o dammi il tuo grembiule. Ci sono centinaia di persone là fuori che vorrebbero stare al tuo posto.»

«Sì, signore» mormorò Janet a testa bassa e Jean si sentì così imbarazzata e in colpa per la sua amica che si ritrovò ad arrossire.

L'uomo si allontanò a grandi passi, scuotendo la testa e borbottando qualcosa che assomigliava a "pigra grassona". Jean lo guardò andare via a bocca aperta. Quando si fu allontanato, si voltò di nuovo verso Janet, che si torceva il grembiule tra le mani e deglutiva ripetutamente, come a voler ingoiare l'intero episodio in modo che nessun altro ne fosse testimone.

«Che uomo odioso» commentò Jean.

Ma in quello stesso istante Janet ritrovò la voce e disse contemporaneamente: «Cosa posso darti? Perché devo... ehm...».

«...Tagliare del prosciutto» concluse Jean per lei. Janet annuì, armeggiando con la scatola dei guanti in lattice, e Jean decise che il modo migliore per esserle amica in quel momento era sorvolare sull'episodio. Ordinò il suo tacchino arrosto, prese la busta e salutò. Dimenticò il formaggio.

In effetti ora aveva qualcosa di più importante di cui preoccuparsi.

Qualcosa che non le era venuto in mente finché Janet non aveva nominato *Colpa*.

Il club del libro.

La prossima riunione si sarebbe tenuta molto presto.

E Bailey, aggressiva e infuriata come quell'uomo al bancone, sarebbe stata lì.

# Capitolo Otto

Anche se Janet gliel'aveva ricordato quella volta al supermercato, passarono giorni prima che Jean riprendesse in mano la sua copia di *Colpa*. La notò per caso sul tavolino davanti al divano e si rese conto con sgomento che l'aveva a malapena aperto. Ne aveva letto sì e no venti pagine e aveva tempo solo fino al prossimo incontro per leggere le restanti seicento. Thackeray non era propriamente uno scrittore conciso...

Si accasciò sul divano e cominciò a leggere, scivolando sulle parole come fossero un'autostrada ghiacciata.

*La figlia di Blanche, Trina, era un disgustoso pachiderma avvolto nello stereotipato involucro della grassona allegra. Blanche riusciva a malapena a guardarla senza desiderare di mettere fine al dolore del proprio fallimento con una overdose. Invece lanciava a sua figlia merendine come fa il guardiano di uno zoo con un gorilla e sentiva la colpa per ciò che aveva fatto per contribuire alla morte delle aspettative dell'umanità...*

A dir la verità, Jean non aveva finito il libro perché non le piaceva affatto. Era offensivo e difficile da mandare giù. Come aveva fatto ad avere delle recensioni così entusiastiche?

Ma non era da lei abbandonare un libro senza finirlo. Non era il tipo da darsi per vinta. Aveva una discussione con il suo club da gestire e come poteva farlo senza aver letto il libro, indipendentemente da quanto lo trovasse disgustoso?

Rimase seduta a leggere fino a quando il sole iniziò a calare dietro le portefinestre del suo salotto e le ombre degli alberi si incupirono e si allungarono.

Ricordò di aver letto il primo romanzo di Thackeray con Wayne. Kenneth se n'era appena andato al college; lei e Wayne erano rimasti soli e la sindrome da nido vuoto aveva colpito duramente, lei in particolare. Anche se non era mai stata il tipo di madre giocherellona e non si era mai sentita del tutto a proprio agio con i bambini, le era sempre piaciuta la confusione e il rumore di quando erano in casa con lei. Ed era sempre stata contenta di potersi lamentare di quanto i bambini la facevano impazzire. Da un certo punto di vista era l'unico modo in cui sentiva di potersi rapportare con le altre mamme...

Pressappoco nello stesso periodo Thackeray aveva scritto *Ragazzo di Sangue*, un romanzo su un ragazzo pieno di belle speranze e con quelle radicate convinzioni che solo i giovani possono avere, che andava al college, e che si suicidava gettandosi dalla finestra della sua stanza. Era un giallo, ma non del genere "chi è stato", ma "perché l'ha fatto". Verso la fine i genitori scoprivano che il loro figlio in realtà non aveva mai avuto "belle speranze", ma che erano stati loro a vederlo così. Non avevano notato nessuno dei segnali di avvertimento; anche se lui aveva sparso in giro indizi come tanti sassolini di Pollicino, loro non li avevano mai colti, neppure uno. Ma a quel punto della storia Jean stava singhiozzando in maniera così isterica che Wayne aveva dovuto prenderle il libro di mano.

Jean non avrebbe mai dimenticato la voce tranquillizzante di Wayne che leggeva le ultime righe: «*Di tutte le lezioni che Rita aveva imparato la più dura, e la più dolce, era che a volte noi vediamo i nostri figli solo con occhio critico, per come noi vorremmo che diventassero, invece che per come sono in realtà. Ma quelli sono i figli dei nostri ricordi, quelli perfetti, e lei avrebbe preferito vivere con una perfetta bugia che con la terrificante verità che aveva scoperto*». Wayne aveva chiuso il libro con un tonfo e l'aveva posato sul tavolo. Jean si era girata sul divano, aveva messo la testa sul suo grembo e aveva pianto disperatamente, incerta su quali figli aveva mandato fuori nel mondo, le perfette bugie o le imperfette verità, ma sicura che erano entrambi condannati in ogni caso.

Wayne le aveva accarezzato i capelli.

E aveva proclamato che Thackeray era il più grande scrittore di tutti i tempi. Un vero saggio, l'aveva definito. Un profeta. Una persona con convinzioni da ammirare.

E uno stronzo di prim'ordine.

Era stata una dichiarazione talmente scioccante da farla scoppiare a ridere. Sorrideva ancora oggi al ricordo di come si era dimenata sul suo grembo ridendo fino a perdere il fiato, il viso ancora bagnato dalle lacrime mentre lui le faceva il solletico, citando frasi di Thackeray in tono annoiato e supponente.

«Posso mangiare?» Jean, strappata bruscamente ai suoi ricordi, per poco non fece cadere il libro. Nella sua fretta di leggere aveva dimenticato del tutto Bailey, che ora era in piedi sui gradini della scala del salotto con i capelli arruffati da un lato della testa e il segno di una mano stampato su una guancia.

Jean annuì. «Ma certo. Io mi ero completamente dim...» Si interruppe. Qualcosa le diceva che non sarebbe stata una buona idea dire a Bailey che si era dimenticata di lei. «Ho perso la cognizione del tempo.» Sollevò il libro e sorrise imbarazzata. «Dovevo leggerlo per il club del libro e non ho fatto i miei compiti a casa...»

Bailey scese un altro paio di gradini, grattandosi distrattamente una coscia. «Hai un club del libro?»

«Sì, l'ho creato quando Wayne... quando tuo nonno... quando lui...»

«Quando è crepato? Puoi dirlo in mia presenza. Non ho mica quattro anni. Capisco tutta la faccenda del cerchio della vita. *Hakuna matata* e tutto il resto.»

Jean strinse le labbra, irritata. *Quando è crepato.* Non aveva mai pensato alla morte di Wayne in quei termini. L'idea di usare una parola così dura le faceva accapponare la pelle. Un animale può "crepare". Un grande uomo, l'amore della vita, non "crepa".

«A ogni modo, ci riuniremo presto» disse, cercando di stamparsi un sorriso sulla faccia, sapendo che non era quello il momento per tentare di insegnare le buone maniere a sua nipote.

«Oh, grande, così avrò ancora meno privacy di quella che ho già. Non vedo l'ora» commentò Bailey.

«Non ti disturberemo. Saremo troppo occupate a parlare del libro. Si intitola *Colpa* e parla di genitori e figli, e in effetti sono piuttosto sorpresa da come lo scrittore...»

«Sì, ma io volevo solo qualcosa da mangiare» la interruppe Bailey.

Si voltò di scatto e tornò su per le scale, e pochi istanti dopo Jean la sentì borbottare parolacce mentre frugava nella dispensa. Non era sicura se andare ad aiutarla o lasciare che se la cavasse da sola. Non era abituata a un comportamento del genere: nessuno dei suoi figli era mai stato così maleducato. O almeno, non che lei sapesse.

«Prendi quello che vuoi» le gridò nel tono più allegro che poté. «Io... io torno subito.»

Mise a posto il segnalibro, posò il volume sul tavolino accanto al divano facendo attenzione a non spostare gli occhiali di Wayne, che erano ancora lì dopo tutto quel tempo, e uscì dalla porta sul retro.

Era solo giugno, ma il caldo era già opprimente e Jean si ritrovò quasi a correre per arrivare all'ombra degli alberi mentre si avviava verso la casa accanto, quella di Loretta. Entrò senza bussare, come aveva sempre fatto.

Chuck stava ronfando sulla poltrona reclinabile e Jean attraversò la casa in punta di piedi chiamando Loretta solo quando arrivò al piano di sopra.

«Nel salottino» rispose Loretta. «Siamo solo io e Flavian.»

Jean sapeva esattamente a chi si riferiva Loretta: Flavian Munney, l'aitante protagonista di una lunga serie di romanzi erotici che Chuck e Wayne avevano scherzosamente chiamato "porno da bibliotecaria" quando Loretta aveva iniziato a leggerli. All'epoca Loretta ci aveva scherzato su dicendo che "faceva ricerche", ma da quando Chuck era andato in pensione aveva cominciato a fare battute del tipo che le sembrava di leggere un libro di storia su fatti che sapeva essere veri perché una volta succedevano anche a lei, ma che oramai erano datati come i telefoni a disco o la *Famiglia Bradford*.

Dopo che Chuck era andato in pensione e la loro unica figlia Tammy si era trasferita a Rhode Island per vivere vicino alla famiglia di suo marito, Loretta aveva rivoluzionato la sua stanza trasformandola in quello che le piaceva chiamare il "Salottino delle Signore". La camera era tutto un fiorire di stoffe dai motivi floreali e tanto, tanto rosa confetto, mentre dall'alto era dominata da un lampadario di cristallo a bracci che sarebbe stato bene in una camera tre volte più grande. Loretta aveva persino comprato uno di quei sofà antichi con un solo bracciolo, di quelli che evocano l'immagine di un'attrice anni Cinquanta con le pantofole col tacco alto, le piume e una vestaglia semitrasparente, languidamente appoggiata allo schienale. L'aveva messo vicino alla finestra a bovindo che dava sul lato sud-occidentale della casa di Jean e la zona alberata in fondo.

Era in questa stanza che Loretta alimentava la sua relazione amorosa con un personaggio di fantasia che, secondo lei, era identico all'uomo che mescolava le vernici nella ferramenta di zona. Di tanto in tanto Loretta costringeva il club del libro a leggere un libro di Flavian Munney e tutte, Jean inclusa, protestavano a gran voce, perché quei libri erano dozzinali e prevedibili. Ma le discussioni che generavano erano sempre le migliori. Divertenti e interessanti e a volte, quando il vino cominciava a scorrere a fiumi e iniziavano le confessioni, persino scioccanti. Era stato durante uno di quegli incontri che avevano scoperto che Loretta e Chuck non facevano sesso da due anni e che Mitzi e suo marito Paul una volta l'avevano fatto sulle scale di un albergo-casinò. «E pensate che c'erano le telecamere lì dentro» aveva riso Mitzi sorseggiando il suo vino. «Grazie a Dio non era di sicuro la mia faccia quella che stavano guardando!» E tutte erano scoppiate in una risata scandalizzata, persino Janet, le cui mani avevano tremato intorno al suo bicchiere di vino per diversi minuti dopo quel racconto. Era stata la stessa riunione in cui Dorothy aveva detto loro del suo imminente divorzio e di come, quando aveva scoperto che suo marito la tradiva, era entrata in un bar e aveva tentato di rimorchiare un uomo, ma l'unico che ci aveva provato con lei puzzava terribilmente. E poiché non se l'era sentita di derogare ai propri standard in fatto di igiene personale, se n'era andata in un motel da sola e aveva pianto fino a addormentarsi. E poi, proprio quando l'umore generale era calato drasticamente perché tutte erano dispiaciute per la povera Dorothy, era intervenuta May: «Lo scorso fine settimana ho rimorchiato uno a cui mancavano i due denti davanti». Persino Dorothy aveva riso, e anche Jean, pur sapendo che era una bugia. Ma era una bella bugia, molto dolce.

Ah, quanto le avrebbe fatto bene una discussione su Flavian Munney in questo momento!

«Uno nuovo?» chiese, sedendosi sul divano bianco che occupava quasi tutta la parete di fronte al sofà di Loretta.

Loretta sollevò la copertina, che ritraeva un uomo quasi nudo che teneva una cintura tra le mani, con i bicipiti tesi per lo sforzo. «*Dolore e desiderio*» mormorò Loretta. «Anche Flavian ha seguito la moda e si è dato al bondage.»

«Mmm, mi spaventa un po' l'idea. Chuck lo sa?»

«Chi ha bisogno di ammanettare Chuck? Tanto lui non si muove lo stesso.»

«E Flavian, come farà a tenere le sue latte di vernice e quella cintura allo stesso tempo?» chiese Jean, indicando la copertina.

«Meglio che tu non lo sappia» ribatté Loretta, sollevando un sopracciglio, ed entrambe risero. «Immagino che tu non sia qui per parlare di Flavian» aggiunse la sua amica dopo una pausa. «Come sta la ragazzina?»

Jean sospirò e appoggiò la testa indietro, sul cuscino del divano. «È così... arrabbiata. Mio Dio, Loretta, non so cosa le hanno fatto, ma è talmente... E io non posso più ospitare il club del libro. Non con lei in casa.»

Loretta posò a terra le gambe e si raddrizzò sul sofà. «Ma certo che puoi. Ha quindici anni, non cinque.»

«Sedici.»

«Ancora meglio. E cosa pensi che potrebbe fare, esattamente?»

«È questo il problema» rispose Jean. «Non lo so. Non la conosco. Ma a sentire quello che dice suo padre, potrebbe fare qualunque cosa. Non voglio che mi umili di fronte a...»

«Di fronte a chi? A me? Impossibile.» Chiuse il libro con un tonfo e lo posò sul divano accanto a sé. «E tu lo sai. Ho bisogno che ti ricordi dell'incidente del perizoma del dicembre scorso?»

«No, non di fronte a te, ovviamente. Di fronte a Mitzi» disse Jean. Jean adorava Mitzi, come tutte, ma a volte la temeva anche, come tutte. Non c'era nessuna al mondo più leale di Mitzi con le sue amiche, ma non c'era neppure nessuno così ferocemente schietto nei suoi giudizi come lei. A volte era meraviglioso e al tempo stesso orribile avere un'amica che ti amava così tanto...

Loretta ci rifletté un istante e poi annuì. «Sì, va bene, posso capirti. Ma se ci pensi la migliore amica di Mitzi è Dorothy, e non ci sono ragazzi al mondo peggiori dei figli di Dorothy. Quindi Mitzi deve essere in grado di separare il frutto dalla pianta, non credi?»

«Giusto» ribatté Jean con forza. «Ma io non sono la madre di Bailey. E non so cosa sia successo con sua madre, ma non dev'essere stato niente di buono, perché questa ragazzina è così arrabbiata... E io non credo di poterle fare da madre. Non ora, almeno. Chi sono io per dirle cosa fare? L'ultima volta che l'ho vista portava ancora le tutine con gli orsetti.»

Loretta si alzò e tese la mano a Jean. «Col cavolo che non puoi farle da madre. Non te l'hanno spedita così, tanto per farle cambiare aria. L'hanno mandata qui perché le serviva un bel calcio nel sedere. E tu, amica mia, sei quella che deve darglielo. Terrai il tuo club del libro e questo è quanto. Tu hai bisogno di quel club e lo sappiamo entrambe. Se vuoi mantenere la tua sanità mentale in questo momento, sai bene che non potrai farlo rintanandoti in casa da sola con i tuoi ricordi.»

Jean non era sorpresa di sentire Loretta difendere il club a spada tratta. Il club del libro era stata una sua idea fin dal principio. Era stata Loretta a convincere Jean a crearlo, poche settimane dopo la morte di Wayne.

«Al diavolo latte e biscotti» aveva borbottato Loretta entrando nell'enorme cucina di Jean dove la sua amica stava impacchettando alcune delle cose di Wayne per darle in beneficienza. Loretta si era parcheggiata su uno sgabello davanti al bancone. «Hai bisogno di qualcosa con un po' di testosterone. I bicchieri?»

Jean aveva preso due bicchieri alti dall'armadietto e aveva sciacquato via la polvere. Loretta aveva versato un paio di dita di liquido marrone in ciascuno e ne aveva sollevato uno come per brindare. «Era un grand'uomo, Jeanie» aveva detto in tono serio, poi aveva bevuto un lungo sorso dal suo bicchiere.

Jean si era sentita di nuovo sprofondare. Non aveva voglia di bere. Non aveva voglia di fare niente. Non aveva neppure voglia di sentire la sua mancanza. Lo rivoleva con sé e basta. Ma Loretta aveva spinto leggermente il bicchiere verso di lei, così Jean l'aveva preso e l'aveva fissato.

«Più di quanto non immagini» aveva detto. Aveva bevuto un sorso, facendo una smorfia mentre l'alcol le scendeva in gola. «Ma ora se n'è andato.» Aveva avuto voglia di piangere, ma l'aveva placata bevendo un altro sorso. «Sembrano buonissimi» aveva detto infilando due dita sotto la pellicola di plastica che copriva il piatto di biscotti.

«È la ricetta di quella pazza di mia zia Helen» aveva detto Loretta, svuotando il suo bicchiere. «Sai quella che cerca sempre di mostrare alla gente il suo terzo capezzolo? Matta da legare, ma cavoli, sa davvero cucinare!»

«Forse è merito del capezzolo» aveva suggerito Jean passando un biscotto a Loretta.

«Potrebbe essere benissimo.»

Avevano iniziato a mangiare. Avevano divorato un biscotto, poi un altro e infine un terzo ciascuna, mandandoli giù con dei bei sorsi di whisky. Jean si era sentita improvvisamente molto leggera, un po' troppo forse, come se potesse volare via da un momento all'altro, o magari dire qualcosa di sconvolgente o addirittura iniziare a pensare, cosa ancora più pericolosa. Si era accasciata sullo sgabello di fronte a Loretta, aveva incrociato le braccia sul bancone e ci aveva poggiato sopra la testa.

«I ragazzi sono tornati a casa senza problemi?» aveva chiesto Loretta.

«Kenny è rientrato ieri sera. Ha chiamato.» Il buon vecchio Kenny, aveva pensato Jean. Che Dio lo benedica. Mentre sua figlia Laura aveva praticamente sgommato nel vialetto tanta era la fretta di tornarsene a St Louis per rientrare al lavoro, il figlio minore di Jean, Kenneth, era rimasto per settimane, lavorando a distanza col suo portatile durante il giorno e aiutando Jean a sistemare le scartoffie, a occuparsi del prato e a sopportare il dolore la sera. Alla fine Jean era stata costretta dal senso di colpa e da un tremendo desiderio di stare un po' da sola a rispedirlo a casa da sua moglie, dal suo lavoro, dalla sua vita. Le serviva tempo per pensare. Per elaborare il lutto. Per piangere senza doversene vergognare. Kenny aveva chiamato nell'istante in cui l'aereo era atterrato in California. Laura invece non aveva più chiamato. Per quel che ne sapeva Jean, sua figlia poteva anche non essere mai tornata a casa. Più le cose cambiavano, più restavano le stesse.

«E loro come se la sono cavata?» aveva chiesto Loretta.

Jean aveva girato il viso in modo da sollevare il naso appena sopra il bancone. Aveva sentito l'odore del whisky nel proprio fiato mentre parlava. «Kenny ha fatto molta fatica ad accettarlo, ma tu conosci Laura...» Loretta aveva annuito, ma nessuna delle due aveva finito la frase. Laura non aveva mai avuto problemi ad affrontare le difficoltà in vita sua. O almeno così era sembrato, aveva riflettuto Jean, perché magari aveva avuto *tante* difficoltà con *tante* cose, ma semplicemente non l'aveva mai dato a vedere. Comunque aveva cambiato argomento. «Oh, Loretta, spero che Wayne sapesse quanto lo amavo» aveva mormorato con un filo di voce.

«Certo che lo sapeva» aveva risposto la sua amica. I capelli di Loretta erano tinti di nero corvino e il suo trucco era perfetto esattamente come il giorno in cui era andata in pensione dal suo lavoro di venditrice d'auto undici anni prima. Aveva qualche vena di più sulle mani e la pelle delle braccia leggermente più floscia, ma a parte questo sembrava non fosse invecchiata di un giorno da quando Jean l'aveva conosciuta. Loretta aveva versato altre due dita di whisky nel bicchiere di Jean e gliel'aveva avvicinato.

Jean si era asciugata gli occhi. «Sto solo pensando a tutte le volte che abbiamo litigato. Stupidi litigi che non significavano nulla. Ora sembrano così importanti, e io spero che lui non abbia ripensato a quelle cose verso la fine. Perché è tutto ciò a cui io riesco a pensare ora. Non posso farne a meno.»

Loretta le aveva stretto la mano. «Passerà» aveva detto. Si era chinata per guardare Jean dritta negli occhi. «Vedrai.»

Si erano alzate e si erano spostate in salotto, una stanza in cui Jean faceva ancora fatica a entrare. C'erano gli occhiali di Wayne su un giornale piegato sul tavolino accanto alla sua poltrona, dove aveva l'abitudine di lasciarli in giro quando non li portava. Jean dubitava che li avrebbe mai toccati. Come avrebbe potuto spostarli? La data sul giornale avrebbe potuto attirare la sua attenzione e magari riportarla al giorno in cui lui aveva scoperto di avere il cancro. O peggio, al primo giorno in cui si era sentito troppo male per mettere quegli occhiali.

Jean si era accasciata sul divano, con Loretta all'altra estremità. Le era sembrato di stare seduta in maniera troppo scomposta e si era sentita tremendamente a disagio, mentre il cioccolato e il whisky le bruciavano dolorosamente nello stomaco. Poi i suoi occhi erano stati attirati dal tavolino accanto alla poltrona e aveva notato un paio di calzini neri appallottolati infilati lì sotto. Per tutto quel tempo non li aveva visti... Com'era possibile?

Loretta si era chinata sul tavolino davanti al divano e aveva toccato un paio di libri, voltandoli per leggere i titoli. «Santo cielo, leggi un sacco. Hai mai fatto parte di un club del libro?» aveva chiesto.

«Non ufficialmente» aveva risposto Jean, perché stava pensando al rituale serale di lettura insieme a Wayne e a come le era sempre sembrato una sorta di club del libro. Lo facevano sin da quando i bambini erano piccoli... Avevano cominciato leggendo ad alta voce libri illustrati a Laura e a Kenny, accoccolati l'uno accanto all'altra sul divano del salotto con i capelli dei bambini che profumavano di shampoo. Ma poi Jean e Wayne avevano continuato anche quando i loro figli erano cresciuti, scegliendo libri di loro gusto, libri che interessavano e facevano sognare entrambi. Era diventato un club del libro privato, solo per loro due, in cui avevano amato e odiato le trame e avevano letto e discusso con passione, a volte soffrendo insieme per un finale triste o ridendo così forte da dover smettere di leggere per asciugarsi gli occhi. I libri preferiti di Wayne erano sempre stati i romanzi filosofici, con *La montagna incantata* di Thomas Mann al primo posto. Jean invece amava romanzi più originali e più popolari. Entrambi avevano riso con *E poi siamo arrivati alla fine* di Joshua Ferris ed entrambi avevano pianto con *Il cuore è un cacciatore solitario* di Carson McCullers. Jean aveva adorato quei momenti insieme. Le mancavano così tanto che il solo pensiero di aprire un libro senza di lui le faceva mancare il respiro.

«Dovresti fondarne uno tu. Io sarò il tuo primo membro» aveva detto Loretta.

«Non ho il tempo...» aveva cominciato a dire Jean, ma si era interrotta perché lei e Loretta sapevano bene che, ora che Wayne non c'era più, lei non aveva altro che il tempo.

«Ti capisco» aveva detto Loretta, prendendo un libro di Kazuo Ishiguro e sfogliandolo. «Ma se mai deciderai di trovare il tempo, io ti suggerisco un club del libro. È perfetto per te. Come i biscotti dei tre capezzoli e il whisky lo sono per me.»

Jean non aveva risposto, anzi, non aveva più pensato al consiglio di Loretta, e qualche minuto dopo l'alcol aveva fatto venire sonno a entrambe. Jean aveva accompagnato la sua amica alla porta ed era salita subito nella stanza degli ospiti, dove si era gettata a faccia in giù sul letto ed era piombata in un sonno profondo.

Quando si era svegliata era tornata in salotto come spinta da una forza esterna e si era accucciata accanto al tavolino per recuperare i calzini di Wayne. Poi si era seduta sul pavimento di legno a gambe incrociate e aveva fatto quello che aveva fatto con tutti i suoi vestiti da quando lui se n'era andato: li aveva premuti contro il naso. Non odoravano di calzini sporchi. Sapevano di cuoio e, leggermente, anche della sua acqua di colonia, come se li avesse indossati nelle occasioni speciali. Si era lambiccata il cervello per pensare a quando potevano essere finiti lì, ma non le era venuto in mente niente. In quell'istante le era sembrato che lui fosse stato malato per tantissimo tempo, che fosse stato in punto di morte per un'eternità. Era possibile che lei si fosse costruita una vita che ruotava intorno alla morte di suo marito? Era possibile che avesse perso non solo lui, ma anche una parte di se stessa... la parte della "moglie di un uomo morente"?

Santo Dio, no.

Aveva premuto nuovamente i calzini contro il naso e aveva inspirato profondamente. Aveva chiuso gli occhi e aveva visto il viso di Wayne, il suo viso rotondo e sorridente, quello che non conosceva ancora l'esercito di cellule-mostro che scorrazzavano nel suo corpo, sconfiggendolo dall'interno. Il viso che la fissava da dietro le lenti degli occhiali, le sue mani morbide e rilassate che reggevano *I tre moschettieri* o *In un batter di ciglia* o *Celebrations* di Maya Angelou.

E aveva deciso, proprio lì sul pavimento del salotto con i calzini sporchi di suo marito morto in mano, che l'avrebbe fatto. Che avrebbe creato un club del libro. Che avrebbe ricominciato a vivere.

Jean prese la mano di Loretta e lasciò che la sua amica la tirasse su dal divano. Era un modo gentile per congedarla. «Incontriamoci qui» tentò ancora Jean. «Solo finché Bailey... creerà ancora problemi. Potremo ritrasferirci da me quando tornerà a casa.»

«Assolutamente no. Tu credi che quella ragazza possa crearti imbarazzo? Non hai visto la balena spiaggiata che in questo momento sta marcendo sulla poltrona nel mio salotto? Non possiamo regalare a Mitzi questo genere di munizioni. Ci sono i frutti e gli alberi e poi c'è Chuck.»

«Capito.»

«E poi non posso perdere tempo a pulire la casa. Non si può mai sapere quando Flavian verrà a cercarmi. E odierei far aspettare quei begli addominali scolpiti...»

«È un personaggio di fantasia. Per quello che ne sai, potrebbe avere gli addominali di Chuck.»

Loretta fece una finta risata. «Fatti il segno della croce per aver bestemmiato. Io amo quel vecchio sciocco, ma i suoi addominali sono più... un tavolino, direi. Per appoggiarci sopra la birra.» Si voltò verso Jean e le diede dei colpetti gentili sulla testa, spingendola allo stesso tempo verso la porta. «Ora torna a casa e comincia a inventarti una ricetta. E io comunicherò alle altre che il club si terrà come previsto.»

«Va bene, va bene» disse Jean, trascinandosi fuori dalla stanza. «Ma se Bailey farà saltare l'incontro, io darò la colpa a te.»

«Be', ma è di questo che parla il libro. Di colpa!» disse Loretta un istante prima di chiudere la porta del salottino.

«È un modo per entrare nello spirito del libro!» la sentì dire da dietro la porta.

Jean uscì dalla casa di Loretta e attraversò lentamente il prato, guardando le rose che stavano appena iniziando a fiorire lungo il bordo di casa sua. «Fiori per il mio fiorellino» diceva sempre Wayne. Era stato lui a piantarle per lei. Jean ne colse una fucsia e la annusò. Non aveva un profumo molto forte, ma qualcosa le fece battere ugualmente il cuore. Quanto aveva amato quelle rose, Wayne! E quanto aveva amato stare all'aria aperta...

Gettò la rosa a terra. «Non so cosa sto facendo, Wayne. Devi darmi una mano in questa situazione, va bene?»

Rimase per qualche istante in attesa di una risposta, che non sarebbe mai arrivata, e poi si voltò di scatto per tornare dentro, per tornare da quella sua nipote piena di rabbia e in attesa di un suo gesto. Anche se non aveva la più pallida idea di cosa l'aspettava...

# Capitolo Nove

«Oh, non fatemi parlare!» esclamò Mitzi entrando in cucina. Posò con un tonfo sul bancone un piatto di nachos sui quali il formaggio si stava lentamente solidificando, e poi gli sbatté accanto la sua copia di *Colpa*. Jean notò una foresta di post-it che spuntavano dalle pagine. «Che deludente schifezza di prima categoria è stato questo libro!»

«Trattieniti per quando inizieremo l'incontro» gridò Loretta dal tavolo della sala da pranzo, dove si era accomodata con due bicchieri e mezzo di vino e mezz'ora di chiacchiere sul bondage prima. Jean ora sapeva molto più di quanto avrebbe voluto su collari, giochi di età e filosofia Gorean. «Che c'è?» aveva detto Loretta quando Jean aveva fatto una smorfia di disgusto. «È letteratura, in fondo. Ti sto solo spiegando le basi per entrare nella forma mentis giusta.»

«Non so se ce la faccio a trattenermi. Tu come fai a essere così calma? Come puoi non avere voglia di scovare questo bastardo e...» Mitzi si interruppe, ringhiò frustrata, prese il libro e andò in sala da pranzo. «Versami un goccio di quel vino. Ho la pressione alle stelle.»

«Dov'è Dorothy?» chiese Jean, preparando un piatto da portata con carne ed empanadas al peperoncino piccante, un accoppiamento perfetto, anche se accidentale, con i nachos dell'amica.

Mitzi tornò sulla soglia della cucina con un bicchiere di Merlot in mano. «Ah! Chester è in prigione. Arrestato ieri notte per guida in stato di ebbrezza. Lei sta cercando di tirarlo fuori. Io credo che dovrebbe lasciarlo marcire lì per un po', quell'ingrato. Questi ragazzi devono imparare la lezione e se il loro padre non è in giro per insegnargliela, Dorothy dovrà diventare molto più dura con loro.»

«E poi Chester non è più un bambino» commentò Loretta.

Jean rifletté. «Ma ha solo sedici anni, giusto?»

«Esatto» rispose Loretta. «Abbastanza grande per guidare e quindi abbastanza grande per subire le conseguenze della propria stupidità, direi.»

May, che era entrata a metà conversazione, posò una scatola sul bancone, da cui tirò fuori una bellissima torta. «Ah, povera Dorothy» commentò senza dare l'impressione di aver notato che tutte le altre avevano lanciato gridolini di gioia alla vista del dolce.

«Ehi, May» disse Mitzi. «Com'è andata ieri sera col farmacista?»

«Col *commesso* della farmacia» la corresse May. «È davvero *troppo* giovane. Una cosa un po' inquietante... come se facessi la baby-sitter, o qualcosa del genere.»

«Ooh, la nostra piccola May si è fatta il toy boy» la prese in giro Loretta dall'altra stanza e, mentre tutte ridacchiavano, Jean lanciò a May uno sguardo di comprensione. «Allora, hai sverginato il ragazzino?»

«Loretta! No!» gridò May.

«Ah ah, qualcuno sta di nuovo leggendo i libri di Flavian Munney» ridacchiò Mitzi, e Jean fu felice per il diversivo, perché May era arrossita talmente da somigliare pericolosamente a Janet.

May tolse la pellicola dalla torta e Jean smise di sistemare le empanadas per ammirarla. «Sembra deliziosa» commentò.

«Rum e cocco con una ganache di mandorle e crema di whisky» spiegò May. Arricciò il naso. «Il mio vero appuntamento è stato con un blog di pasticceria.» Lei e Jean si scambiarono un sorriso. «Io adoro i blog di pasticceria! Loro almeno non russano e non ti rubano i cd.»

«Ora basta con tutte queste chiacchiere» disse Mitzi dalla sala da pranzo. «Dobbiamo parlare di questo libro, o esploderò.»

May diede una leggera pacca sulle spalle di Jean, poi andò verso la sala da pranzo. «Ha fatto arrabbiare anche te?» chiese. «Io avrei voluto lanciarlo contro il muro.»

«Probabilmente era il tuo utero isterico a dirti di farlo. Dopo tutto sei una donna e come tale incline a scoppi emotivi che prima o poi causeranno la distruzione dell'umanità» rispose Mitzi. «Almeno secondo R. Sebastian Thackeray lo Stronzo. Ooops, scusate, mi è sfuggito.»

«Ah, ma io non sono mamma, quindi mi salvo» ribatté May. «Siete voi sforna-bambini che rendete il mondo un posto orribile in cui vivere. E probabilmente distruggerete anche il paradiso, se ricordo bene.»

«Risparmiatevi i commenti per la riunione» ripeté Loretta, poi disse a voce più alta: «Jeanie, ti sbrighi a venire qui, per favore? Non riesco più a trattenere queste bestie. Vogliono il sangue».

«Arrivo subito» rispose Jean. «Lascia solo che finisca di tirare fuori piatti e bicchieri.» La verità era che aveva già tirato fuori tutto, ma aveva sentito un rumore di passi di sopra e sapeva che Bailey era uscita dalla sua stanza. Non vedeva sua nipote dalla sera prima, quando Bailey l'aveva degnata della sua presenza per il tempo sufficiente a prendere una scatola di Pop-Tart e portarsela di sopra, come al solito. Quando Jean aveva tentato di chiamarla per farla scendere per cena, non c'era stata alcuna risposta e, se non fosse stato per i rumori che provenivano dalla stanza di Bailey, che aveva sentito un paio di volte, durante la notte avrebbe potuto pensare di esser sola in casa. Ma la ragazza non era scesa per colazione e Jean temeva che questo significava che presto avrebbe avuto fame. Il profumo del cibo avrebbe potuto attirarla di sotto. E a quel punto cosa avrebbe fatto? Jean odiava non saperlo. Non poteva prevedere il comportamento di sua nipote e quello che le aveva detto Curt non lasciava presagire niente di buono.

Tentò di trattenersi in cucina finché poté, ma poco dopo sentì il rumore delle sedie delle sue amiche che grattavano sul parquet mentre tutte si alzavano e si riunivano intorno al buffet, riempiendo i piatti e ammirando la bellissima torta di May.

«Ho portato anche un vino da dessert per accompagnarla» disse May, indicando la scatola che aveva posato a terra vicino al bancone.

«Meno male che abito tanto vicino da tornare a casa a piedi» scherzò Loretta.

«Vuoi dire da barcollare fino a casa» la corresse Mitzi e Jean tentò di non pensare a sua figlia col polso rotto, incapace di ricostruire come fosse successo.

«Ah ah» rispose con una risata sarcastica Loretta, e tutte riportarono i piatti al tavolo, dove avrebbero potuto rimandare ancora la discussione del libro, chiacchierando di cucina.

Si erano appena sedute quando arrivò Janet, che lanciò un'occhiata particolarmente imbarazzata a Jean. La padrona di casa non sapeva se poteva raccontare che si erano incontrate al supermercato e, soprattutto, commentare il comportamento del suo capo.

Per fortuna Janet entrò in silenzio e si sedette con la testa china sul suo piatto. E non aggiunse neppure un "uh" alla discussione sul libro del quale era stata tanto ansiosa di parlare al supermercato.

«Quindi Thackeray è chiaramente un misogino» commentò Mitzi.

«Decisamente ha un problema con le madri» convenne May mordendo un'empanada. «Pensate che possa aver subito abusi? Io credo di sì. Ha molta rabbia dentro.»

«Non sono neppure riuscita a farmi un'idea chiara della trama per quanto mi ha fatto infuriare il... il tono del romanzo» continuò Mitzi.

«Qualcun altro l'ha visto ieri sera in televisione a *Sixty Minutes*?» chiese Loretta.

May sollevò la forchetta. «Sì. E mi è sembrato talmente arrogante... E poi è basso e grasso.»

«Tipica sindrome dell'uomo basso» disse Mitzi. Non era la prima volta che menzionava la sua teoria sugli uomini bassi, e tutte le altre alzarono gli occhi al cielo e gemettero esasperate al suo commento. «Che c'è? È un fatto documentato!» protestò Mitzi, ma tutte avevano cominciato a voltarsi lentamente verso la porta della cucina.

«E pensare che tu credevi che fosse sexy, Loretta» disse May.

Loretta si strinse nelle spalle. «Non possono essere tutti Flavian.»

Jean si voltò appena in tempo per vedere Bailey in piedi sulla soglia, con indosso solo una maglietta lunga e mutandine e il trucco tutto sbavato sulla faccia. Si sentì morire. Non ora, ti prego, non ora.

«Ciao» disse May in tono allegro e Bailey si girò verso di lei, ma non rispose.

«Questa è Bailey» annunciò Jean, notando che le tremava leggermente la voce. «È la figlia di Laura. La mia unica nipote.» Aveva pensato che continuando a parlare la sua voce avrebbe acquistato forza, ma invece divenne ancora più debole.

«Sì, sì, ciao» disse Loretta, posando la forchetta e pulendosi la bocca con una salviettina. «Hai fame? Oggi messicano.»

«In effetti ho fame» disse Bailey, strofinandosi gli occhi

assonnati. «Da queste parti non mangia nessuno.» Fulminò con lo sguardo Jean, che tentò di continuare a sorridere, ma sentì che la bocca le si piegava all'ingiù.

«Non sapevo se volevi che ti svegliassi, stamattina» disse Jean, poi si voltò verso le amiche. «Stiamo ancora cercando di abituarci ai reciproci orari. Ma alla fine ce la faremo!» aggiunse, rendendosi conto con sgomento che l'ultima frase le era uscita in un tono un tantino troppo allegro.

Sul volto di Bailey comparve un enorme sorriso forzato, che la ragazza peggiorò girando il dito indice in una delle fossette che le comparvero sulla guancia. «Ma certo, nonnina» disse con una vocetta da bambina piccola così piena di sarcasmo che sulla stanza calò il silenzio. «E questa sera canteremo canzoncine in salotto. Spero che possiate restare tutte! Nessuno vi ha mai detto che fissare la gente è da maleducati?»

E con quelle parole si voltò e sparì in cucina. Jean non riusciva ad alzare gli occhi dal piatto. Rimase seduta lì, con la forchetta in mano e le labbra strette, mentre si sentiva bruciare per l'umiliazione. Aspettò che Mitzi dicesse qualcosa, preparandosi al peggio.

Ma dopo un imbarazzato momento di silenzio, Mitzi parlò solo per dire: «E il modo in cui ha fatto finire questa schifezza di romanzo! Invece di morire, sono sopravvissute tutte, forse perché la morte sarebbe stata una fine troppo bella per delle donne di tale bassezza? Che robaccia, e per di più scontata! Come può chiunque trovarci qualcosa di positivo? Di una cosa sono sicura: userei volentieri le ultime trenta pagine per rivestire il secchio dell'immondizia. Come può la madre di quest'uomo non essere andata a nascondersi per la vergogna dopo l'uscita di un libro del genere? Io non uscirei più di casa. E negherei con tutti di aver dato i natali a un tale...».

Mitzi si bloccò a metà frase, quando Bailey riapparve.

Jean si voltò e rimase senza fiato. La ragazza era in piedi sulla soglia con una mano sul fianco, mentre con l'altra stringeva un pezzo della torta di May. Aveva della glassa sulle guance e sul naso e stava masticando con la bocca aperta. Jean guardò verso la torta sul bancone: c'era un grosso buco da una parte, nel punto in cui Bailey ne aveva strappato un pezzo con la mano.

«Questa torta non è affatto male» disse la ragazza. Poi lanciò un'occhiataccia a Jean. «Ma probabilmente non è la colazione più salutare del mondo.» Si ficcò un altro pezzo enorme in bocca con la mano aperta, spiaccicandosi il dolce sulle guance e nelle narici. Grosse briciole caddero a terra, alcune sui piedi nudi di Bailey, altre sul tappeto della sala da pranzo. Quando ebbe finito, la ragazza sollevò la mano e la strinse a pugno, guardando quel che restava della torta sbriciolarsi a terra. «In realtà è un po' secca» borbottò con la bocca piena, e poi se ne andò.

In sala da pranzo calò il silenzio più assoluto. Jean sentì i piedi di Bailey sbattere sul parquet della cucina e poi di nuovo su per le scale, e alla fine venne il tonfo della porta della sua camera. Jean chiuse gli occhi sollevata. Era stato peggio di quanto aveva immaginato (aveva pensato che la ragazza avrebbe magari sbuffato o sarebbe stata imbronciata o strafottente, ma mai che avrebbe fatto una scenata del genere di fronte a tutti), ma almeno per ora era finita.

Non sapeva cosa fare. Doveva provare a difendersi in qualche modo? Dire che aveva tentato ogni giorno di svegliare Bailey e non aveva ottenuto altro che urla e imprecazioni? Protestare che aveva un'abbondanza di cibi salutari in casa, che non era così stupida da non sapere cosa doveva mangiare un'adolescente, ma che Bailey non voleva comunque mangiare niente? Oppure doveva fingere che non fosse mai accaduto? Precipitarsi a ripulire il pavimento dalle briciole? Strozzare Loretta per averla costretta a mantenere il club del libro lì in casa sua?

Loretta si schiarì la voce e continuò a mangiare. Mitzi bevve un sorso di vino. Janet si leccò ripetutamente le labbra, guardando Jean e May con espressione preoccupata. Sembrava fosse pronta a scappare da un minuto all'altro.

Ma May, che Dio la benedica, continuò a mangiare i suoi nachos e riprese la conversazione come se non fosse mai stata interrotta. «Ma avete letto le recensioni? Ci sono migliaia di recensioni a cinque stelle su questo libro! La gente lo definisce una "sagace disamina della società".»

«Tutti uomini, indubbiamente» commentò Mitzi.

«Secondo me non è poi così male» intervenne Loretta. «Cioè, se lo guardate da un altro punto di vista forse la sua idea non era di dare la colpa di tutto alle donne, e alle madri, in particolare, quanto di far capire a cosa è arrivata la nostra società. In fondo noi tutti puntiamo il dito contro i genitori, quando un ragazzo fa qualcosa di sbagliato. E non dovrebbe essere così.» Lanciò una fugace occhiata a Jean quando lo disse, ma Jean la sentì forte e chiaro e le servì per dissimulare un po' di imbarazzo.

Aspettò che Loretta la guardasse di nuovo e formò un *Grazie* con le labbra. Loretta annuì in maniera quasi impercettibile.

«Ma non è *affatto* quello che voleva dire l'autore, date retta a me!» protestò Mitzi. «Quell'uomo è solo un piccolo essere orribile e io spero con tutto il cuore che nessuna donna gli permetta mai di procreare.»

«Non ci sarai andata un po' troppo leggera?» scherzò Jean, e in qualche modo la tensione cominciò ad allentarsi. Alla fine Jean riuscì persino a dimenticare i pezzi di torta sul pavimento che aspettavano di essere raccolti.

L'unica cosa che non riuscì a dimenticare era la paura che questo fosse solo l'inizio...

# Capitolo Dieci

*Cara Judy Blume,*
*ti scrivo riguardo al tuo libro,* Grasso di balena. *Non credevo che mi sarebbe piaciuto perché il titolo è proprio brutto, ma è il libro migliore che ho letto da un sacco di tempo. E io leggo parecchi libri! A volte la mamma mi sgrida perché leggo i libri invece di fare cose come lavare i piatti o roba del genere.*

*Io sono un po' grassa. Non proprio enorme, ma a volte gli altri bambini mi dicono cose tipo che la mia pancia ballonzola quando corro e non riesco a saltare alla corda troppe volte. Non è brutto come quello che hanno fatto Jill e le sue amiche a Linda nel tuo libro, ma a volte quando mi dicono queste cose cattive mi sento male. Credo di essere brutta. E anche i maschi lo pensano. Vorrei essere bella come la mia mamma...*

*L'hanno scorso ho letto* Racconti di una nullità di quarta elementare, *perché a volte mi sento anch'io una nullità. Però quel libro era proprio divertente. E mi è piaciuto lo stesso.*

*Spero che continuerai a scrivere.*
*Firmato,*

*Bailey Butler*
*Anni undici*

Bailey era sdraiata sul letto e si stava leccando la glassa da ogni centimetro delle dita, ripassandole anche due o tre volte. Lo stomaco le brontolava così tanto che sembrava ci fosse un temporale dentro di lei e quella torta era davvero deliziosa.

Ma, e Bailey non sapeva esattamente il perché, in qualche modo non poteva permettere che tutte quelle donne lo sapessero. Per quanto riguardava le amiche della nonna... bah, le erano indifferenti. Ma sua nonna aveva fallito alla grande. Bailey non aveva scuse per quello che aveva fatto, nessuna spiegazione sul perché sentiva di dover fare cose come distruggere quella torta. Sul perché doveva far sentire gli altri uno schifo per le cose che faceva lei. Sul perché doveva negare del tutto il proprio valore. Quelle cose, in fondo, non la facevano sentire meglio... o almeno, non dopo l'euforia iniziale. Succedeva sempre così: lei combinava qualcosa di scioccante e subito dopo provava una straordinaria sensazione di essere viva, un qualcosa che era al tempo stesso eccitazione e tenebra. Ma dopo poche ore, e a volte dopo pochi minuti, quell'eccitazione le pesava dentro e poi scemava, lasciando solo le tenebre. Forse quel brontolio non era affatto fame, ma qualcosa dentro di lei che si muoveva. Senso di colpa magari. O forse rabbia. Forse senza volerlo si stava consumando dall'interno... Bailey non lo sapeva. Sapeva solo come ci si sentiva a essere Bailey Butler di questi tempi, come ci si sentiva a fluttuare perennemente tra uno stato di paura e uno di rabbia, tra uno di euforia e uno di dolore, fino al terrore puro.

E ciò che era peggio era che lei sapeva in cuor suo che sua nonna ce la stava davvero mettendo tutta, che ci stava provando più di quanto avesse mai fatto chiunque altro. L'aveva sentita quella mattina bussare alla sua porta e poi dire a voce bassa: «Bailey, vuoi fare colazione?». Ma lei non aveva risposto. Era forse diventata così chiusa in se stessa da non riuscire ad aprirsi neppure con chi tentava di tenderle una mano? E se nessuno fosse stato più in grado di aiutarla? Quel pensiero la fece sentire ancora più disperata. Aprì e chiuse la mano un paio di volte per sentire quali erano i punti appiccicosi che poteva ancora leccare, poi si alzò e si trascinò in bagno per lavarsi la mano, fermandosi a guardarsi allo specchio.

Non molto tempo prima, prima che sua madre iniziasse con la sua genialata di andare al lavoro completamente sbronza, Bailey l'aveva sentita parlare con la sua amica Becky, quella che l'aveva accompagnata all'ospedale nel "mitico giorno della grande figuraccia di Laura Butler". Erano entrambe sulla buona strada verso l'*ubriaco fradicio*, la cosa che sapevano fare meglio, ed erano sul vialetto di casa.

Era la sera del ballo scolastico e Bailey sarebbe rimasta da sola a casa come al solito, perché a quale ragazzo poteva interessare una ragazza grassa e sempre incazzata con un'ubriacona come madre e un fantasma come padre che si vergognava talmente della propria casa da non invitare mai nessuno? Bailey era sicura di essere l'unica ragazza della Cleveland Heights High School a non avere nessuno con cui andare al ballo, neppure un amico. Aveva tentato di non soffrirne, aveva tentato di non pensarci affatto, ma ci pensava. Ci pensava ogni maledetto giorno.

Persino Chloe Roland, quella sfigata fuori di testa che viveva in fondo alla strada, si era trovata un ragazzo. Bailey li aveva visti fuori in giardino, con la mamma di Chloe che non faceva che scattare foto come se sua figlia fosse una celebrità, e quella sfigata con un abito argento e lavanda che le si gonfiava a ogni folata di vento. Il suo ragazzo portava un cravattino dello stesso color lavanda e una tuba con una fascia argento. Uno sfigato anche lui. Un amore sfigato.

Bailey era accanto alla porta del garage e ascoltava pigramente le mamme che rivivevano i giorni gloriosi dei loro balli scolastici mentre guardava Chloe e si immaginava con quell'abito color lavanda addosso. Faceva tanto Cenerentola e per un istante Bailey si era permessa un pizzico di autocommiserazione. Se solo le fate madrine fossero esistite veramente... Se solo una di quelle fate fosse venuta a prenderla, per portarla non al ballo, ma a una vita diversa, dove poteva avere una madre in grado di rimanere sobria abbastanza a lungo da scattarle foto del ballo... Una mamma che avrebbe potuto salutare la sua limousine che andava via senza barcollare e finire a faccia in giù nei rododendri.

Una mamma che, mentre calava la notte e il rum faceva effetto dandole un falso senso di privacy, non avrebbe sussurrato ad alta voce alle sue amiche che, se solo Bailey avesse fatto un po' di esercizio, se solo Bailey si fosse truccata un po', se solo Bailey avesse sorriso di tanto in tanto, forse avrebbe avuto un ragazzo per il ballo. Oh, quanto era dispiaciuta Laura Butler di non aver potuto portare la sua unica figlia a comprare un vestito per il ballo. Oh, quanto la imbarazzava, quanto la faceva sentire una fallita non poter partecipare al comitato per il ballo perché la sua unica figlia non era riuscita a farsi invitare neppure dal più disperato dei ragazzi. «Perché sai, anche i ragazzi più disperati hanno degli standard» aveva mormorato sua madre davanti al fuoco in giardino, troppo sbronza per rendersi conto che Bailey era nascosta nell'ombra del portico, a guardare, ad ascoltare come sempre, troppo sbronza anche per rendersi conto che una cosa era un sussurro e una cosa era un sussurro da ubriaco. «Nemmeno a loro piace una ragazza con le cosce grosse e l'espressione sempre incazzata. Persino loro apprezzano una ragazza che almeno ci prova.»

Quante di quelle conversazioni aveva ascoltato Bailey? Conversazioni in cui sua madre si lamentava di come Bailey non era abbastanza intelligente o abbastanza talentuosa, o di come era troppo brutta per questo o per quello. Una volta sua madre aveva persino detto: «Non so dove abbia preso i suoi geni! Giuro su Dio che più di una volta mi sono chiesta se l'abbiano scambiata alla nascita!». Bailey era abituata a sentire quegli insulti e le risate che seguivano, ma quello, in particolare, l'aveva ferita. Dopo era andata in camera di sua madre e aveva immerso tutti i rossetti di Laura nel water per poi rimetterli nella sua borsa del trucco. E se avesse potuto farlo con i rossetti di ogni mamma sghignazzante che c'era là fuori, l'avrebbe fatto.

Perciò la conversazione del giorno del ballo in realtà non era stata una gran cosa, e alla fine Bailey era stata felice di non avere un ragazzo, perché essere troppo brutta e troppo grassa e troppo poco motivata per attirare l'attenzione anche del più perdente tra i perdenti della sua scuola era il modo migliore di vendicarsi di sua madre. Ma davvero quella donna pensava che non le sapesse anche lei, quelle cose? Davvero pensava che Bailey non notasse che non aveva un ragazzo per il ballo e nessun amico a parte i suoi libri? Davvero pensava anche solo per un istante che Bailey non avrebbe fatto cambio con una delle ragazze del ballo?

Il fatto era che Bailey sapeva che sua madre non si rendeva conto che lei la sentiva. Sapeva che sua madre non ricordava di aver detto quelle cose, non più di quanto ricordasse tutte le volte che le aveva gettato le braccia al collo e appoggiandosi a lei col fiato che puzzava di whisky, aveva singhiozzato dicendo che era la figlia migliore che chiunque avrebbe potuto desiderare. Ringraziandola. Chiamandola la sua figlia bellissima, gentile e intelligente. Desiderando a voce alta di poter essere una madre migliore per lei. Accarezzandole la testa come fosse un cagnolino smarrito. Laura non ricordava mai neppure quello. Non ricordava quanto era fantastica Bailey e quanto lei diceva di amarla, e quella era la cosa che le faceva più male.

Ma in momenti come questi, in cui soffriva e aveva paura e magari un po' si vergognava del proprio comportamento, Bailey si guardava allo specchio e lo vedeva. Vedeva le cose che diceva sua madre. Vedeva il suo naso rincagnato e la fronte piena di lentiggini e gli occhi spenti, che praticamente urlavano: "Perdente!". E in quei momenti avrebbe voluto strofinarsi la faccia fino a farla brillare e disegnarsi colpi di sole nei capelli ed essere un'altra. Avrebbe voluto fare docce bollenti e lavarsi via di dosso l'odio e il dolore in modo da guardare il mondo attraverso una pelle nuova, fresca e rosata. Avrebbe voluto correre maratone e non mangiare altro che frutta e perdere venti chili e indossare abiti sexy che si modellavano sul suo corpo nei punti giusti senza farla sembrare una puttana, e Bailey sapeva nel profondo del suo cuore che la persona che riassumeva tutte quelle cose era in realtà sua madre.

Ma più di ogni altra cosa al mondo, lei non voleva essere Laura Butler.

Lei voleva solo che Laura Butler la notasse e ricordasse di averlo fatto la mattina dopo.

Tornata nella sua stanza, frugò nella tasca laterale del suo zaino, che era pieno di compiti scolastici per lo più inutili, che lei non si dava mai la pena di finire, e tirò fuori un pezzo di carta arrotolato. Si gettò sul letto a pancia in giù e lisciò la carta, guardando il numero di telefono scritto nella calligrafia di papà.

L'aveva recuperato dall'immondizia a casa dopo che suo padre aveva memorizzato il numero nel suo cellulare e l'aveva gettato via. Era il telefono della linea riservata agli ospiti del centro di recupero.

Tirò fuori il cellulare e compose il numero. Squillò cinque volte prima che qualcuno rispondesse.

«Sì?»

«Ehm... Laura Butler?» disse Bailey col cuore che le batteva forte.

«Allora?»

«Posso parlare con lei? Ehm... per favore?»

Ci fu un rumore sordo, come se il telefono fosse stato sbattuto e Bailey sentì qualcuno gridare: «Qualcuno sa chi è Laura Buckner?».

«Chi?»

«Laura Buckner!»

Butler, idiota! "Io non balbetto" avrebbe voluto urlare Bailey, ma non sarebbe servito a niente. Il tizio non era più vicino al telefono, almeno per quello che le sembrava.

Non sentì niente per così tanto tempo che fu sicura di essere stata dimenticata, ma proprio quando stava per riattaccare, sentì una serie di rumori e poi una voce familiare...

«Pronto?»

«Mamma?»

«Bailey?»

Bailey sorrise suo malgrado. «Sì.»

«Cosa c'è che non va? Perché mi stai chiamando?»

«Io... è solo che mi mancavi.»

«Oh. Mi manchi anche tu, ma non ho proprio tempo di parlare ora. Il mio gruppo si riunisce tra dieci minuti e non ho scritto niente nel mio diario.»

«Aspetta. Mamma, papà mi ha mandato a Kansas City.»

«Lo so. Gli ho chiesto io di farlo.»

Bailey tacque per qualche istante, aprendo e stringendo la mano e sbattendola poi inavvertitamente contro qualcosa di duro là accanto. Confusa, abbassò lo sguardo. Era il Little Golden Book con cui dormiva. «Perché?» Raccolse il libro e se lo mise in grembo, accarezzando distrattamente l'illustrazione del coniglietto. Lo aveva accarezzato così tante volte nel corso degli anni che l'inchiostro si era consumato. Toccare il libro e sentire allo stesso tempo la voce di sua madre era troppo, per lei. Le sembrava quasi di sentire il profumo di sua madre attraverso il telefono...

Laura sospirò. «Papà non se la stava cavando molto bene, così ho pensato che ti avrebbe aiutato cambiare aria per un po' e... Bailey, davvero, non ho tempo ora. Possiamo discuterne più tardi.»

«Be', ti sbagliavi. Non mi serviva di cambiare aria e voglio tornare a casa. Non voglio discuterne più tardi. Voglio tornare a casa *adesso*. A casa *mia*. Non da papà e non qui.»

«Be', non puoi avere sempre quello che vuoi, Bailey.»

«E quando allora?!» gridò Bailey nel telefono. Si ritrovò in ginocchio al centro del letto, a tremare, con le guance solcate dalle lacrime. Il libro cadde a faccia in giù sulla coperta accanto a lei.

«Devi smetterla di urlare e...»

Bailey continuò imperterrita. «Perché non ricordo una sola volta in cui ho ottenuto quello che volevo. Neppure una! Era sempre tutto tu, tu, tu! Tutto ha sempre girato intorno a Laura Butler la Grande e a quello che vuole lei.»

«Sì, va bene, ma non posso parlare con te quando fai così.»

«Allora magari dovresti andarti a fare un paio di birre. Quando te ne sei fatte un paio non la smetti di parlare. È stupefacente, mamma, quanto divento brutta e deludente quando ti sei fatta un paio di birre.»

«Bailey, ora questo non è giusto.»

Bailey si appoggiò indietro sui calcagni, col petto che sobbalzava per i singhiozzi. Sentì un rivolo di sudore scorrerle lungo la schiena, mentre la torta che aveva mangiato le pesava come un macigno nello stomaco. «No, ti dirò io cosa non è giusto. Crescere facendo *io* la mamma perché la mia di mamma è troppo ubriaca per fare il suo dovere!» gridò.

Chiuse la chiamata prima che Laura potesse rispondere, ma poi restò a fissare lo schermo del telefono, guardando le proprie lacrime che lo schizzavano, desiderando che si illuminasse, che sua madre la richiamasse per poter rifiutare la telefonata. In modo da non avere, neppure lei, "tempo" di parlarle in questo momento.

Ma lo schermo non si illuminò e in un impeto di rabbia Bailey afferrò il libro e lo lanciò contro la parete di fondo. Atterrò sul pavimento con un tonfo e Bailey fissò l'illustrazione della pagina in cui si era aperto: il coniglietto che si accoccolava vicino al suo nuovo amico, il coniglietto bianco come la neve, felice e soddisfatto. Lo fissò ansimando per qualche istante, poi si sdraiò sul letto e pianse fino a non avere più lacrime.

# Capitolo Undici

Laura arrivò nel cuore della notte. Bussò alla porta come se la casa andasse a fuoco, spaventando Jean, che corse ad aprire tenendo chiusa la vestaglia all'altezza della gola con una mano e con una mazza da baseball nell'altra.

Bailey sbirciò dalla porta semisocchiusa della sua camera mentre Jean correva giù. Un istante dopo uscì, ma rimase in cima alle scale, strofinandosi gli occhi come una bambina piccola, con indosso gli stessi indumenti stropicciati che portava da giorni. Sua nonna le lanciò un'occhiata prima di aprire la porta.

«Oh, cielo...» mormorò Jean facendosi da parte e spalancando la porta. «Non avevo idea che saresti venuta. Stavamo dormendo.»

Laura entrò con un malconcio sacco dell'immondizia in mano, gli occhi iniettati di sangue e i capelli scompigliati. Jean non aveva mai visto sua figlia con un aspetto così trasandato. Nel vialetto c'era una Cadillac nera con la ventola del motore ancora accesa.

«Non potevo restare lì» disse Laura, lasciando cadere il sacco dell'immondizia a terra. «A casa. È così buio e vuoto... Volevo aspettare la mattina per uscire, ma poi... Lui la sta distruggendo. Ha rotto tutte le assi delle scale. E le ha lasciate a terra. Ha gettato via tutti i miei piatti. Ha saccheggiato i miei vestiti e quelli di Bailey. Sta sfasciando completamente la mia vita.»

«Non sapevo fossi uscita dal centro di recupero» disse Jean. «Curt non mi ha telefonato.»

«Lui non lo sa. Sono fuori da qualche giorno, ma dopo aver visto quello che ha fatto a casa mia, io... Non riesco neppure a pensare a lui, adesso. È troppo deprimente.»

A quel punto Laura lanciò un'occhiata verso la cima delle scale e un'espressione che Jean non riuscì a definire (paura? Rammarico? Sollievo?) le attraversò il volto.

«Mi dispiace di averti svegliata» disse. Bailey non rispose, ma si limitò a indietreggiare nel buio finché non si sentì l'eco della porta della sua camera che si chiudeva.

Laura sbuffò e scosse la testa. «Me l'ha messa contro, è evidente.»

«Sta soffrendo molto» disse Jean, e poi, sicura di sentire puzza di alcol, chiese: «Sei sobria?».

Laura la fissò esasperata. «Gesù, mamma, non sono venuta qui per farmi fare la predica. In quel caso sarei rimasta in quella ridicola clinica.»

«Scusami» disse Jean. «Ovvio che tu non sia qui per questo. Mi stavo solo chiedendo se il centro di recupero ti è servito.»

«Mi è servito per togliermi tutti di torno. Non doveva servire a questo? Ma dentro mi ha distrutto. Ora siete tutti contenti? Guardami.» Laura si chinò per riprendere la busta dell'immondizia. «La mia camera da letto c'è ancora?»

«Certo» rispose Jean. «Tutte e due. Bailey sta in quella di Kenny.»

«Bella mossa. In fondo Mister Fratellino Perfettino non si presenterebbe mai qui nel cuore della notte con l'alito che sa di gin, non credi?» E si avviò faticosamente su per le scale, come aveva fatto un milione di volte prima di quella sera. Jean la fissò a bocca aperta dalla soglia, con la porta ancora spalancata, da cui penetrava l'aria fresca della notte. Fu solo quando sentì la camera di Laura che sbatteva che si decise a chiudere e riportare la vecchia mazza da baseball di Kenny in camera sua, dove rimase sveglia fino alla mattina dopo.

Né Laura né Bailey scesero a colazione, anche se Jean sentì del movimento e una volta anche uno starnuto dal piano di sopra. Cercò di non pensare a cosa avrebbe significato la presenza di Laura in casa. La situazione sarebbe improvvisamente migliorata? Laura sarebbe riuscita a rimettersi in sesto e aiutare Bailey? Si sarebbero ascoltate e sarebbero tornate a St Louis insieme? E, in quel caso, come sarebbe rimasta Jean? Di nuovo sola nella sua casa silenziosa, col suo club del libro?

Oppure la presenza di Laura avrebbe significato guai ancora maggiori? E lei, Jean, si sarebbe ritrovata a desiderare ardentemente di avere di nuovo la sua casa silenziosa e il suo club del libro?

Jean si preparò un uovo in camicia e lo mangiò con del pane tostato come faceva ogni mattina. Poi uscì e innaffiò i fiori come sempre. Raccolse il giornale dal vialetto, lo portò dentro e lo lesse.

Si gettò sul divano e sfogliò il libro scelto dal club che, su insistenza di Loretta era l'ultimo libro di Flavian Munney che lei aveva appena finito di leggere. «Per riprenderci un po' dopo il libro di Thackeray» aveva detto. «Non c'è niente di meglio che essere legata e imbavagliata da un milionario sexy e intelligente per migliorare la giornata.»

«Parla per te» aveva ribattuto May, ma poi aveva aggiunto, con una risatina: «E comunque io preferisco i collari dei cani».

«Io vorrei mettere un collare da cani a Thackeray» aveva borbottato Mitzi. «Uno di quelli elettrici.»

«Oh, tesoro, Flavian ha anche quelli» aveva sussurrato

maliziosa Loretta, e tutte avevano riso e avevano convenuto che un libro di Flavian Munney sarebbe stata la soluzione migliore per curare il loro amor proprio ferito dopo quello che avevano appena passato.

Ma quello non era il genere preferito di Jean, e a volte rabbrividiva al pensiero di come sarebbe stato leggerne uno ad alta voce con Wayne. Lui e Chuck non avevano fatto che prendere in giro Loretta per i suoi strani gusti. A Jean sembrava di sentirlo: "Ma sul serio, Jean? Pensavo che preferissi un uomo che sa pensare". Ma anche lei aveva un gran bisogno di sfuggire alla realtà e quella mattina era così assorta nella lettura che non notò che Bailey stava vagando per la cucina finché non sentì il tonfo di una valigia gettata a terra. Chiuse il libro e lo posò, poi andò incerta verso la cucina.

A parte che per le questioni di prima necessità («Ho finito il sapone in bagno») e per qualche incontro spiacevole («Non ti avevo detto di cambiare le mie lenzuola?») Jean non era ancora riuscita a convincere Bailey ad aprirsi con lei. Aveva tentato. Aveva preparato i biscotti, più di una volta. Aveva affittato un film – uno di quelli per adolescenti per cui lei non provava alcun interesse, ma che sperava potesse rompere il ghiaccio con sua nipote – e preparato i pop-corn, ma l'unica cosa che aveva ottenuto era che Bailey glieli strappasse entrambi di mano per sparire nella sua camera da letto. L'aveva invitata a venire con lei ogni volta che usciva di casa. Niente. Sua nipote sembrava odiarla per il solo fatto di esistere.

Ma, come faceva sempre, si stampò un sorriso timido sulla faccia mentre entrava in cucina, illudendosi che il sorriso potesse placare il cattivo umore di Bailey e la sua linguaccia ancor più cattiva. Sua nipote era appoggiata contro i fornelli e mangiava un biscotto dalla scatola dei Pop-Tart. Lanciò un'occhiata alla valigia che Bailey aveva parcheggiato all'ingresso vicino alla porta. C'era tutto ciò con cui era arrivata, persino il cuscino e la coperta che stringeva al petto quel giorno, infilati nella maniglia della valigia. Jean sentì una fitta di un qualcosa che non riuscì a definire. Sollievo perché avrebbe avuto ancora una volta la casa tutta per sé per quanto silenziosa e vuota potesse essere, ma al tempo stesso tristezza perché sua nipote se ne andava prima che avessero avuto il tempo di comunicare in qualche modo. Un'emozione del genere aveva un nome?

«Puoi portarli con te» disse Jean indicando la scatola di biscotti in mano a Bailey. «Per il viaggio.»

«Già fatto» ribatté Bailey masticando un biscotto. «Ho preso anche la crema che ho trovato in bagno perché mi piace il profumo. Non è troppo da vedova.»

Sin dal principio la parola "vedova" aveva irritato Jean. La faceva sentire vecchia e rinsecchita e terribilmente sola. Odiava gli sguardi compassionevoli e imbarazzati della gente quando scoprivano che era vedova. Aveva sempre preferito frasi come "è passato a miglior vita" o "è in paradiso", perché le sembravano meno definitive ed esprimevano movimento, e quindi esistenza. Parole come "morto" e "vedova" davano l'idea del buio, della fine di tutto. Era come se Wayne fosse ancora più morto per lei quando pensava a se stessa come a una vedova.

«Non c'è problema. Ne comprerò un'altra. Puoi prendere anche il profumo. Credo che ce ne sia uno che era di tua madre.»

«Quello puzza.»

Jean andò a togliere le briciole che Bailey aveva lasciato sul bancone in modo da poter voltare le spalle a sua nipote e nasconderle ciò che pensava, ciò che provava. C'erano così tante cose che avrebbe voluto dirle... Che capiva il suo dolore, che avrebbe tanto voluto che permettesse agli altri di avvicinarsi a lei e che la smettesse di comportarsi da dura, che le mancava e che sperava che sarebbe tornata in modo da poter avere un vero rapporto con lei, un giorno, che si pentiva di come aveva cresciuto sua figlia se il modo in cui l'aveva cresciuta poteva avere a che fare col perché Laura aveva cominciato a bere. Ma niente di tutto questo le sembrava una cosa *sicura* da dire. Erano tutte cose legate a sentimenti talmente radicati dentro di lei che temeva che, se le avesse dette, si sarebbe ritrovata come sventrata, lì, davanti a sua nipote.

Pochi attimi dopo sentì un rumore di passi per le scale e Laura si trascinò in cucina, con indosso una vecchia maglietta tutta sporca e lacera e un aspetto terribile.

«Caffè?» gracchiò, guardandosi intorno alla ricerca di una caffettiera.

«Ho gettato quello che ho fatto prima. Era freddo. Te ne faccio un altro» si offrì Jean e fece per prendere la caffettiera.

«Lascia stare» disse Laura. «Me ne torno a letto. Ho la testa che mi scoppia.»

«Allora, quando ce ne andiamo?» chiese Bailey, mandando giù l'ultimo boccone di Pop-Tart e sorseggiando un bicchiere di latte.

«Per andare dove?» Laura guardò sua figlia, che, notò solo ora Jean, era più alta di lei.

«A casa» ribatté con impazienza Bailey.

Laura si grattò il collo e scosse la testa. «Non torniamo a casa. Non subito, almeno. Resteremo qui finché non mi sarò rimessa in sesto.» Poi si voltò verso Jean. «Per te va bene?»

Sorpresa, Jean non ebbe neppure il tempo di pensare e si ritrovò a rispondere: «Tutto il tempo di cui avrai bisogno».

«No, non va bene per niente» ribatté Bailey. «Io voglio andare a casa! Questo posto è una pizza. Perché sei venuta qui se non era per riprendere me?»

«Per riprendere il controllo» mormorò Laura in tono

stanco e frustrato, poi si passò una mano sulla fronte. «Non lo so. Per andare via. Per... stare meglio, immagino.»

«Pensavo che il centro di recupero fosse servito a quello» protestò Bailey. «Pensavo che ti avessero "curata" o qualcosa del genere.» Fece il segno delle virgolette con le dita per sottolineare la parola "curata" e Jean ebbe paura che il bicchiere di latte le sfuggisse di mano e si infrangesse sul pavimento.

«Sì, infatti è così.»

«Allora perché non puoi "stare meglio"» di nuovo il segno delle virgolette «a casa?»

«Bailey, tu non capisci. Tuo padre mi ha lasciato con un sacco di cose a cui pensare e io non credo proprio di poter affrontare niente in questo momento. Voglio solo riposare un po', prima di tornare.» Laura si tolse la mano dal viso e all'improvviso sembrò rimpicciolire, accartocciarsi su se stessa. Jean non aveva mai visto sua figlia smarrita e indifesa prima d'ora, neppure da piccola. Era stata una neonata volitiva, una bambina coraggiosa, una ragazza precoce, ma mai una volta era stata indifesa.

«Ma insomma, perché per una volta non si può fare quello che voglio io?» ribatté Bailey. «Perché non posso avere voce in capitolo sulla mia vita? Non sono io quella che si è scolata questo mondo e quell'altro, quindi perché devo essere io quella che soffre? Non è giusto. Non capisco perché...»

«Perché non posso farcela, va bene?» All'improvviso Laura era diventata tesa come una corda di violino e la sua voce risuonò forte e acuta per la cucina. «Non posso farcela da sola, Bailey. Tu non sai com'era a casa. Immondizia, piatti sporchi, bollette da pagare e l'acqua che era stata staccata. La casa è a pezzi e io anche e ora ho paura che ogni volta che bevo tutti mi fisseranno, mi giudicheranno, diranno che devo tornare al centro di recupero. Specialmente tuo padre. E io non posso più farcela.»

«Ma ora non bevi più. Te la caverai meglio» ribatté Bailey.

«Ma io non stavo crollando perché bevevo troppo!» gridò Laura, le mani strette a pugno lungo i fianchi. «Stavo crollando perché facevo tutto da sola. Stavo crollando perché tutti si aspettano da me che io sia in grado di fare tutto da sola.»

Jean vide il mento di Bailey tremare. «Bugie» mormorò alla fine, a voce molto bassa.

Laura chiuse gli occhi e cercò di parlare con voce più ferma. «A casa non riuscivo più a dormire e mi serve del tempo per rimettermi in piedi. Per elaborare un piano. Torneremo quando avrò recuperato un po' di sonno. E vedrai che tutto andrà meglio.» Laura si voltò, frugò nella dispensa e tirò fuori un pacchetto di crackers salati. «Mi farò un po' di caffè più tardi» disse, e si trascinò di nuovo su per le scale.

Quando sua figlia se ne fu andata, Jean si sentì più in imbarazzo che mai. Non era sicura di cosa pensare dell'evidente negazione della realtà di Laura. Forse Curt stava ingigantendo le cose. Forse Laura era semplicemente sconfortata e depressa, e chi meglio di lei poteva capirla in questo momento? Eppure Bailey era così piena di rabbia. Chiaramente c'era qualcosa di più in questo suo rancore, che forse neppure Laura riusciva a comprendere. Magari era possibile che Laura non si rendesse veramente conto di quanto era sprofondata nel suo buco nero...

L'unica cosa di cui Jean era sicura era che Bailey era piena di rabbia, che si sprigionava in ondate quasi tangibili.

«Ti andrebbe di andare in piscina, oggi?» chiese Jean a bassa voce, sapendo che la domanda avrebbe fatto infuriare ancora di più sua nipote e allo stesso tempo non sapendo cos'altro dire.

Bailey la guardò a denti stretti come se non l'avesse mai

vista prima, poi sollevò il bicchiere che aveva in mano e mandò giù tutto il latte rimasto. Quando ebbe finito sbatté il bicchiere sul lavello con tale forza che Jean trasalì e si preparò per le inevitabili schegge di vetro rotto, che per fortuna non seguirono. «Stronzate» borbottò Bailey, poi girò sui tacchi e risalì per le scale. «Questo non è giusto!» gridò più forte quando raggiunse il pianerottolo. La sfuriata fu seguita dall'ennesima porta sbattuta. Se continuava così, Jean si sarebbe ritrovata almeno una porta rotta.

Ma quella, indubbiamente, adesso era l'ultima delle sue preoccupazioni.

# Capitolo Dodici

Jean aveva appena finito di lavare i piatti usati per il suo panino con uova e insalata, a cui aveva aggiunto dei capperi per provare una possibile futura specialità per il club, quando Bailey entrò in cucina. Jean fece finta di niente. Ormai aveva imparato la lezione: affrontare Bailey direttamente significava solo attirarsi i suoi insulti e dopo la furiosa litigata tra sua figlia e sua nipote quella mattina, non se la sentiva proprio.

Sapeva però che non poteva ignorare la situazione per sempre. A un certo punto avrebbe dovuto parlare con Laura, scoprire quanto tempo aveva intenzione di restare, quali erano esattamente i suoi progetti e cosa poteva fare per aiutarla. Ma non era quello il giorno giusto. Laura soffriva i postumi di una sbornia ed era avvilita; e a parte chiamare Curt, che probabilmente non avrebbe mosso un dito, Jean non sapeva cosa fare.

Wayne l'avrebbe aiutata: sembrava sapere sempre tutto. E riusciva a farsi ascoltare da Laura, come Kenneth. Se solo fosse riuscita a far venire Kenneth lì...

«Allora, quando usciamo?» chiese Bailey.

Jean si voltò con lo strofinaccio ancora in mano e tentò di sorridere, anche se stava diventando sempre più difficile con Bailey. «Cosa?»

Bailey sbuffò e scosse la testa come se Jean fosse la persona più stupida sulla faccia della terra. «A nuotare, hai presente?» Mimò una bracciata a stile libero. «Hai detto che andavamo a nuotare.»

«Oh. Non pensavo che volessi andare.»

«Infatti non voglio. Ma è meglio che starmene qui dentro tutto il giorno. Con lei.» Bailey lanciò un'occhiata alle sue spalle, verso le scale.

«Va bene» disse Jean, strizzando lo strofinaccio e posandolo sopra il rubinetto. «Allora andiamo. Lasciami solo...» Si sentiva stranamente nervosa per quell'improvvisa richiesta di sua nipote di passare del tempo con lei e voleva fare le cose nel modo giusto. Sempre ammesso che fare le cose nel modo giusto fosse possibile. Cercò di muoversi in tutta una serie di direzioni diverse, ma poi rimase ferma sul posto. Si lisciò i capelli e poi si tastò i pantaloncini senza alcuna particolare ragione, a parte che non sapeva cos'altro fare finché il suo cervello non si decise a mettersi in moto. «Dammi il tempo di prepararmi» disse alla fine, e con quella frase riuscì finalmente a schiodarsi dal posto. Prese il suo libro e lo riposò sul tavolo. «Vuoi mangiare qualcosa?»

«Ho mangiato un Pop-Tart, ricordi?»

«Ma è stato ore fa.»

Bailey sospirò irritata. «Ne ho mangiati quattro, okay? Ora andiamo o dobbiamo stare qui a discutere del contenuto del mio stomaco?»

Jean annuì e si avviò verso la porta. «Sai nuotare?» chiese mentre passava accanto a sua nipote.

«No, ho intenzione di affogarmi nella piscina del tuo quartiere» ribatté Bailey.

Jean tentò di non sorridere. Sapeva che Bailey stava cercando di fare la dura. Ma qualcosa nel suo tono le fece pensare che forse stava riuscendo a fare breccia nel guscio che si era costruita intorno.

Jean corse di sopra in camera sua, fermandosi solo per

qualche istante dietro la porta di Laura ad ascoltare. Niente, solo silenzio. Avrebbe lasciato a sua figlia un messaggio invitandola a raggiungerle, anche se sapeva che Laura non l'avrebbe fatto.

Frugò nel cassetto del comò, scansando cose che non indossava ormai da anni, come un paio di sottovesti che sua madre aveva insistito per comprarle quando si era sposata anche se lei non indossava mai vestiti, un paio di collant, un négligé di pizzo che Wayne adorava (l'aveva indossato per lui l'ultima volta una settimana dopo che avevano diagnosticato il tumore, in occasione di quella che Jean avrebbe sempre considerato la loro ultima notte d'amore insieme, anche se dopo l'avevano fatto diverse altre volte, ma a fatica e in maniera impacciata). Infilato in fondo al cassetto e in procinto di incastrarsi nel retro del comò c'era il suo vecchio costume da bagno, un affarino nero e oro con una sorta di gonnellino che gridava *vecchia* da lontano un miglio. Se lo mise davanti e si guardò allo specchio, rabbrividendo alla sola idea di infilarlo. Non nuotava da anni... forse addirittura una decina. E di certo non aveva intenzione di cominciare oggi.

Ma se Bailey voleva andare in piscina, lei ce l'avrebbe portata. Avrebbe indossato il costume e si sarebbe sdraiata sul lettino e sarebbe stata entusiasta di farlo, se significava qualche minuto di felicità per sua nipote... e pace e controllo per lei.

Quando alla fine trovò il coraggio di affrontare il mondo con il costume addosso e recuperò il suo cappello a tesa larga, Jean tornò giù, dove trovò Bailey appoggiata al bancone del bar, a mangiare sottaceti da un vasetto e a sfogliare il libro di Flavian Munney.

«Sei pronta?»

«Questo libro è stupido. Ma lo stai leggendo davvero?»

Jean si sentì arrossire. «Ti dispiace se invito la mia amica Loretta?» chiese prendendo il telefono.

Bailey prese il libro e lo appoggiò contro il bancone. Poi iniziò a leggere: «*Il petto di Flavian fremeva sotto le mani tremanti di Roberta. La donna fece scorrere le dita tra la morbida peluria sopra gli addominali scolpiti di Flavian e rabbrividì, gemendo mentre toccava con delicatezza le gocce di sudore che si erano fermate in quel punto.* Ma che schifo! Chi vorrebbe giocare con i capezzoli sudati di un uomo?».

«Allora la chiamo» disse Jean, digitando il numero di Loretta.

Bailey continuò a leggere, questa volta con voce bassa e sensuale. «*Roberta lasciò che la sua mano scendesse pigramente lungo lo stomaco di lui, sopra i muscoli che si alzavano e abbassavano a ogni respiro, verso l'erezione che si stava srotolando sopra il suo ombelico per venire incontro alla sua mano.*» Scoppiò in una sonora risata. «Srotolando? Sembra che parli di una di quelle trombette di carnevale che si allungano quando ci soffi dentro!»

«Di solito non leggo quei libri» spiegò Jean col viso rosso come un peperone. «Ma il club ha votato...»

In quel momento però Loretta rispose al telefono, salvandola dal dover dare altre spiegazioni, e per fortuna quando ebbe concluso la telefonata, Bailey aveva finito i suoi sottaceti e aveva posato il libro per cercare di tirare fuori un ultimo pezzetto incollato sul fondo del vasetto. Jean afferrò il libro e lo ficcò nella borsa come se non vedesse l'ora di leggerlo in piscina, ma in realtà con l'intenzione di nasconderlo per risparmiarsi altre umilianti letture ad alta voce.

«Loretta ci raggiunge in piscina» disse. «Hai messo il costume?»

«Tu che dici?» rispose Bailey, ripescando finalmente l'ultimo sottaceto e divorandolo con un boccone.

Forse perché era ancora presto, o forse perché i bambini del quartiere erano ormai tutti cresciuti e se n'erano andati, o magari perché non faceva poi così caldo, quel giorno la piscina era quasi deserta quando Jean e Bailey arrivarono. Un bagnino solitario era seduto a un tavolino rotondo da giardino, ad ascoltare musica e mordicchiarsi l'unghia del pollice con tale concentrazione che Jean si domandò come fosse possibile che non si facesse male da solo.

Il ragazzo si tolse gli auricolari dalle orecchie quando aprirono il cancello.

«Salve» disse mentre Jean firmava per l'entrata. «Bella giornata, eh?»

«Sì, davvero» rispose Jean, ed era la verità. Il cielo era d'un blu luminoso, con qualche nuvoletta sparsa solo per renderlo ancora più interessante. Il sole inondava di luce la piscina e il luccichio dell'acqua prometteva divertimento e relax. Una volta era proprio quella la cosa che Jean adorava dell'inizio dell'estate: la promessa che conteneva. Ma da quando Wayne era morto aveva avuto molto poco da sperare per il futuro. Quali promesse potevano avere importanza quando quella fondamentale, la promessa di stare insieme fino a quando sarebbero diventati entrambi vecchi e un po' svampiti, era stata infranta? Ora lei sarebbe diventata vecchia e svampita da sola. «Dove sono tutti?» chiese.

Il bagnino si strinse nelle spalle abbronzate e si mise in bocca una manciata di semi di girasole che sembravano sbucati dal nulla. «Un mortorio tutta la settimana. Avete la piscina tutta per voi.»

«Forte, amico» commentò ironica Bailey.

Jean gli fece un sorriso imbarazzato e portò le proprie cose a una sdraio. All'improvviso si domandò perché non era mai più venuta in piscina. Stare seduta un paio d'ore al sole sarebbe stato piacevole. Aveva più preso il sole da quando Wayne era morto? Non se lo ricordava. Da un certo punto di vista era come se il sole fosse morto con lui.

Loretta entrò sparata dal cancello proprio mentre Jean raggiungeva il bordo della vasca, con una borsa gigantesca appesa al braccio e un paio di occhiali da sole ancor più giganteschi che le oscuravano metà della faccia. Firmò e andò verso Jean e Bailey agitando la mano in segno di saluto fino a che non le raggiunse.

«Che ne dici della nostra piscina privata?» le gridò Jean.

«Se l'avessi saputo, mi sarei messa il bikini» ribatté Loretta, e con la coda dell'occhio Jean vide Bailey portarsi un dito alla bocca per fingere di vomitare. Probabilmente anche Loretta l'aveva notata, perché si chinò verso la ragazza e aggiunse: «Quello col tanga». Jean si sforzò di non scoppiare a ridere quando vide Bailey fulminare Loretta con lo sguardo.

«Ho portato Flavian con me» disse Jean.

«Flavian con un bel costumino attillato, quello sì che sarebbe il mio dessert preferito!» rispose Loretta, tirando fuori dalla borsa un enorme telo da bagno e stendendolo sulla sdraio per poi accomodarcisi. «Cosa ne pensi finora?»

«Conosci le regole. Non si parla di un libro prima della riunione del club.»

Loretta tirò fuori una tazza di plastica umida di condensa dalla borsa e sorseggiò il contenuto con la cannuccia. «La regola è mia. Posso infrangerla quando voglio.»

«Assolutamente no. Dovrai aspettare, come tutte le altre, se vuoi conoscere i miei pensieri più profondi su Flavian Munney.»

«Non dire profondo e Flavian Munney nella stessa frase. Mi fai venire le vampate.» Loretta bevve un altro sorso della sua bibita mentre Bailey, fingendo di dover vomitare, si alzò dalla sdraio e andò a sedersi sul bordo della piscina vicino al trampolino, fuori portata d'orecchio.

«Vedo che sta migliorando» disse Loretta indicando Bailey con il suo bicchiere.

Jean appoggiò la testa contro lo schienale della sdraio.

«Ci ho rinunciato. È costantemente acida e arrabbiata e le sue abitudini alimentari sono atroci. E poi fa le cose più strane. Cose che tu e io non ci sogneremmo mai. Come quella della torta. Era assurda, non ti pare?»

Loretta si strinse nelle spalle. «Sta cercando di sciocca-re il prossimo perché quando lo fa ottiene attenzione.»

«Be', sta perdendo la mia. Non ho l'energia per continuare. E a peggiorare le cose, ora è arrivata Laura. Ubriaca, ovviamente, e dopo aver guidato per tutto lo stato da sola in quelle condizioni.»

«Oh, cielo, la figlia preferita è tornata.»

«Sì, e cosa mi ha riservato questa mattina? Una bella litigata nella mia cucina. Wayne probabilmente si è rotolato nella tomba, a sentirle. Lui avrebbe saputo come gestire tutta questa situazione, io invece non me la sto cavando per niente bene. È dura sapere come comportarsi con qualcuno chc conosci appena.»

«Non pensare a Wayne, ora. Non faresti che sentirti ancora più avvilita. Te la stai cavando benone. Ricordi? Eravate due metà di un intero, perciò qualunque cosa lui avrebbe potuto o voluto fare, puoi farla anche tu. Ne abbiamo discusso così tante volte!»

«Lo so, lo so» disse Jean. «E sto andando avanti. Solo che odio farlo da sola.»

Loretta posò la sua bibita a terra accanto alla sdraio, poi diede un paio di colpetti amichevoli al braccio di Jean. «Il rimpianto non scomparirà mai» disse. «E tu neppure lo vorresti.»

«Grazie, cara la mia ottimista. E credi anche che morirò come una vecchia gattara sola e senza denti?»

«No, certo che no» ribatté Loretta. «Qualche dente ti rimarrà.» Infilò la mano in borsa e tirò fuori un altro romanzo di Flavian Munney, che posò in grembo a Jean. «Segui la mia prescrizione: prendi due di questi e chiamami domattina, e starai benone.»

Jean passò le dita sulla copertina del libro. «Santo cielo, ma indossa cosciali di cuoio?»

Loretta sorrise maliziosa. «Flavian versione rodeo. Forza con quel lazo, cowboy! Ih-ah!» urlò agitando il braccio sopra la testa come se stesse realmente facendo roteare un lazo. La sua voce echeggiò per tutta la piscina e persino il bagnino alzò la testa incuriosito. Bailey sbuffò disgustata e scivolò in acqua dalla parte più profonda.

Jean rise, suo malgrado. «Ma quanti ne esistono di questi libri?»

Loretta prese il volumetto e strofinò la copertina come per cancellare le impronte di Jean. «Non abbastanza. Mai abbastanza.»

«Devi averne a centinaia.»

«Almeno uno per ogni mese di piacevole lettura del nostro club per il prossimo anno.»

«Credo che Mitzi ti ucciderebbe.»

«È probabile» ammise Loretta. «Ma mi ucciderebbe con un sorriso soddisfatto sulle labbra.»

Jean scoppiò a ridere. Amava la capacità di Loretta di prendere una giornata stressante e trasformarla in qualcosa di allegro.

«E poi sono molto più divertenti di quella schifezza di Thackeray.»

«Oh» disse Jean. «Ti avevo detto del mio incontro con Janet al supermercato? Anche lei sembrava avere la stessa opinione sul romanzo di Thackeray.»

«Non mi stupisce. Era davvero terribile. Cosa ti aveva detto? Alla riunione non ha aperto bocca. »

«È quello, il problema. Non è riuscita a dirmi niente. Nell'istante in cui ha cominciato a parlare, è apparso dal nulla il suo orribile capo e l'ha redarguita.»

«L'ha redarguita? Per cosa?»

«Per tutto. È stato così imbarazzante. Davvero disdicevole.»

«Oh, aspetta, era quello pelato? L'ho già visto prima. Cammina come se avesse un palo infilato nel didietro.»

Jean annuì. «Proprio lui. Probabilmente avrei dovuto dire qualcosa. Janet era talmente imbarazzata...»

«Dire qualcosa? Col cavolo! Dovremmo vendicarci. Una volta io e le mie amiche Dolly, Jane e Lily eravamo talmente stufe del nostro capo che l'abbiamo rapito e tenuto legato in una camera da letto per poter gestire la compagnia senza di lui. È una storia vera.» Bevve un sorso della sua bibita.

Jean studiò la sua amica per qualche istante. «Non è vero. Quella è la trama del film *Dalle nove alle cinque*» disse. «Tu non hai mai avuto un capo.»

«E non è vero neppure questo. Prima di sposare Chuck, ho avuto dei capi» ribatté Loretta.

«Hai ragione.»

«Solo che non ho mai avuto un capo con cui non sono andata a letto.»

E da lì partì una storia su un capo gay che Loretta una volta aveva tentato di far diventare etero facendoci sesso e come aveva quasi funzionato, solo che lui non riusciva mai a capire come togliere i vestiti a una donna. Le due amiche si ritrovarono così prese dalla loro conversazione che non notarono che il bagnino si era alzato ed era andato verso la parte alta della piscina, dove si era accucciato per dire: «Ehi, non è permesso entrare in acqua con i vestiti». E non videro Bailey fargli un gestaccio con entrambi i medi e poi tuffarsi pigramente sott'acqua, con gli short di jeans e la canottiera che le si incollavano al corpo.

Continuarono a chiacchierare e a divertirsi e Jean aveva appena cominciato a pensare che avrebbero potuto fare di questa uscita un appuntamento fisso, che magari avrebbe potuto riportarla nella terra dei viventi, di nuovo al sole, quando sentirono un «Ehi!».

Si voltarono entrambe appena in tempo per vedere

qualcosa che volava dalla piscina dritto sul tavolino del bagnino con un tonfo.

«Ehi!» gridò nuovamente il ragazzo, sollevando le mani in un gesto di difesa. «Ehi, ehi! Non puoi...» Qualcos'altro volò dalla sua parte e poi ancora, e un altro, atterrando con dei tonfi sul tavolino, sul pavimento accanto al tavolo e sul bagnino stesso.

«Ma cosa...?» disse Loretta a bassa voce. «Quelle sono...?»

Ma Jean aveva riconosciuto quello che stava volando, e tutte le risate di prima le morirono in gola. «Le mutandine di Bailey» disse.

Sconcertato, il bagnino fece un balzo all'indietro. Afferrò con due dita le mutandine che l'avevano colpito in pieno petto e le gettò a terra. Poi puntò gli occhi su Jean e Loretta, ma Jean aveva troppa paura per guardare verso la piscina e vedere quello che sapeva avrebbe visto.

Alla fine il bagnino sembrò ritrovare la voce. «Pupa, devi portare un costume per fare il bagno. Questa è una piscina per famiglie» disse a Bailey. «Non può fare una cosa del genere qui!» gridò a Jean.

«Oh, santo cielo, quella ragazza è nuda come mamma l'ha fatta» commentò Loretta.

Alla fine Jean si costrinse a guardare verso la piscina, dove c'era Bailey, che nuotava con espressione insolente verso il bordo della piscina. Una volta arrivata, incrociò le braccia sul bordo e posò il mento sulle braccia. «Hai detto che non potevo nuotare con i vestiti addosso» disse.

«Non è quello che intendevo. Devi indossare *qualcosa*» ribatté il bagnino. Poi si rivolse a Jean: «Devo chiedervi di andarvene» disse. «Mi dispiace, ma i costumi sono una regola, qui.»

Loretta scoppiò a ridere come se l'ultima frase fosse una delle cose più divertenti che aveva sentito in tutta la giornata.

E al diavolo l'appuntamento fisso, pensò Jean, alzandosi con un sospiro e portando un telo da bagno verso il lato della piscina dove stava nuotando Bailey. Si chinò senza dire una parola verso la scaletta e aprì il telo perché sua nipote si coprisse mentre usciva.

Ma la ragazza non la degnò di uno sguardo. Nuotò verso il lato basso della piscina e cominciò a salire i gradini con deliberata – ed eccessiva, almeno agli occhi di Jean – lentezza. Poi andò dal bagnino e raccolse i suoi indumenti.

«Mi dispiace, immagino di aver frainteso» disse, poi gridò da sopra la spalla: «Ti aspetto in auto!».

Jean rimase accanto alla piscina, con l'asciugamano ancora aperto, e guardò sua nipote che attraversava il parcheggio coprendosi con gli indumenti fradici, per poi entrare in macchina. Lei e Loretta si scambiarono uno sguardo da una parte all'altra della piscina.

Loretta indicò l'auto. «Neppure Wayne avrebbe saputo cosa fare in questo caso!» esclamò.

Jean non ribatté. Si limitò a ripiegare l'asciugamano e passò a testa bassa accanto al bagnino.

# Capitolo Tredici

*Cara J.K. Rowling,*
*immagino che riceverai continuamente e-mail dai tuoi fan. Probabilmente te ne arrivano così tante che non avrai neppure il tempo di leggerle tutte. So che non ci sono molte possibilità che tu veda la mia, ma te la scriverò ugualmente.*

*Io adoro i tuoi libri. E no, non intendo dire che adoro i film tratti dai tuoi libri come tutti gli altri ragazzi. Intendo dire che amo proprio i tuoi* libri. *Li leggo praticamente da* tutta *la vita. Sì, va bene, magari non da tutta tutta la vita, ma da quando ero piccola.*

*Io e la mamma abbiamo letto* Harry Potter e la pietra filosofale *insieme ad alta voce. Ogni sera ci sedevamo sul mio letto proprio come facevamo quando ero piccola, e lei leggeva un capitolo. E poi quando aveva finito io la scongiuravo di leggerne un altro. E poi un altro ancora. E a quel punto si faceva tardi e io avrei dovuto già dormire, ma non m'importava, perché il libro era fantastico.*

*Quello è stato l'ultimo libro che io e la mamma abbiamo letto insieme... Ci crederesti? Immagino che queste cose succedano. È successo anche che ho compiuto quindici anni. Probabilmente è un po' da immaturi farsi leggere le storie dalla mamma ad alta voce prima di andare a letto quando hai quindici anni. Non che a me importi, ma forse a lei sì. Non lo so... Probabilmente no.*

*So che il protagonista dei tuoi libri è Harry, ma sinceramente la mia eroina è sempre stata Hermione. Lei è intelligente, coraggiosa e leale. Ma è anche una tipa seria. Io sono così. Seria. Quanto al resto non saprei. Mi piace credere di essere intelligente, coraggiosa e leale, ma è passato così tanto tempo da quando mi hanno permesso di essere solo me stessa che è difficile dirlo. Ma è stato bello vedere una ragazza che poteva vantare tutte quelle qualità senza apparire anche sciocca e ridanciana.*

*Credo che sarebbe forte essere capace di far succedere le cose solo con uno scatto di polso. Sarebbe davvero forte anche avere un Giratempo.*

*Perciò se stai leggendo questa e-mail, non c'è bisogno che tu mi risponda o qualcosa del genere. Volevo solo dirti grazie. Continua a scrivere!*

*Tua*
*Bailey Butler*

Il bagnino aveva un nome: Noah. Ironico, pensò Bailey. Come il tizio della Bibbia, quello che salvò gli animali dal diluvio. Solo che questo Noah l'aveva salvata dalla noia di dover vivere in quel posto.

Non che sua nonna fosse tanto male. Era vecchia. Era noiosa. E tentava costantemente di ficcarle del cibo in bocca. Ma almeno sapeva che Bailey esisteva. Era... prevedibile. E prevedibile poteva essere una cosa buona. Bailey aveva dimenticato come ci si sentiva a stare con qualcuno prevedibile.

Prima che sua madre si presentasse all'improvviso, Bailey stava considerando di dare a quella povera donna un po' di tregua. Non che avrebbe voluto stare lì senza sua madre, ma il fatto che sua madre ora fosse lì e che continuasse a non prestare attenzione a nessuno tranne che a se stessa era un po' come uno schiaffo in faccia.

Ecco cosa faceva sua madre tutto il giorno:

1. Dormire.
2. Andarsene in giro come uno zombie, il che faceva una paura del diavolo. Se Bailey avesse detto a qualcuno che conosceva Laura Butler, che quella donna non si faceva la doccia da tipo due settimane, probabilmente quel qualcuno si sarebbe unito a qualche setta religiosa per aspettare l'imminente arrivo dell'Apocalisse. E non per niente, ma la perfettamente perfetta Laura Butler dalla pelle perfetta e dal sorriso perfetto sembrava ben lontana dall'essere perfetta in quel momento. Anzi, in quelle condizioni avrebbe fatto sembrare bella persino Bailey, che in quei giorni si tratteneva a fatica dallo sbottare in un ironico: "Non so dove ho preso questi geni! Giuro su Dio che mi sono chiesta più di una volta se mi hanno scambiato nella culla con un'altra bambina!". Ma avrebbe dovuto parlare con sua madre per dire una cosa del genere.
3. Gridare contro tutti.

Gli esattori delle bollette: «Non m'interessa qual è la vostra politica! E il cuore... dov'è? Dov'è la comprensione per una madre single malata, eh? Sono stata in ospedale per un mese e lei mi parla della vostra maledetta politica? Ma come fa a dormire la notte? So che non è colpa sua, ma io non potrei mai lavorare per una compagnia che tratta la gente come fate voi, e sa perché? Perché io ho una coscienza!».

Vari manager e dipendenti della Bradley Electronics: «Sono in aspettativa, Syl, non sono morta. So che devi occuparti tu di tutto mentre sono via, ma non trattarmi come se fossi morta e sepolta. Be', Henry può cercarsi un altro lavoro se non gli sta bene. Mi chiedo come la prenderanno Carolyn e i suoi figli quando scopriranno che ha buttato nel cesso la sua carriera perché non ha avuto la pazienza di aspettare che il suo capo tornasse. Che ne dici di portare la questione davanti al prossimo consiglio d'amministrazione, Syl, e vedere come va? Be', allora piantala di trattarmi come se fossi una specie di appestata e comincia a rispettarmi come si deve. Non m'importa di quello che ho fatto un mese fa... Qui non si tratta di quello che ho fatto un giorno, ma di quello che ho fatto durante sedici anni!».

E specialmente il suo futuro ex marito, il Papà Fantasma: «No, non voglio calmarmi! Non devo calmarmi! Hai perso ogni diritto di dirmi di calmarmi nell'istante in cui te ne sei andato di casa. No, non voglio abbassare la voce. Non m'importa se mi sente qualcuno. Di cosa dovrei vergognarmi, Curt? Di sicuro meno di quanto debba vergognarti tu!».

E poi ripetere tutto da capo, come in un ciclo infinito. Di nuovo gli esattori delle bollette, di nuovo l'ufficio, di nuovo il Papà Fantasma. E poi ancora e ancora, finché Bailey si stancò di origliare, finché le fece male la testa a furia di tentare di stare dietro al lungo elenco di Persone che Hanno Fatto dei Torti a Laura Butler. Dio santo, quella donna era perfetta persino a fare la vittima. Era disgustoso.

E sapete contro chi invece non urlava mai?

Bailey. Ovvio. Perché avrebbe dovuto sapere che Bailey *esisteva* per urlare contro di lei. E sarebbe stato troppo disturbo!

Ma Noah il bagnino l'aveva notata. Se solo avesse saputo che restare nuda di fronte a un ragazzo l'avrebbe costretto a notarla, Bailey l'avrebbe fatto anni prima.

Ancora non riusciva a credere di averlo fatto. Una cosa era gettare a terra un vaso di vetro in ospedale e un'altra era denudarsi di fronte a tutti a metà di un mercoledì pomeriggio e lei aveva cominciato a domandarsi se non stesse davvero andando fuori di testa. Un attimo prima nuotava tranquilla pensando alle sirene (alle sirene! Come una bambina piccola!), e un attimo dopo stava lanciando i propri vestiti a un tizio che non aveva mai visto in vita sua.

E poi andare da lui, senza preoccuparsi se gli sarebbe sembrata grassa o sciatta o se lui avrebbe visto le lentiggini che aveva sulle cosce o se sarebbe rimasto schifato dalla sua pancia non proprio piatta.

Si era seduta in auto e aveva fatto una di quelle risate che era a metà tra il riso e il pianto, perché si era resa conto in quel momento che in qualche modo era passata dal fingere di non provare niente al non provare niente *davvero*. E quella le sembrava una cosa spaventosa e irrimediabile.

Aveva lasciato il reggiseno alla piscina. Non ne aveva avuto intenzione, ma quando tornò il giorno dopo a recuperarlo scoprì di avere diverse cose in comune con Noah. Per esempio a lui non piaceva pensare alle cose serie della vita e lei stava cercando di non pensarci. A lui piaceva ascoltare rock duro in piscina e a lei piaceva leggere con un sottofondo di musica assordante. A lui piaceva fumare un sacco di erba e a lei piaceva fingere di farlo.

Cominciò a trascorrere con Noah la maggior parte delle giornate. Lui si accendeva una canna e lei si lamentava di poter fumare l'erba solo di sera perché le faceva venire sonno. Così lui le dava un po' di roba per dopo, perché era un tipo generoso, e lei se la ficcava in tasca. L'erba faceva effetto e lui cominciava a cianciare di roba filosofica e lei faceva finta di essere interessata; poi lui metteva della musica e lei tirava fuori un libro dallo zainetto, se lo appoggiava sulle ginocchia e poi si perdeva nella storia come aveva sempre fatto. A volte a lui prendeva la ridarella da strafatto e si sbellicava dalle risate per le cose più stupide. Per Bailey era bello ridere insieme a qualcuno, qualcuno che non aveva idea di come fosse veramente la sua vita.

E poi tornava a casa, arrossata dal sole e impregnata di cloro, e sua nonna praticamente non stava in sé dalla gioia all'idea che Bailey stesse "uscendo e si stesse facendo degli amici". Bailey non era sicura se Noah rientrasse nella categoria degli "amici", più che altro perché era trascorso così tanto tempo da quando ne aveva avuto uno... Poteva qualcuno che non ti conosceva affatto essere tuo amico? Poteva qualcuno che era sballato per tutto il tempo che trascorrevate insieme offrire davvero un qualche potenziale di amicizia? Bailey non lo sapeva, ma lui non la giudicava e lei non gli faceva domande; per quel che ne sapeva lei, di questi tempi se questa non era amicizia, almeno ci andava molto vicino.

E a volte lei si sdraiava sul lettino e chiudeva gli occhi, mentre vecchie canzoni dei Led Zeppelin pulsavano dagli altoparlanti della piscina, e si immaginava con indosso un abito da ballo lavanda e argento e un Noah strafatto accanto a lei in smoking che stringeva goffamente una scatola di plastica con un mazzolino di fiori da mettere al polso, e l'immagine le sembrava giusta, come un qualcosa che magari era potuto succedere in una vita alternativa.

E alla fine del suo turno lui la invitava a mangiare una pizza o a stare un po' a casa sua, ma lei si inventava una scusa e rifiutava, impaurita all'idea di restare da sola lontana da sua nonna, anche se non capiva il perché, e si faceva riaccompagnare a casa, dove ficcava l'erba che lui le aveva dato in un orribile vaso di ceramica che stava su uno scaffale sopra l'attaccapanni in cucina.

«Che roba è?» chiese Noah un giorno. Bailey era raggomitolata su un lettino, con il libro appoggiato come al solito contro le ginocchia.

«Uh?» disse senza alzare lo sguardo.

«Che roba è?» ripeté lui dando una botta al libro col dorso della mano, rischiando di farlo cadere.

«Smettila! È un libro, cretino. Fai così perché sei strafatto.» Si toccò la testa per indicare che gli mancava qualche rotella, ma continuò a non guardarlo.

Lui tacque per un istante, piegando e allungando le ginocchia come in preda all'agitazione. Il cielo era coperto e l'unica persona che era venuta in piscina quel giorno se n'era andata un'ora prima.

«Fumiamo un po'» suggerì Noah.

Bailey non rispose. Si limitò a voltare una pagina.

Lui colpì di nuovo il libro con il dorso della mano. «Dai, non fumi mai con me. Sono stufo di sballare sempre da solo.»

«Smettila. Tra un minuto» borbottò Bailey.

Lui rimase in silenzio per un altro po', poi, con un'agilità sorprendente, le strappò il libro di mano. «Secondo me hai paura» la punzecchiò.

«Smettila!» gridò lei, dandogli uno schiaffo sul braccio, prima in maniera scherzosa. Ma quando lui non le restituì il libro, iniziò a infuriarsi. «Ridammi il libro. Dico sul serio.»

Ma lui lo tenne in alto sulla testa e si avviò lungo il bordo della piscina. E lei la sentì arrivare, come un'onda... La rabbia, quel sentimento cieco e orribile che negli ultimi tempi sembrava impadronirsi di lei sempre più spesso. Era la stessa rabbia che le aveva fatto distruggere il televisore di sua madre o spaccare le assi della staccionata sul retro della casa o spegnere la sigaretta sul cuscino di suo padre. Non avrebbe potuto fermarla neppure se avesse voluto, anche se sapeva che le cose non finivano mai bene per lei. Non poteva controllarla.

Con un unico, rapido gesto, afferrò il cellulare di Noah sul tavolino e lo gettò in piscina dove l'acqua era più alta. Andò giù con un tonfo.

Noah sgranò gli occhi e lasciò ricadere la mano col libro lungo il fianco. «Che cazzo...? Ma scherzi?»

«Ti ho detto di ridarmelo» disse Bailey, andando da lui e strappandogli il libro di mano.

Poi si incamminò verso casa, col naso sepolto nel libro. Ma non stava leggendo. Non poteva con le lacrime di rimorso che le scorrevano lungo il viso. Al diavolo l'amicizia. Al diavolo gli abiti color lavanda.

La cosa peggiore era che lei odiava quello stupido libro. Si intitolava *Colpa* ed era stato scritto da un cretino con un sacco di nomi. Bailey l'aveva trovato sul tavolino del salotto e l'aveva preso per curiosità. Sapeva che era il libro del quale il club di sua nonna stava discutendo durante l'ultimo incontro.

Dopo averne letti non più di tre paragrafi, Bailey già lo odiava. *Blanche era seduta sulla tazza del bagno a fumare una sigaretta, fissando dalla porta il braccio corpulento del suo ultimo cliente che era scivolato dalle lenzuola e puntava alla bottiglia di gin rovesciata sul pavimento. Una volta finita la sigaretta, sapeva che sarebbe strisciata fino a quella bottiglia e si sarebbe scolata fino all'ultima goccia, anche se il suo ultimo "partner" le faceva rivoltare lo stomaco ed erano state le sue labbra a toccarla per ultime. Blanche sapeva che l'avrebbe fatto e che sarebbe stata patetica quanto sua madre nel farlo. Lo sapeva proprio perché era quello che aveva fatto sua madre. Lei non avrebbe potuto fare altrimenti.*

Quest'idiota di Thackeray non aveva idea di cosa stava parlando.

Eppure non poteva smettere di leggere.

Tornata a casa, si era tolta gli abiti, si era infilata il pigiama, si era appoggiata a due cuscini e aveva letto.

All'alba aveva finito il libro.

E aveva iniziato a formulare un piano.

# Capitolo Quattordici

Jean era in piedi fuori dal capanno, cercando di trovare il coraggio di entrare. L'estate aveva cacciato via la primavera in pochissimi giorni e si era rivelata in tutta la sua pienezza, con il sole bruciante che faceva apparire tutto più scolorito e sofferente, e Jean sentiva il sudore che le colava sulla schiena sotto la camicia di flanella che aveva indossato per fare i lavori in giardino.

Era una cosa che avevano sempre fatto insieme. Wayne accendeva il tagliaerba e girava per tutto il giardino, mentre lei scavava buche lungo i lati della casa per piantare semi, piantine e bulbi in piccole aiuole rotonde. Poi innaffiavano insieme, spargevano il concime insieme e si rialzavano con le mani sui fianchi per ammirare il loro lavoro insieme.

Alla fine della giornata, a Jean sembrava una cosa intima come se avessero fatto l'amore. Tutto in loro concordava perfettamente. Avevano lo stesso dolore ai muscoli, le stesse guance e nasi bruciati dal sole. Persino lo sporco sotto le unghie e sulle braccia, impastato di sudore nelle pieghe dei polsi, del collo e dei gomiti, sembrava identico. Ansimavano e sudavano e andavano al lavello a bere insieme. E dopo, si sentivano soddisfatti insieme.

Facevano la doccia insieme, avvolgendosi poi negli accappatoi. Jean preparava una cena leggera, poi del tè per entrambi e se ne andavano in salotto, a guardare una partita di baseball o a leggere oppure, quando i ragazzi stavano ancora a casa con loro, a fare una partita a Monopoli, con le mani che si sfioravano, ed entrambi si sentivano a loro agio, padroni più che mai della loro casa e delle loro vite.

Sentivano di appartenere a quel luogo, a quella vita.

Jean non aveva più fatto i lavori in giardino da quando a Wayne era stato diagnosticato il tumore.

In principio si era detta che era perché non ne aveva il tempo: era troppo occupata a portare Wayne su e giù dall'ospedale, agli appuntamenti per la chemioterapia, in farmacia per comprare le medicine, a badare ai suoi bisogni. E poi, quando gli appuntamenti erano finiti e le corse su e giù anche e l'intera esistenza di Wayne si era ridotta al letto in sala da pranzo dove Jean e l'infermiera potevano badare a lui, si era detta che non ne aveva ugualmente il tempo perché prendersi cura di lui era troppo impegnativo. E poi in quelle ultime settimane, quegli ultimi giorni annebbiati dalla morfina, si era detta che non poteva proprio muoversi di casa, perché i momenti in cui Wayne era lucido e la riconosceva erano troppo preziosi per poterli perdere.

E poi c'era stato il funerale, le persone, Kenneth che era rimasto per un po'. Era stata di nuovo troppo impegnata. E poi troppo terrorizzata dalla profondità e dalla portata della propria solitudine anche solo per pensare di occuparsi del giardino.

Aveva pagato un ragazzo della sua strada per falciare il prato. Aveva lasciato morire le piante annuali e permesso che le perenni fossero soffocate dalle erbacce. Aveva detto al ragazzo di falciare anche le aiuole. Aveva lasciato andare tutto in malora.

Ma quelle rose... Le rose di Wayne. Loro erano sopravvissute. Erano fiorite! Non avevano badato alle erbacce;

non erano soffocate; non erano avvizzite per la sete. Erano cresciute. E quando Jean le aveva notate l'altro giorno, quando aveva colto una rosa e l'aveva annusata, si era sentita in colpa.

Wayne amava quelle rose. Forse tramite loro le stava mandando un messaggio.

Un uccello le gridò contro da un ramo sopra il capanno. Jean alzò gli occhi cercando di trovarlo, di individuare il nido che stava proteggendo, ma non ci riuscì. Tornò a fissare la porta del capanno. Il capanno di Wayne. Non ci era più stata dall'ultima volta che l'aveva aperto lui. Avrebbe avuto il profumo di quelle intime giornate di giardinaggio insieme. Le avrebbe ricordato lui, e il solo pensiero la faceva raggelare per il terrore. Ma sapeva che doveva entrare.

Non erano solo le rose. Era anche Bailey. E Laura.

Nessuna delle due sembrava migliorare. Laura continuava a starsene chiusa nella sua stanza per la maggior parte della giornata, a urlare nel telefono, a guardare i talk show in tv a un volume assordante e a mangiare molto poco. Si trascinava di sotto la sera, pallida e sofferente e così magra che le si vedevano tutte le giunture. Non si faceva la doccia. Non faceva progressi. Non parlava con Jean. E, tranne che per urlare, non parlava con Bailey.

Ma la sera usciva, avvolta in camicie troppo grandi e pantaloni della tuta macchiati di vernice, per tornare a casa mezz'ora più tardi, senza dire dov'era stata, e tornava a chiudersi nella sua stanza buia con la tv accesa per il resto della notte. A volte Jean la sentiva ridere nel cuore della notte. Sospettava che i viaggi serali di Laura fossero per comprare da bere, ma aveva paura a dire qualcosa. Laura era stata di umore così volubile ultimamente. E comunque, quando si deve smettere di immischiarsi nella vita dei propri figli?

Poi c'era Bailey, che invece parlava troppo, solo non

con Jean e mai per dire qualcosa di piacevole o positivo. Trascorreva molto tempo giù alla piscina, ultimamente, e anche se Jean aveva fatto finta di essere contenta che sua nipote avesse trovato un amico, aveva cominciato a sospettare che Bailey potesse fare delle cose che avrebbero potuto metterla nei guai. Oppure, molto probabilmente, cose che avrebbero potuto mettere quel povero bagnino nei guai.

Era preoccupata di ciò che avrebbe significato per la ragazza avere sua madre in casa. Già prima era così piena di rabbia... La presenza di Laura sembrava solo aver peggiorato le cose. Una volta Jean era passata davanti alla porta socchiusa della camera di Bailey e l'aveva vista seduta sul letto con le ginocchia contro il petto e le braccia avvolte strettamente intorno alle ginocchia, che si mordeva ripetutamente sui polsi e sulle gambe, lasciando dei segni profondi, e poi li guardava e si mordeva di nuovo. Jean aveva anche notato quello stesso libro per bambini aperto sul letto accanto a lei. Era normale per una ragazza dell'età di Bailey essere così attaccata a un libro per l'infanzia? Jean non lo sapeva.

Entrambe soffrivano molto e Jean non poteva farci niente. E non poteva fare a meno di pensare che Wayne si sarebbe aspettato che lei facesse qualcosa. Ma cosa? Cosa si sarebbe aspettato che facesse?

Non saperlo la gettava nella più cupa disperazione, come se all'improvviso non riuscisse più a sentire la sua presenza. Come se si fosse allontanato da lei ancora di più. Cosa significava perdere all'improvviso una presenza che probabilmente c'era solo nella tua immaginazione? Se gli fosse stata più vicina, se fosse stata una moglie migliore, forse sarebbe riuscita a sentirlo ancora, forse avrebbe saputo cosa avrebbe fatto lui. Forse lui gliel'avrebbe detto.

Il solo pensiero l'aveva talmente agitata che non riuscì

a pensare ad altro che ai cespugli di rose e al giardino che aveva disperatamente bisogno di essere curato.

Ma ora, lì in piedi davanti alla porta chiusa del capanno, Jean non sapeva come avrebbe fatto ad allungare la mano e ad aprirla. Le sembrava uno sforzo enorme, impossibile.

Tese lentamente la mano e toccò il lucchetto, ritraendo di scatto le dita come se avesse preso la scossa. Sapeva che era tutto nella sua testa, così si costrinse a piegare le dita intorno al lucchetto, fece un respiro profondo e ficcò la chiave nella serratura prima di cambiare idea e fuggire via. "Ti stai comportando da sciocca, Jean" si disse.

Il lucchetto si aprì facilmente, come se fossero passati solo un paio di giorni invece di anni dall'ultima volta che era stato aperto, e quando Jean lo staccò dalla maniglia, il movimento riecheggiò lungo la porta di metallo come una musica familiare. Jean lasciò uscire il fiato che aveva trattenuto senza rendersene conto e girò la maniglia, poi tirò la porta, che si aprì scricchiolando.

«Oh, Dio. Wayne» mormorò quando l'odore familiare del capanno la investì. Era sorprendente quali parti del cervello potevano essere risvegliate da un odore. La prima volta le era successo quando aveva trovato una vecchia bomboletta di schiuma da barba nell'armadietto del bagno due mesi dopo la sua morte. L'aveva stappata e poi si era piegata in due tra i singhiozzi, continuando ad annusare la bomboletta, immaginando le zone rosse sul collo di Wayne appena sopra il colletto dopo che si era fatto la barba quando dovevano uscire per andare in qualche posto speciale. Immaginandolo che canticchiava insieme alla radio mentre si radeva.

Ora si sentì sprofondare. I residui di erba tagliata, il tosaerba, l'olio, la benzina. Erano i profumi della loro vita quotidiana insieme. Erano gli odori dei fine settimana felici, del futuro, delle speranze e di due vite che diventavano una: un fine settimana, un compito, un fiore alla volta.

Jean si costrinse ad avanzare, inspirando profondamente e cercando di scacciare il dolore. «Potrai sentire la sua mancanza per sempre» le aveva detto la psicologa in quei primi giorni dopo la sua morte. «Ma non potrai piangerlo per sempre.» Ma a volte le sembrava proprio che sarebbe stato così.

Fece un passo avanti, poi due, facendo scorrere le dita sul parafango del tagliaerba di Wayne. Avrebbe già dovuto venderlo, dal momento che il ragazzo che le falciava il prato usava il proprio, ma non ne aveva avuto il coraggio. Wayne aveva adorato quell'aggeggio.

Le sue mani cercarono di farle credere che sembrava ancora caldo sotto le sue dita, come se lui avesse appena finito di usarlo, ma Jean sapeva che era la sua immaginazione. E poi non era entrata nel capanno per il vecchio tosaerba...

Andò verso gli scaffali lungo la parete di fondo, quelli dove tenevano gli innaffiatoi, i vasi di terracotta, i sacchetti di terra e di fertilizzante e...

Eccoli. I suoi guanti da giardinaggio, con le punte macchiate di marrone scuro. Erano lì, sopra quelli di Wayne, e le dita sembravano quasi intrecciate come se lui le stesse tenendo le mani.

Jean si lasciò sfuggire un gemito e tese la mano, sfiorando leggermente la stoffa. Toccare quei guanti sarebbe stato come toccare di nuovo la *sua* mano... E lei sarebbe stata schiacciata dal peso dei ricordi.

Iniziò a indietreggiare fuori dal capanno, lasciando i guanti, e il tosaerba, dov'erano. Uscendo, inciampò sul bordo inferiore della porta e cadde all'indietro sul sedere e sulle mani, e una fitta di dolore al polso ruppe l'incantesimo, spingendola a guardarsi intorno per vedere se qualcuno l'aveva vista cadere.

Ma non c'era nessuno in giro. Solo quel maledetto uccello, che continuava a urlare dall'albero sopra di lei.

«Oh, zitto tu» disse, cercando di nuovo, senza riuscirci, di scorgerlo sul suo ramo. «Non hai mai visto nessuno fare giardinaggio, prima?»

Ma mentre si rimetteva in piedi e si spolverava i jeans, Jean si rese conto che non avrebbe fatto nessun lavoro di giardinaggio. Non quel giorno, e forse mai più. Non poteva separare quei guanti. E non poteva neppure comprarne di nuovi. Ecco a cosa si era ridotta la sua vita: tutto era così pieno di significato e di ricordi che non riusciva a portare a termine neppure il più piccolo compito. Se avesse dovuto essere sincera con se stessa, avrebbe dovuto ammettere che non le importava neppure dei capperi o della pasta al forno con la feta e i peperoni... Le piacevano solo perché erano una di quelle poche cose al mondo che non significavano assolutamente niente per lei.

Chiuse la porta del capanno e risistemò il lucchetto, sentendosi svuotata. Sentendosi come se tutto il lavoro che aveva fatto finora fosse stato inutile.

Tornò verso la casa con il sudore che le imperlava la fronte e il labbro superiore. Aveva bisogno di qualcosa di fresco da bere. E poi magari si sarebbe sdraiata un po'. Ma mentre attraversava il cortile, vide un lampo di luce riflettersi sul parabrezza di un'auto che conosceva che stava svoltando nel suo vialetto. Cambiò direzione e girò verso il davanti della casa proprio mentre l'auto si fermava.

«Ciao!» esclamò Mitzi dal finestrino del guidatore mentre metteva l'auto in folle.

«Ciao a te» ribatté Jean. «Non ti aspettavo.»

«Pausa pranzo.» Mitzi scese dall'auto. Aveva la gonna incollata alle gambe sudate e se la tirò giù irritata. «Fa così caldo! Ho pensato di fare un salto per una visita veloce.» Guardò l'orologio mentre lo diceva. «La persona con cui pranzo di solito oggi è impegnata.»

«Tribunale?» chiese Jean

«Incontro con il preside» rispose Mitzi. «A quanto pare Russell stava svolgendo delle attività poco gradite nel parcheggio della scuola durante la pausa pranzo. C'è sempre qualcosa...»

«Povera Dorothy» disse Jean. «È sempre così, no?» "Per tutti noi" avrebbe voluto dire. "Che ci piaccia o no. Che si possa affrontare o no."

Mitzi abbassò la testa per guardare l'amica negli occhi. «Stai bene? Mi sembri un po' stranita.»

Jean abbozzò un sorriso. L'uccello continuava a strillare nel cortile sul retro. «È solo il caldo» disse. «Stavo facendo... giardinaggio.»

Ma Mitzi scosse la testa. «Bel tentativo, ma non me la bevo. Ti conosco. C'è qualcosa di più. Vuota il sacco. Bailey?»

Jean si accasciò contro l'auto di Mitzi. Il calore aveva infuocato il metallo, che le bruciava sulla schiena attraverso i vestiti, ma non si raddrizzò. «È Bailey, è Laura, è Wayne, è tutto» mormorò. «Sono state settimane dure, immagino.»

Mitzi si appoggiò all'auto accanto all'amica. «Wayne? Perché lui?»

Jean esitò, non sapendo quanto davvero voleva confidare a Mitzi. Sospirò. «È sciocco, in realtà, dopo tutto questo tempo, non credi? Dovrei esserci abituata. Dovrei riuscire a toccare quei maledetti guanti.»

Mitzi la guardò confusa. «Guanti? Non ti seguo.»

Jean le sorrise di nuovo. «Mi dispiace» disse. «Immagino di essere solo un po' giù in questo momento per tutto quello che sta succedendo con Laura e Bailey. Vorrei solo che Wayne fosse qui per aiutarmi. Mi manca. Non credo che smetterò mai di sentire la sua mancanza.»

«Ah» disse Mitzi. Guardò di nuovo l'orologio. «Ti capisco. Io sarei perduta senza Frank. E, ovviamente, senza un piccolo aiuto da parte dei miei amici della farmacia.» Jean la guardò perplessa e Mitzi fece una risata. «Non parlo di droghe. Intendo farmaci. Antidepressivi. Potrebbero aiutare anche te.»

Jean sapeva che era scortese mostrarsi scioccata, ma lo era davvero. Si trattava di Mitzi, quella da cui tutti avevano paura di essere giudicati.

«Be', non è mica un affare di stato» disse Mitzi.

«No, no, certo che no» si affrettò a ribattere Jean. «È solo che non ne avevo idea. Sembri così felice ed equilibrata.»

«Sono felice» ribatté Mitzi. «Sono molto felice. Ma nessuno è davvero equilibrato, anche se ci si aspetta che ci comportiamo tutti come se lo fossimo, non credi? È ridicolo se ci pensi. Nessuno ammette mai le proprie debolezze, tutti si assumono sempre troppe responsabilità per ogni cosa. La vita è stressante. È terribile come riduciamo tutto a *dovresti* e *non dovresti*. E io lo faccio più della maggior parte della gente. Dovresti votare per questa o quella persona. Dovresti prendere le tue decisioni in base a questo o a quel codice morale. Dovresti essere come me. Quando lo dico ad alta voce come adesso, sembro tremendamente odiosa...»

«Ma no!» esclamò Jean, e poi lei e Mitzi si guardarono negli occhi e scoppiarono entrambe a ridere. «Sì, hai ragione, a volte sei un po' odiosa.»

«Sono una stronza, lo so. Ma non lo faccio apposta. È un po' come in quel libro di Thackeray, che è tutto sul fatto di restare intrappolati nei propri errori e compagnia bella. Ma sai cosa non ha capito quell'uomo?»

Jean sbuffò. «Tante, tante cose.»

«Dorothy non potrebbe essere più agli antipodi di me come modo di pensare e comportarsi, ma è comunque la mia migliore amica e io le voglio bene e nient'altro ha importanza. Lei accetta il fatto che sono una stronza e io accetto che lei si comporti esattamente come io non farei mai. Ecco cosa non ha capito Thackeray. Il rapporto umano. Ma prova a dirlo alla mia testa che mi tiene sveglia la notte rimuginando sulle cose giuste o sbagliate che ho fatto nella vita.»

«Vale anche per me» disse Jean. Si asciugò il sudore che le scorreva lungo il viso. «Ti va di venire dentro? È molto più fresco. Ti offro qualcosa da bere.»

Mitzi guardò di nuovo l'orologio e fece una smorfia. «Non posso. Devo tornare alle miniere di sale.» Si raddrizzò e si toccò il sedere. «E poi le mie chiappette sono mezze bruciate a quest'ora. Sicura che stai bene? Potrei darmi malata. Dire che ho mangiato un sandwich al pollo cotto male da un qualche sinistroide ruspante.» Sorrise e le fece l'occhiolino.

«In realtà mi sento un po' meglio» disse Jean. Ed era vero. Non ancora bene, ma un po' meglio. Sentiva ancora un piccolo tuffo al cuore al ripensare ai guanti di Wayne. Sentiva ancora ansia all'idea di quello che sarebbe successo a Laura e a Bailey. Ma da un certo punto di vista si sentiva anche più leggera. Non perché Mitzi, la più equilibrata del gruppo, aveva una debolezza. Ma perché Mitzi, la più equilibrata del gruppo, aveva una debolezza e l'aveva condivisa con lei.

Rimase nel vialetto a salutare l'amica mentre andava via in auto, con il sole che le picchiava sulla testa e il sudore che le colava lungo la schiena. In quel momento non riusciva a pensare ad altro che a bere un bicchiere d'acqua fredda e a sdraiarsi per qualche minuto per cancellare quel terribile pomeriggio.

Girò intorno alla casa ed entrò dalla porta sul retro, quella che portava dritta in salotto. Fu colpita immediatamente dalla differenza di temperatura rispetto a fuori. Ma il suo sollievo fu di breve durata, perché fu colpita anche da qualcos'altro.

In principio non riuscì a capire quello che stava vedendo. Il massimo che il suo cervello riuscì ad articolare fu "Non dovrebbe farlo!", ma il resto di lei impiegò qualche secondo per realizzare ciò che stava accadendo.

Bailey era sdraiata sul divano con una gamba che dondolava verso il pavimento e la mano destra che reggeva un libro sopra la testa. Nella mano sinistra stava facendo roteare distrattamente qualcosa.

Gli occhi di Jean scattarono verso il tavolino accanto al divano.

Gli occhiali. Non c'erano più.

Bailey stava facendo roteare gli occhiali di Wayne.

«Che stai facendo?» sbraitò, cosciente del proprio tono di voce, ma incapace di controllarsi. Aveva ancora il profumo del tagliaerba nelle narici; aveva ancora la visione delle mani di Wayne nei guanti da giardinaggio che stringevano le sue. E ora quell'insolente della loro nipote aveva spostato gli occhiali dal punto in cui erano rimasti indisturbati per due anni e li stava facendo girare come fossero un giocattolo.

Bailey voltò la testa, perplessa, e smise di far roteare gli occhiali, che rimasero a penzoloni tra le sue dita. «Che c'è? Sto leggendo. E devo proprio dirtelo, questa roba è...»

Jean indicò gli occhiali. «Quelli» disse. «Non sono fatti per giocarci.»

Bailey guardò perplessa gli occhiali. «Non ci stavo giocando. Li avevo messi perché mi stava venendo il mal di testa e il mio Padre dell'Anno ha dimenticato di mettere in valigia i miei, ma il nonnetto era ancora più cieco di me.»

«Mettili giù» ordinò Jean in tono brusco e a voce più alta di quanto avrebbe voluto. «Non avresti dovuto toccarli. Rimettili a posto.»

Bailey sgranò gli occhi e poi li strinse di nuovo in due fessure, un'espressione che Jean le aveva visto fare spesso.

«Va bene. Come ti pare. Ma che problema c'è? Non è che gli serviranno più o qualcosa del genere.»

Le mani di Jean si serrarono involontariamente. Un rivolo di sudore le colò in un occhio. «E piantala. Piantala di dire cose del genere.» Si precipitò come una furia da sua nipote e le strappò gli occhiali di mano. «Lui era un uomo meraviglioso e tu non puoi mancargli di rispetto in questa casa.»

Bailey si raddrizzò e il libro le si richiuse in grembo. «Ehi! In che modo avrei mancato di rispetto al morto?»

«Facendo esattamente questo» disse Jean puntandole un dito contro. «Chiamandolo il morto e il nonno zombie e dicendo che ha tirato le cuoia, è schiattato e tutte le altre cose che dici e fai per farti grande e impressionare la gente. Non impressioni nessuno, così. È solo una mancanza di rispetto. E fa...» Si bloccò e strinse le labbra. "Male" stava per dire. "Fa male." Ma all'improvviso le era venuto un nodo alla gola e la montatura di metallo degli occhiali sembrava bruciarle in mano, mentre il sudore sui palmi li rendeva scivolosi.

Non poteva rimetterli sul tavolino. Non ora. Erano stati spostati. Erano stati spostati e lui non era arrivato per chiedere dove fossero. Non aveva avuto bisogno di indossarli per leggere una scena del suo libro preferito di Preston e Child. Bailey aveva giocherellato con i suoi occhiali e a nessuno era importato perché lui non c'era più per curarsene.

Nel frattempo, Bailey si era alzata. «Questo posto fa schifo» disse. «Non vedo l'ora di andarmene.»

Jean, avvilita, tacque, restando a guardare Bailey che le passava davanti e andava su verso la cucina con il libro che stava leggendo infilato sotto il braccio.

«Oh, bene, sei sveglia. Che bello» la sentì dire in tono ironico quando arrivò in cucina.

Si spostò leggermente di lato e guardò su per le scale,

dove vide Laura, di schiena, con un bicchiere d'acqua in mano.

«Buongiorno a te, tesorino» rispose Laura con la sua solita voce piatta.

«Buongiorno? Se lo dici tu... Quanto torniamo a casa? Io voglio andare a casa. Devi portarmi a casa» la incalzò Bailey, alzando il tono della voce a ogni frase. Jean riconobbe l'inizio di un litigio isterico tra sua figlia e sua nipote che sembrava ormai una consuetudine per quell'ora della giornata. Non ne poteva più. Avrebbe voluto mettersi le mani sulle orecchie e isolarsi dal mondo.

«Bailey, te l'ho già detto. Torneremo a casa presto, va bene? Non posso essere malata per un po'?»

«Ma tu non sei malata! Hai fatto figuracce di fronte a tutti e ora ti comporti come se la causa di tutto sia una qualche grave malattia terminale, ma non è così. Hai solo i postumi di una sbornia. Stasera ti sentirai alla grande, appena in tempo per bere di nuovo. Non pensare che non lo sappiamo tutti, in questa casa.»

Jean sgranò gli occhi sentendo Bailey dare voce ai propri pensieri, alle proprie preoccupazioni.

«Non parlarmi in questo modo» ribatté Laura. «Io non sono tua nonna. Con me non la passi liscia.»

«Oh! E parlando del diavolo... Quella donna è pazza. Ha appena dato di matto per un paio di stupidi occhiali. Questo posto è un casino! Questi sono maltrattamenti. Tenermi qui è un maltrattamento.»

«Nessuno ti sta maltrattando.» Ora la voce di Laura stava diventando più acuta e la testa di Jean iniziò a martellare a ogni sillaba. «Sei così viziata...»

«Oh, davvero, mamma? Viziata come la figlia di un amministratore delegato o viziata come la figlia di qualcun altro? Perché tu sai bene che sono stata scambiata alla nascita!»

«Di cosa stai parlando?»

«Tu lo sai! Sai di cosa sto parlando!»

Jean iniziò a salire le scale, ma quando arrivò in cima Bailey stava già uscendo come una furia dalla cucina, diretta verso le camere da letto. Jean sentì dei passi e poi una porta sbattuta, un suono a cui ormai era abituata.

Laura scosse la testa, strofinandosi le tempie con il pollice e l'indice. «Cos'hai fatto?» chiese a Jean quando alla fine alzò lo sguardo.

«Le ho detto di mettere giù gli occhiali di tuo padre» rispose Jean in tono di sfida, con la mano che ancora stringeva gli occhiali che le tremava. E ora come avrebbe fatto a sopportare di guardare quel tavolino senza vederli più lì?

Laura le lanciò un'occhiata esasperata. «Sul serio? Tutto questo casino per gli occhiali di papà? È morboso, sai, il modo in cui ti aggrappi alle sue cose come se lui dovesse tornare.»

«Sì, me l'hai già detto.»

«Non potresti lasciare in pace Bailey? Non potresti concentrarti sui vivi di questa casa, mamma? È come se vivessi con un fantasma e lui fosse il tuo unico amico al mondo.»

Jean aprì la bocca per protestare, ma la richiuse di scatto quando si rese conto che l'unica cosa che avrebbe potuto uscirne erano le parole "Tu non hai idea di quanto hai ragione". «Questa è casa mia» disse alla fine.

«Oh, okay, ora ho capito. Non siamo più le benvenute. Vuoi che ce ne andiamo. È bello sapere che ho un posto dove tornare quando sto male.»

«Non è quello che intendevo. E tu lo sai. Puoi sempre venire qui, malata o no.»

Laura annuì, niente affatto convinta. «No. *Kenny* è sempre il benvenuto qui. Ma Laura... Oh, be', che ci preoccupiamo a fare di Laura? Tanto lei ha sempre tutto sotto controllo, gente. Può affrontare qualunque cosa la vita le riservi.»

«Non ho mai detto questo.»

«Non ce n'era bisogno. Ogni cosa che hai fatto, per tutta la mia vita, l'ha detto per te. Perché pensi che io beva, mamma? Perché è l'unico momento in cui posso essere solo Laura, non Laura la Perfetta.»

«Non ci siamo mai aspettati da te che fossi perfetta.»

«Non c'è più un *noi*! Devi rendertene conto, mamma! Lui se n'è andato e mia figlia è di sopra, piena di rabbia perché i suoi occhiali erano più importanti di lei per te.»

Per un istante Jean rimase a fissare sua figlia con gli occhi sgranati, quasi incapace di credere a quello che era uscito dalla sua bocca. "E tu allora?" avrebbe voluto dire. "Quale parte di questo casino è colpa tua? Non sono io quella che beve. Non sono stata io a farle uscire fuori tutta quella rabbia!"

Ma ciò che disse fu forse ancora più sorprendente. «Quali progetti hai?»

«Cosa?»

Jean strinse ancora di più gli occhiali nella mano. «Quali progetti hai? Quando hai intenzione di tornare al lavoro? Quando pensi di... stare meglio?»

Laura la guardò a bocca aperta. «Tu vuoi che me ne vada» disse. «Molto gentile da parte tua. Immagino di capire come ti senti ora. Va bene, non c'è problema. Se te ne vuoi andare in giro in punta di piedi nel tuo tempietto dedicato al Grande Dio Wayne, fa' pure.»

«No, certo che no» ribatté Jean. «Voglio solo che tu torni alla tua vita.» Ma era inutile. Parlare con Laura era diventato inutile. Parlare con Bailey era diventato inutile. Tutta questa situazione sembrava inutile. E poi Jean non era sicura che sua figlia non avesse ragione. Forse aveva davvero fatto di casa sua un tempio dedicato a Wayne, senza volerlo. Forse mentre lui svaniva lentamente, lei aveva solo cercato di tenerlo più stretto... così stretto che era l'unica cosa che gli altri riuscivano a vedere.

Laura riempì il suo bicchiere al rubinetto e si avviò come una furia su per le scale, proprio come aveva fatto Bailey pochi minuti prima. Jean restò sola.

In principio rimase lì nella cucina silenziosa, ad ascoltare il ghiaccio che scricchiolava nel freezer e il mormorio delle voci in tv dal piano di sopra. Ma dopo un po' anche lei si trascinò su per le scale e chiuse la porta della sua camera da letto.

Sentiva le gambe pesanti. Gli occhi pesanti. Lo stomaco, il seno, tutto sembrava attratto dal terreno. Non si era più sentita così da quando Wayne era morto.

Andò verso il comò di Wayne, che aveva svuotato delle sue magliette, boxer e calzini già da molto tempo. Ci aveva messo i suoi maglioni, ma poi aveva trascorso l'inverno passato a tremare di freddo perché non aveva avuto il coraggio di aprire i cassetti, di tirare fuori un maglione e indossarlo.

Ma il cassetto superiore l'aveva aperto molte volte. Tre volte al giorno nel primo mese, due nel secondo e una al giorno nel terzo e quarto mese. Una volta a settimana nel quinto. E poi... aveva smesso.

Lo aprì ora e guardò dentro. Il portafoglio di Wayne, con le foto dei loro figli, di Bailey a sette anni, di Wayne e Jean dal fiorista, una foto di Jean con uno scimpanzé col pannolino in braccio. L'avevano scattata a una fiera giù al fiume; Wayne la adorava. Ci aveva sempre scherzato su dicendo che era una foto di loro due insieme. Jean aprì il portafoglio, lo annusò e chiuse gli occhi, odorando la pelle. Tirò fuori la patente di Wayne, le sue carte di credito (tutte annullate, ovviamente), la sua tessera elettorale. Tirò fuori il ritaglio ingiallito di giornale che aveva sempre tenuto lì, il necrologio di sua madre, poi lo ripiegò e lo rimise a posto.

Toccò la sua fede nuziale, l'anello da mignolo che lei gli aveva regalato per il loro primo Natale e che lui non aveva mai indossato, il rosario con i grani di legno che sua nonna gli aveva regalato quando era nato. Prese la sua palla da baseball autografata da DiMaggio, quella di cui lui era così orgoglioso, e se la rigirò tra le mani, guardando la firma. Ricordò quando suo padre aveva suggerito che l'autografo potesse essere un falso, quanto si era arrabbiato Wayne, come erano quasi venuti alle mani. Rimise la palla nel cassetto e prese il suo libriccino dei cocktail per quando gli piaceva fare il barista e che Jean aveva tenuto perché Wayne ci aveva scritto sopra un mucchio di appunti e lei non voleva dimenticare la sua calligrafia. Sfogliò le pagine senza guardare niente in particolare, ma vedendo tutto... *Succo d'arancia, Triple sec, grande cocktail per Natale, provare questo alla festa di compleanno di Jean, no alla vodka, troppo dolce.*

Fazzoletti, orologi, monetine, le promesse nuziali scritte di suo pugno, il braccialetto che aveva indossato all'ospedale quando era nata Laura, una vita di ricordi e tesori, la vita di una persona condensata in un unico cassetto.

Il cassetto del pianto di Jean.

All'inizio, quando si era sentita affogare nel dolore, il suo psicologo le aveva dato il permesso di piangere, ma solo in momenti specifici della giornata.

«Fa bene essere tristi,» aveva detto «ma non fa bene esserlo troppo. Programma i momenti di pianto, diciamo, da mezzogiorno all'una ogni giorno; penserai a lui e piangerai finché ne avrai voglia. Ma all'una e un minuto i tuoi occhi dovranno essere asciutti e tu dovrai andare avanti. Hai capito? Concediti qualche volta al giorno in queste prime settimane, che ridurremo più avanti.»

E così aveva fatto. Durante quei primi giorni aveva radunato tutte le cose di Wayne e le aveva portate all'Esercito dalla Salvezza. Aveva messo i suoi vestiti negli scatoloni e le sue scarpe nelle buste dell'immondizia e aveva dato i suoi cd agli amici e donato i suoi cappotti in beneficienza. L'aveva cancellato dalla casa e per tutto il tempo che aveva lavorato non le era capitato di versare una lacrima. E poi aveva conservato i piccoli tesori, le cose che voleva tenere, che pensava che lui avrebbe voluto che tenesse, nel primo cassetto del suo comò, e di tanto in tanto le toccava e le odorava e poi si raggomitolava con quelle cose in mano e piangeva fino a non avere più lacrime.

Tre volte al giorno il primo mese.

Due volte al giorno, che non sembravano mai abbastanza, il secondo mese.

Una volta al giorno il terzo mese.

E così via, finché un giorno si era resa conto di aver dimenticato il Momento del Pianto per diverse settimane. E le era sembrato un tradimento così grande che era corsa di sopra e si era costretta a guardare le sue cose per piangere. Ma poi si era messa a ridere pensando a quello che avrebbe pensato Wayne a vederla contorcersi nel loro letto con la sua vecchia palla di DiMaggio in mano facendo stupidi lamenti per cercare di piangere.

E quella era stata la fine del Momento del Pianto per Jane.

Fino a quel giorno.

# Capitolo Quindici

Jean si sentiva un'imbrogliona a usare la salsa tikka masala in scatola. Agitò la spatola sopra la padella che sfriggeva e annusò: l'odore era esattamente lo stesso di quello del ristorante indiano in fondo alla strada. Lei di solito prendeva il korma vegetariano e Wayne il pollo alle spezie e peperoni, ed entrambi si imbottivano di naan all'aglio e cipolla. Ma il tutto era fatto a mano: al ristorante si vedevano i cuochi che cucinavano nella grande cucina sul retro proprio dietro il tavolo del buffet. Niente tikka masala in scatola, lì.

Usare cibo in scatola andava contro il desiderio di Jean di essere "gourmet", come diceva sempre Loretta. Ma questa volta non poteva farne a meno. Non sapeva assolutamente niente di cucina indiana ed era impossibile imparare cose nuove in casa sua per come stavano le cose adesso.

Per fortuna Laura non se n'era andata e non beveva da cinque giorni. Si era anche fatta la doccia e usciva più spesso dalla sua stanza. Purtroppo però il suo umore non era affatto migliorato e a Jean sembrava che sua figlia e sua nipote non riuscissero a stare nella stessa stanza insieme per cinque minuti senza che una delle due andasse su tutte le furie. Ed entrambe ignoravano Jean, tranne che in quei momenti in cui la trattavano con superiorità o alzavano gli occhi al cielo per qualcosa che aveva detto o sbuffavano per qualcosa che aveva fatto.

«Perché permetti che ti trattino così? Di' loro di andarsene» le aveva detto Kenneth al telefono la sera prima.

«Non sanno dove andare. Laura dice che non riesce a stare dietro alla casa senza Curt.»

«Ha quarant'anni, mamma. È un suo problema. Tu hai casa tua a cui badare. Dille di richiudere la porta quando esce.»

«Sai che non posso farlo.»

Kenneth aveva sospirato. «Lo so. Sei troppo buona e gli altri se ne approfittano. Papà lo diceva sempre e aveva ragione.»

Jean l'aveva dimenticato, aveva dimenticato che Wayne diceva spesso che i randagi e la gente con i problemi riuscivano a fiutarla come un cane fa con una salsiccia. Lui si arrabbiava quando vedeva come Jean veniva trattata da qualcuno che lei voleva aiutare, ma allo stesso tempo diceva che la sua bontà gliela faceva amare di più.

Jean aveva trattenuto a stento le lacrime, promettendo a se stessa che avrebbe ricordato quelle parole durante il Momento del Pianto. E cercando di non pensare che era tornata a piangere due volte al giorno...

«Ma esci, almeno?» le aveva chiesto Kenneth.

Jean aveva esitato. «Sono piuttosto impegnata qui. Ho il club del libro.»

«Quello non è uscire. Non puoi startene sempre in casa a fare da baby-sitter a quelle due e non avere una vita tua, mamma. Devi essere attiva.»

«Ci incontriamo qui. Finora è bastato.»

«E Loretta?»

«Viene ogni tanto.» Il che normalmente era la verità, tranne che Loretta non era venuta tanto spesso ultimamente. La tensione nell'aria era troppa anche per lei. «Ho come l'impressione che da un momento all'altro mi possa arrivare una padella in testa» le aveva detto una volta. Non che Jean potesse biasimarla: anche lei si sentiva così molto spesso, come se andasse in giro in punta di piedi in casa sua circondata da vetri rotti sperando di non tagliarsi. «Sto bene, Kenneth. Davvero» aveva detto.

Ma mentre rimetteva il coperchio sul tikka masala pensò che non era poi tanto sicura di stare bene. Si sentiva agitata e ansiosa, come se da un momento all'altro potesse esplodere tutto. E non era sicura che non sarebbe stata lei a scoppiare...

«Che schifo. Cos'è questa puzza?» chiese Bailey trascinandosi in cucina ancora in pigiama. Da quando aveva smesso improvvisamente di trascorrere le sue giornate in piscina, sembrava che non avesse più motivo di svegliarsi la mattina, proprio come sua madre.

«È cibo indiano» disse Jean, alzando il calore del fornello. «L'hai mai assaggiato?»

«Perché dovrei mangiare qualcosa che puzza in questo modo?» Bailey aprì la dispensa e tirò fuori una scatola di Pop-Tart, che mangiava in quantità industriali ogni giorno.

«Dovresti provare cose nuove» le disse. «Potresti rimanere sorpresa da quello che potrebbe piacerti.»

Bailey diede un enorme morso al biscotto. «E tu dovresti cercare di farti gli affari tuoi» bofonchiò col boccone in bocca. «Questa sarebbe una novità.»

Jean strinse la bocca per sopportare stoicamente le parole cattive della nipote. Non capiva perché Bailey le parlasse così. Lei non le aveva fatto niente per ferirla. Le parole di Kenneth le risuonarono nella testa, "Sei troppo buona e gli altri se ne approfittano", seguite dalla voce di Wayne che insisteva, "Non lasciare che ti parli così. Di' qualcosa!".

«E tu dovresti provare a usare un po' di buone maniere» ribatté prima di poterselo impedire. «Anche questa sarebbe una novità.»

Bailey sgranò gli occhi per la sorpresa, ma prima che potesse reagire, qualcuno bussò alla porta, che un istante dopo si aprì.

«Toc toc!» disse Loretta entrando. Girò l'angolo e si accigliò. «Cibo indiano? Pensavo che il tema fosse i cibi afrodisiaci in onore di Flavian Munney.» E le mostrò un piccolo cestino d'argento, che Jean riconobbe come il secchiello che Chuck riempiva di ghiaccio e bottiglie di birra quando restava fuori in giardino a pulire il pesce che pescava la mattina. «Ostriche!» proclamò Loretta.

Bailey sbuffò. «Oh, Dio, un altro di quegli incontri di vecchie galline bibliofile?»

Loretta posò il secchiello sul bancone e fece schioccare le dita. «Ecco come dovremmo chiamarci. VGB. Potremmo farci fare delle magliette. Che ne pensi, Jean? Suona bene.»

«Io non sono una vecchia gallina» ribatté Jean, tirando fuori i piatti dall'armadietto. Quello che in realtà avrebbe voluto dire era: "Non incoraggiarla, Loretta. È come un cane rabbioso... Non guardarla negli occhi e spera che si limiti ad annusarti e se ne vada".

«Be', se io lo sono, lo sei anche tu: è tutto quello che so» disse Loretta.

«Credete a me, lo siete tutte» continuò Bailey. «E ho dato un'occhiata al libro che avete letto per questo incontro. Nauseante. Dovete essere una manica di pervertite se vi piace.»

«Pervertite con afrodisiaci» la corresse Loretta. «Lo sapevi che le ostriche sono afrodisiache perché ricordano la vagina?»

Bailey fece finta di vomitare. «Parla per te. Io me ne chiamo fuori.»

E uscì, facendo finta di vomitare per tutte le scale fino al salotto, dove accese subito la tv.

«Sono brava a fare piazza pulita, eh?» commentò Loretta sorridendo e avvicinandosi a Jean.

«Sei stata brava» convenne Jean. «E io credo che il cibo indiano sia molto sexy. È saporito e stuzzicante, proprio come il nostro Flavian Munney.»

Loretta fece una risata e batté la mano sul bancone. «Oh, quasi me ne dimenticavo...» Andò a prendere la borsa che aveva lasciato vicino alla porta. La posò sul bancone e tirò fuori tre bottiglie di vino. «Vino al cioccolato.»

Jean ne prese una. «Yum!»

«Ho sentito qualcuno dire cioccolato e vino nella stessa frase?» disse una voce dall'ingresso e prima che Jean se ne rendesse conto, tutto il club era arrivato, ciascun membro col proprio libro di Flavian e un piatto afrodisiaco. Zuppa al cioccolato, fragole con panna montata, brioche ripiene di formaggi cremosi e caviale. Il tikka masala di Jean era delizioso, ma dopo un primo assaggio rimase sul fornello con un cucchiaio di legno appoggiato contro la padella. Jean tentò di non pensare che non era piaciuto perché era preconfezionato.

«Non dovremmo parlare del valore letterario del Flavian del mese?» disse Jean tra un boccone e l'altro dell'insalata di ostriche di May, che era dolce e salata allo stesso tempo, e divina.

«È finito. È il suo unico merito» ribatté Mitzi.

«Non fatevi ingannare dalle sue parole» intervenne Dorothy leccandosi le dita. «L'ho beccata più di una volta a leggerlo alla sua scrivania durante la pausa pranzo.» Indicò Mitzi. «E sai che è vero.»

«Stavo cercando di finirlo il prima possibile» disse Mitzi, ma non senza essere prima arrossita.

«Be', io almeno l'ho trovata una lettura perfetta dopo quella schifezza di Thackeray» disse Dorothy, e tutto intorno al tavolo ci furono mormorii di approvazione.

«Non ne parliamo più» sbottò Mitzi. «Non voglio farmi alzare di nuovo la pressione. Quando si dice un libro senza valore letterario...»

«Ma a sentir parlare la gente, lui è l'unico scrittore che c'è al momento di un certo valore, letterario e non solo» obiettò Loretta.

«Non sto scherzando: non mi fate cominciare» le avvertì Mitzi. «Continuiamo con Flavian, per favore.»

«Oh, forza! Io mi sono persa quella discussione» gemette Dorothy. «Avevo un sacco di cose da dire anch'io. Per esempio, l'innamorato del tipo "cavaliere dalla scintillante armatura" non vi ricordava in tutto e per tutto Thackeray stesso?»

«Oh, mio Dio! Io non l'avevo notato, ma hai ragione. È verissimo» disse May, e scoppiò a ridere. «Chi fa una cosa del genere?»

«Un egocentrico come Sebastian Thackeray, ecco chi» rispose Mitzi. «Nessuno lo ama quanto lui ama se stesso.»

«Non ti sei persa niente, Dorothy» disse Jean. «Abbiamo tutte odiato quel libro. E questo è quanto.»

«Non pensate che contenesse una specie di messaggio, una verità più alta che probabilmente tutti dovremmo conoscere?» chiese Dorothy, poi, dopo un'altra serie di mormorii, questa volta di disapprovazione, aggiunse: «Sì, immagino che abbiate ragione. Probabilmente sono solo sensibile su questa faccenda delle mamme. Gli ultimi anni sono stati duri, in casa mia.»

«Ma torniamo al romanzo di Flavian» disse Jean. «Questo mi è sembrato migliore dell'ultimo perché Flavian era un po' più umile, e...»

«Sì, certo che c'era un messaggio.» La voce proveniva dalla ringhiera che separava la sala da pranzo dal salotto di sotto. Tutte smisero di mangiare e guardarono da quella parte. Era stata Bailey a parlare?

«Cos'ha detto?» sussurrò May.

Bailey salì quel tanto che bastava per fare capolino dalle scale. «Il libro di Thackeray? Conteneva un messaggio. E il messaggio era: "Sono uno stronzo che si meriterebbe di essere preso a calci in culo da qui fino a Timbuctu".»

Loretta fece un'altra risatina, scosse la testa e tornò a mangiare la sua zuppa al cioccolato.

«Mi dispiace» mormorò Jean alle altre. «Bailey, per favore» sibilò. «Non ora.»

«No, ha ragione» intervenne Mitzi. «Ha colto nel segno.»

«Certo che ho ragione» ribatté Bailey dalle scale. «Non siate così sorprese.» Poi fece una vocina acuta da bimba dell'asilo. «A volte noi bambini abbiamo un cervello che pensa. Nonostante quello che sembra pensare quel coglione di Thackeray.»

«Bada al linguaggio, Bailey» la rimproverò Jean.

«Che c'è? Tutto quello che sto dicendo è vero. Quel tizio dovrebbe essere preso a calci nelle palle, ammesso che ce le abbia, così forte da fargli vomitare peli pubici.»

A quella battuta Loretta scoppiò a ridere e dovette coprirsi la bocca per nascondere le risate, quando l'amica la fulminò con lo sguardo.

«Bailey! Non stiamo più parlando di quel libro» disse Jean, cercando di essere il più delicata possibile. Era stufa dell'atteggiamento insolente di sua nipote. «E non mi piace la tua maleducazione.»

«Sì, certo. Ora state parlando di quella robaccia da invitate arrapate a un addio al nubilato. Be', sì, di valore letterario di gran lunga maggiore. Complimenti.» E sollevò entrambi i pollici in segno di approvazione.

«Invitate arrapate?» mormorò May, ma Jean la guardò scuotendo la testa, e May tacque.

«Ma ascoltate. Ci ho pensato, e sapete cosa credo che dovreste fare? Invitare il signor R. Sebastian Thackeray al vostro prossimo incontro» disse Bailey.

«Ohh, ottima idea» convenne Mitzi. «Non mi dispiacerebbe fare una chiacchierata faccia a faccia con questo tizio.»

«Personalmente io preferirei una chiacchierata faccia a faccia con Flavian» intervenne Loretta.

«Va' al negozio di vernici» suggerì May e tutte, tranne Jean, scoppiarono a ridere. Ma era una risata imbarazzata. Nessuna, inclusa Jean, sapeva davvero come affrontare l'intrusione di Bailey nella loro riunione.

«Dico sul serio. Ho sentito parlare di autori che visitano i club del libro. Questi scrittori sono peggio delle puttane: si venderebbero per due soldi in cambio di attenzioni.»

«Bailey!» esclamò Jean, sentendo montare la rabbia dentro di sé. «Ora basta parlare di questo argomento. Stai interrompendo la nostra riunione in modo molto sgarbato. Ne ho avuto abbastanza, delle tue cattive maniere.»

Bailey strinse i pugni e se li piantò sui fianchi. «Oddio, era solo un'idea. Ho visto che eravate tutte incazzate e ho pensato che avrebbe potuto essere divertente dirglielo in faccia. Puoi continuare a fingere che questo sia un club del libro, ma noi tutti sappiamo quello che vi interessa davvero: riempirvi la pancia e avere una scusa per farvi un goccetto il martedì pomeriggio. In cosa siete diverse da quello zombie di sopra, eh?»

«Va bene» disse Jean, andando verso sua nipote. «Ora basta. Devi andartene. Va'... Torna in camera tua fino alla fine della riunione.» Jean aveva i nervi a fior di pelle e fece fatica a tenere la voce bassa e ferma.

Bailey fece una risata roca. «Mi stai mandando nella mia stanza? Come se fossi mia madre o qualcosa del genere? Io non ho una madre! È praticamente tutta la vita che non ho una madre! E l'hai cresciuta tu, quindi questo cosa dice di te?» Ora Bailey stava urlando: la sua specialità. Salì le scale con passi pesanti e infuriati e si voltò proprio mentre passava accanto al tavolo da pranzo. «Oh, e sai una cosa? Per tua informazione, non dovresti mai lasciare due bottiglie di vino chiuse sul bancone della cucina quando vivi in casa con un alcolizzato. Lo sapresti, se fossi cresciuta in casa mia.»

Jean posò il libro che stava stringendo al petto. Tutte le teste si voltarono verso la cucina, dove, in effetti, una delle bottiglie era sparita.

Laura.

«Sei così cieca» mormorò Bailey. Tese la mano di scatto per afferrare la bottiglia restante. Jean sentì qualcuno al tavolo lanciare un gridolino pochi istanti prima che sua nipote sollevasse la bottiglia sopra la testa e la sbattesse a terra. Atterrò con uno schianto e il vino schizzò dappertutto, inondando le gambe di Jean. Schegge di vetro scivolarono sotto il tavolo da pranzo. Dorothy trasalì quando un pezzo le rimbalzò contro la spalla. Bailey scosse la testa con disgusto, poi uscì come una furia dalla stanza, solo che questa volta invece di correre in camera sua uscì dalla porta di casa, lasciando dietro di sé un tale silenzio che si sentiva la tv accesa di Laura al piano di sopra.

Nessuno sembrava sapere cosa dire. Mitzi e Dorothy si scambiarono sguardi preoccupati; Loretta lasciò cadere la forchetta sul piatto e si appoggiò allo schienale della sedia, pulendosi la bocca con una salvietta; May si schiarì due volte la voce; Janet fissava attentamente il suo piatto. Jean si alzò dando le spalle al tavolo, terrorizzata all'idea di voltarsi e affrontare le altre.

Imbarazzata. Infuriata. Sull'orlo delle lacrime.

E sola. Così sola, anche in mezzo alle sue amiche.

Forse Kenneth aveva ragione, forse loro non erano abbastanza, perché ora voleva solamente che se ne andassero. Voleva solamente strisciare di sopra, aprire il primo cassetto del comò e piangere. Voleva solamente scuotere sua figlia e prendere a schiaffi sua nipote per cercare di inculcare in loro un po' di buonsenso. Riportare indietro il tempo, ricominciare tutto da capo. Se avesse potuto ricominciare la propria vita dall'inizio, Wayne si sarebbe ugualmente ammalato e l'avrebbe lasciata sola? Oppure lei avrebbe potuto avvertirlo, fargli fare le analisi prima, in modo da poter prendere il tumore in tempo?

Non lo sapeva. Non poteva saperlo, perché questa era la vita che le era stata data ed era l'unica che avrebbe avuto, che fosse giusto o no.

«Forse noi dovremmo andare» disse alla fine May, e Jean si costrinse a stamparsi in faccia il suo miglior sorriso da padrona di casa, come se una pozza di vino rosso non stesse macchiando il suo parquet proprio in quel momento. Loretta gettò una manciata di salviette sul disastro e fece per accucciarsi, ma Jean le disse di lasciar perdere.

«Va tutto bene» disse. «Ci penserò io.»

Si aspettava che Loretta dicesse qualcosa di spiritoso, qualcosa su Flavian Munney e il vino, per esempio, ma la sua amica si limitò a stringere le labbra, prese il suo secchiello delle ostriche, diede a Jean una pacca sulle spalle e uscì. Jean sapeva che la situazione era davvero brutta quando persino Loretta Murphy non sapeva cosa dire.

«Voteremo il prossimo libro per e-mail» disse, cercando di mantenere una parvenza di protocollo mentre accompagnava le amiche alla porta. Era la seconda volta in due mesi che non riuscivano a scegliere un libro perché il loro incontro veniva mandato all'aria dai problemi familiari di Jean e lei non riusciva a sopportarlo.

«Forse dovremmo saltare un mese, per darti il tempo di... di sistemare le cose» disse May con dolcezza e le sorrise. A Jean parve di leggere compassione in quel sorriso, il che non fece che acuire il suo senso di colpa e la sua umiliazione.

Sparirono una dopo l'altra nel giro di pochi minuti e fu solo quando chiuse la porta e tornò in sala da pranzo che Jean si rese conto che c'erano ancora tutti i piatti sul tavolo. Il fatto che fossero andate via a tempo di record non era solo un'impressione.

Jean prese un asciugamano nero dal bagno degli ospiti e lo gettò sopra la pozza di vino. Poi si accovacciò e guardò la spugna affondare nel liquido. Aveva un odore terribile, concentrato, amaro.

Si accasciò a terra appoggiando la schiena contro l'isola al centro della cucina e chiuse gli occhi. Probabilmente le altre si stavano radunando a casa di Loretta in quel momento, a parlare di lei e della sua famiglia, e la compativano. Jean voleva bene alle sue amiche, ma non le piaceva che fossero testimoni di momenti bui della sua vita come questi, che erano troppo personali per condividerli.

Non le piaceva niente di questa situazione, in realtà. La sua vita attentamente costruita, il controllo che aveva riconquistato dopo la morte di Wayne... Tutto le stava crollando addosso. Ora piangeva di nuovo ogni giorno, urlava a sua nipote di fronte al club del libro. Si sentiva sull'orlo del baratro, come se non fosse mai davvero uscita dalla disperazione più nera, e mai ci sarebbe uscita.

Aprì gli occhi e iniziò ad asciugare il resto del vino con l'asciugamano ormai fradicio. Il danno al pavimento era peggiore di quanto aveva creduto: il vino aveva lasciato una macchia violacea che spiccava sul pavimento marrone e nel punto in cui l'aveva colpito la bottiglia il legno era spaccato. Jean tolse le schegge dal buco e fu in quel momento che iniziò a piangere.

Si rialzò, prese la paletta e il secchio dallo sgabuzzino e li portò dove c'era il danno, singhiozzando rumorosamente per tutto il tempo. Raccolse grossi pezzi di vetro e li gettò nel cestino, borbottando tra sé e sé parole piene di rabbia e di autocommiserazione come *non è giusto* e *basta*.

E poi sentì la porta aprirsi e chiudersi di nuovo con delicatezza. In principio pensò che fosse Loretta che era tornata a vedere come stava, ma piangeva troppo per poterla chiamare.

Poi però vide un paio di infradito nere indossate da

piedi con le unghie dallo smalto blu scheggiato. Bailey. Senza dire una parola, la ragazza si accucciò accanto a Jean. Raccolse un grosso pezzo di vetro e lo gettò nel cestino, poi ne prese un altro e un altro ancora.

Non disse una parola. Non si scusò, non pianse, non urlò e non fece nessuna delle cose che Jean si sarebbe aspettata da lei. Lentamente anche Jean smise di piangere e continuò a raccogliere i vetri, spingendo quelli più piccoli sulla paletta con il bordo dell'asciugamano, lavorando fianco a fianco con sua nipote.

A un certo punto, guardò verso Bailey, che alzò anche lei lo sguardo e la fissò da sotto i capelli. Durò un solo istante, ma tra loro passò qualcosa, parole non dette, una verità che nessuna delle due riusciva a esprimere ma che entrambe capivano, e poi tornarono a pulire.

Finito il lavoro, quando tutte le schegge di vetro furono gettate via, l'asciugamano appallottolato e pronto per essere messo in lavatrice e tutto ciò che rimaneva era la macchia grigia e il buco nel pavimento, Bailey si alzò e andò in camera sua.

Non sbatté la porta.

# Capitolo Sedici

*Caro signor Thackeray,*
*mi chiamo Bailey Butler. Ho sedici anni, e di recente il club del libro di mia nonna ha letto il suo ultimo libro,* Colpa. *Abbiamo discusso molto a riguardo, ma siamo rimaste comunque con molte domande senza risposta. Ci piacerebbe parlarne con lei, in modo che possa aiutarci a capire il vero significato della sua opera. Io so che lei vive praticamente come un eremita, ma che ne direbbe di venire al nostro club del libro uno di questi giorni? Qui si mangia da Dio.*

*Cordiali saluti,*

*Bailey Butler*

*Caro/a fan,*
*grazie per aver letto il mio libro. Per problemi di tempo, non sono in grado di rispondere ai miei lettori individualmente. Le consiglio di visitare il sito internet del mio editore per ulteriori informazioni su dove trovare i miei libri.*

*Cordiali saluti,*

*R. Sebastian Thackeray III, scrittore*

*Caro Signor Thackeray,*
*so che non può rispondere a ogni e-mail, ma questa è diversa, glielo giuro.*

*Vede, mia nonna sta morendo e lei è il suo autore prefe-*

*rito da sempre. Possiede tutti i suoi libri e li sta rileggendo uno per uno, dal primo all'ultimo, durante la dialisi.*

*Vorrebbe tanto avere la possibilità di dirle di persona quanto ammira il suo lavoro prima di andarsene. Ha presente quelle iniziative in cui si realizzano i desideri dei bambini in punto di morte? Ecco, faccia conto che sia una cosa simile.*

*Cordiali saluti,*

*Bailey A. Butler I*

*Caro/a fan,*

*grazie per aver letto il mio libro. Per problemi di tempo, non sono in grado di rispondere ai miei lettori individualmente. Le consiglio di visitare il sito internet del mio editore per ulteriori informazioni su dove trovare i miei libri.*

*Cordiali saluti,*

*R. Sebastian Thackeray III, scrittore*

*Caro Signor Thackeray,*

*io non mi arrendo. Mia nonna ora sta perdendo la vista. Presto potrebbe non essere più in grado di vedere e quindi di leggere i suoi libri, quindi dirmi dove trovarne altri è inutile.*

*Per favore, venga prima che sia troppo tardi. Lo faccia per me, una bambina a cui la nonna mancherà da morire.*

*Cordiali saluti,*

*Bailey Butler*

*Cara fan,*

*grazie per aver chiesto informazioni sui miei libri. Ti consiglio di visitare il sito internet del mio editore per un elenco delle versioni Braille delle mie opere.*

*Cordiali saluti,*

*R. Sebastian Thackeray III, scrittore*

*Caro Thack,*
*va bene se ti chiamo Thack? Credo che ci siamo scritti via e-mail parecchie volte, ormai, abbastanza perché possa chiamarti Thack. Oppure per chiamarti R. A proposito, per cosa sta R? Robert? Randolph? Rufus? Hai la faccia di un Rufus.*

*Allora, la situazione è questa. I dottori pensano che mia nonna potrebbe avere solo pochi mesi di vita. Questa è la sua ultima possibilità di conoscere il suo idolo. Io so che tu sei una brava persona. E so che dici di non rispondere alle lettere dei fan, mentre in realtà lo fai. Credo che tu lo faccia perché nel profondo del tuo cuore ti importa dei tuoi fan. No, non lo credo: lo so. Perché lo si legge tra le righe dei tuoi libri.*

*Ti prego, lascia che mia nonna ti dica quanto ti adora. Vieni a una delle nostre riunioni. Potrai conoscere il cane di mia nonna, Riptide (che ovviamente porta il nome del tuo romanzo del 1994 vincitore del premio Pulitzer).*

*Ehi... E se fosse quello il significato della tua R?*

*Cordiali saluti,*

*Bailey Butler*

*Cara fan,*
*grazie per aver letto* Riptide. *Per ulteriori informazioni sugli interventi dell'autore in pubblico, ti prego di consultare il sito internet del mio editore.*

*Cordiali saluti*

*R. Sebastian Thackeray III, scrittore*

*Salve, Thack!*
*Cavoli, sento che abbiamo proprio un feeling io e te ora, non credi? Cioè, il modo in cui continui a rimandarmi al sito internet del tuo editore? È così intimo! Mi sento così amata!*

*Allora, ecco come stanno le cose, Thack. Io so che stai*

*leggendo le mie e-mail. So anche che stai fingendo di aver impostato un qualche generatore casuale di risposte, ma non mi freghi.*

*So che le stai leggendo e so che le stai leggendo proprio perché ti piace sentire quanto mia nonna pensa che tu sia favoloso.*

*Potrai scoprirlo di persona quando verrai al nostro club del libro.*

*Probabilmente le prenderà un infarto, a vederti, che le darà il colpo di grazia e la porterà via da questa vita di sofferenze prima del dovuto.*

*Per favore, di' di sì.*

*Cordiali saluti,*

*Bailey*

*Cara fan,*
*grazie per aver letto il mio libro. Questo è un generatore automatico di e-mail. Per favore, non rispondere. Ti ho già detto dove trovare ulteriori informazioni.*

*Cordiali saluti,*

*R. Sebastian Thackeray III, scrittore*

*Thack, Thack, Thack,*
*ma hai letto l'ultima e-mail prima di inviarla?*

*So che stai leggendo anche questa. So che vuoi incontrarci. So che vuoi far avverare il sogno della mia povera nonnina morente. Il tumore si sta diffondendo. Pensa al povero piccolo Riptide, per favore! (Ti allego una sua foto.)*

*Pensa a me, la tua più grande fan.*

*Cordiali saluti,*

*Bailey*

*Cara fan,*
*basta con queste cavolate. Tua nonna non sta morendo. Quel cane era nel programma "I video casalinghi più diver-*

*tenti d'America" ieri sera. Hai fatto la foto allo schermo della tv.*

*Cordiali saluti,*

*R. Sebastian Thackeray III, scrittore*

*Caro* SIGNOR *Thackeray,*

*Okay, mi ha beccato. Nessuno sta morendo. Tranne me. Io muoio dalla voglia di parlarle del suo libro. E vale per tutte noi qui. Le piacerà Kansas City in estate. Faremo un barbecue. Le offriremo della birra. O delle puttane. O qualunque cosa le piaccia avere quando è in tour. Cocaina? Prozac? Crack? Non si può mai sapere...*

*Allora, ecco il succo della situazione. Sinceramente. Il club del libro di mia nonna ha letto il suo libro e anch'io. E, Thack, se avevi intenzione di provocare una reazione, ci sei riuscito. Ci hai fatto pensare. Ci hai fatto avere Cose da Dire, con la lettera maiuscola. Ma alcune di queste cose possono essere chieste e dette solo all'autore, e dal momento che tu sei l'autore, dobbiamo chiederle a te.*

*Sono sicura che agli scrittori chiedono sempre un sacco di cose. Libri gratis, segnalibri, penne, ricerche, una dedica e cose del genere. Ma non credo che succeda tutti i giorni, di ricevere un'e-mail sincera da parte di una fan sedicenne che ti offre puttane e cocaina solo per parlare al club del libro della nonna morente per trenta minuti. Anche se la nonna non sta esattamente morendo.*

*Ma immagino che nessuno sappia quando arriverà la propria ora, giusto? Di' di sì.*

*Cordiali saluti,*

*Bailey*

*A tutti gli interessati:*

*"Nessuno sa quando arriverà la propria ora, giusto?"*

*È una minaccia?*

*Senti, io non so a che gioco tu stia giocando o cosa vuoi*

*davvero da me, ma per favore cessa immediatamente ogni contatto o mi rivolgerò ai miei avvocati.*

*R. Sebastian Thackeray III, scrittore*

*Thack (Rufus),*
*non puoi davvero pensare che io ti stia minacciando. Cosa pensi che potrebbe farti una sedicenne pazza? E gli avvocati? Ma dai!*

*Va bene, okay. Metterò tutte le carte in tavola. Sono disperata.*

*Sono un'orfana.*

*Chi può negare qualcosa a un'orfana?*

*Tu sai che vuoi dire sì. Allora dillo.*

*Bailey*

*Bailey,*
*questa cosa sta prendendo una piega decisamente strana.*

*E... ah, sì, ho capito il tuo gioco ora. Tu non sei la prima fan a cercare di spillarmi quattrini. Io sono milionario. È il frutto di anni di lavoro e di sforzi per diventare famoso. Ma ovviamente con la fama arrivano anche i fan fuori di testa che credono che io abbia voglia di condividere il mio denaro con tutti gli altri, in particolare con delle sanguisughe che tentano di estorcermi denaro come te. Posso solo immaginare che tu abbia una pistola stordente e una lettera di riscatto già pronta.*

*Per favore, lasciami in pace o sarò costretto a inoltrare la tua prossima e-mail al Dipartimento di Polizia di Kansas City.*

*Cordiali saluti,*

*Thackeray*

*Sebastian,*
*sei così lontano dalla realtà che non è neppure divertente.*

*Io non ho nessuna pistola stordente, nessuna lettera di riscatto, nessun pitbull ringhiante, né manette o collare da cane.*

*E sono un'orfana. Non come Annie, no, ma sono ugualmente un'orfana, che vive con sua nonna, anche se qui non mi sento a mio agio.*

*Il fatto è che non mi sento a mio agio da nessuna parte.*

*Mia madre è un'alcolizzata. Vive anche lei qui, in realtà, ma per "vivere" intendo che dorme tutto il giorno e si ubriaca tutta la notte, con qualche intervallo per dire cattiverie su mio padre. Che probabilmente se le merita tutte, ma, be', è sempre mio padre, no? Io lo chiamo Papà Fantasma, perché non gli interessa fare il genitore. È stato lui a mandarmi a stare con mia nonna quando la mamma era al centro di recupero. Mi ha mandato via così, come un cane che non voleva più in casa. E ha detto che mi avrebbe chiamato tutti i giorni e cose del genere, ma fino a ora... nada. Niente. Nisba. Che razza di padre manda via sua figlia e non chiama mai, neppure una volta, eh, Thack?*

*Mia nonna non sarebbe tanto male, solo che mio nonno è morto un paio d'anni fa e lei è praticamente una morta vivente. Fa finta che vada tutto bene, ma la sento che piange nella sua stanza alla stessa ora tutti i giorni, e una volta è andata in giardino ed è rimasta in piedi fuori dal capanno per tipo mezz'ora e poi è rientrata senza aver fatto niente, a parte stare lì in piedi. È stato davvero strano...*

*E le sue uniche amiche in questo mondo leggono romanzi erotici e parlano di farsela con uomini che non esistono nella vita reale.*

*E io mi sono spogliata in una piscina pubblica a metà pomeriggio, anche se sono troppo grassa per fare una cosa così stupida.*

*Nessuno mi ha portato al ballo di fine anno. E una volta ho tenuto il vomito di mia madre tra le mani.*

*La mia famiglia è così incasinata. Peggio che in un ro-*

*manzo. E se venissi a parlare al nostro club, potresti usarci per il tuo prossimo libro.*

*Pensaci. È tutto quello che ti chiedo.*

*Cordiali saluti.*

*La vera Bailey*

# Capitolo Diciassette

Bailey era già in piedi quando Jean si svegliò. Lo notò quando andò a chiudere la porta della sua camera da letto come faceva sempre prima di fare la doccia, e un raggio di luce penetrò nella sua stanza attraverso il corridoio. Jean si affacciò in corridoio per guardare e vide che la porta di sua nipote era aperta e il suo letto era vuoto, con le lenzuola tutte aggrovigliate e il libro che spuntava come sempre da sotto il cuscino. Si voltò per controllare l'orologio... Non poteva essere tanto tardi, pensò. Infatti erano appena le dieci, un po' oltre l'orario normale per lei, ma non troppo.

Tese l'orecchio per sentire se la tv era accesa. Bailey non guardava molta televisione e di solito mai così presto la mattina, ma Jean pensò che tutto era possibile quando si trattava di quella ragazza. Ma l'unica cosa che sentì furono le voci attutite provenienti dalla tv di Laura nella stanza accanto. Quel televisore non veniva mai spento. Era impossibile dire ciò che stava succedendo in quella stanza. E comunque lei preferiva non saperlo.

Forse Bailey era tornata alla piscina a passare un po' di tempo con quel bagnino, pensò Jean, e nonostante la cosa l'avesse preoccupata un po' all'inizio, sperava fosse così. Era stato più facile andare d'accordo con lei, quando frequentava quel ragazzo. E perlomeno uscire con i ragazzi della sua età era un comportamento normale per un'adolescente. A un certo punto Jean si era persino domandata se sua nipote non si fosse innamorata. Ma doveva essere successo qualcosa tra quei due, perché erano ormai settimane che Bailey non andava più alla piscina. E Jean sapeva che era meglio non chiederle il perché.

Alla fine decise di fare la sua doccia come al solito. Avrebbe fatto finta che fosse tutto a posto e magari tanto per cambiare il suo desiderio si sarebbe avverato. Inoltre, dopo la scenata alla riunione del club del libro due sere prima, si sentiva troppo svuotata per affrontare una giornata senza una bella doccia.

Rimase a lungo sotto l'acqua calda, poi si vestì e si avviò per le scale. A metà dei gradini si rese conto che c'era qualcosa di diverso.

Fumo.

E l'odore.

Bacon.

Bacon?

Corse giù per i gradini restanti e girò l'angolo della cucina, dove trovò Bailey ai fornelli. Dalla padella di fronte a lei saliva una nuvola di fumo e la ragazza lo affrontava con gli occhi socchiusi, spingendo il bacon in giro per la padella con una forchetta che teneva con una mano avvolta in un guanto da forno. Sul bancone accanto a lei c'era un piatto pieno di pancetta annerita. Bailey guardò verso Jean e poi tornò al lavoro.

«Cucinare è disgustoso» sentenziò. «Per poco non ho vomitato, quando ho dovuto toccarlo crudo.»

Jean rimase sulla soglia, raggelata. C'erano anche altre cose fuori posto: tre bicchieri accanto a un brick di succo d'arancia; dei toast, anch'essi bruciacchiati, sul bancone pieno di briciole; un panetto di margarina aperto con un coltello conficcato dentro. Alcune banane erano state rozzamente affettate in una ciotola e accanto c'era una lattina semiaperta di frutta sciroppata con l'apriscatole ancora attaccato. E in una padella vicino a quella di Bailey c'era qualcosa di grigiastro. Uova? Jean guardò nel lavabo. Sì, c'erano dei gusci. Bailey aveva preparato le uova.

Riavendosi dalla sorpresa, Jean andò al fornello e accese la cappa sopra la testa di Bailey. Fece un baccano del diavolo, ma attirò a sé la nuvola di fumo.

Bailey girò la pancetta nel grasso un paio di volte ancora, poi spense il fornello e tirò fuori il pezzo di bacon con la forchetta, posandolo sul piatto con molta delicatezza, come se avesse paura di rovinarlo. Si pulì le mani con una salvietta e si tolse i capelli dal viso. Jean notò le gocce di sudore che le imperlavano la fronte.

Bailey si guardò intorno come per valutare la situazione, poi sospirò. «Dubito che mangerà, ma...» Non finì la frase e si trascinò di sopra.

Jean rimase al centro della cucina con le braccia strette intorno al corpo. Mai, neppure in un milione di anni, avrebbe immaginato che Bailey avrebbe preparato la colazione quella mattina. Bailey, la stessa ragazza che diceva cose odiose, che aveva spaccato la bottiglia di vino sul suo pavimento, che l'aveva ripetutamente messa in imbarazzo di fronte alle sue amiche.

Forse dopo tutto c'era speranza.

Dopo pochi minuti Bailey tornò di sotto. Senza parlare, prese uno dei bicchieri e lo rimise nell'armadietto. Non ebbe bisogno di dire niente e Jean si sentì tremendamente dispiaciuta per lei. Come poteva sua figlia essere così egoista?

«Abbiamo un sacco di cose da mangiare» disse Bailey. Impilò i toast sul piatto del bacon, prese le uova e si avviò verso la sala da pranzo. Jean versò due bicchieri di succo d'arancia e la seguì.

E per poco non li lasciò cadere quando vide il tavolo da pranzo.

Era stato apparecchiato con molta cura per tre, con

l'argenteria e i piatti buoni, quelli che Jean di solito tirava fuori solo per il club del libro. I tovaglioli di Natale, quelli che Jean non usava mai, erano stati piegati con estrema precisione e posati su ciascun piatto. E al centro del tavolo c'era un vaso pieno di fiori che Jean conosceva bene.

«Quelle sono...?» chiese Jean posando i bicchieri e sfiorando i petali di una delle rose di Wayne.

Bailey si sedette senza guardarla negli occhi e cominciò a riempire il proprio piatto di cibo. «Ti ho visto, là fuori, quel giorno» disse. «Sono belle.»

Jean spalancò la bocca, ma non le uscì niente. Ma quanto poteva essere semplice portare i fiori in casa? Quanto poteva essere semplice portare quel filo che la legava a Wayne più vicino a lei? Perché non ci aveva mai pensato? Era stata così concentrata su ciò che non c'era più da non riuscire a vedere ciò che ancora c'era?

Vide le proprie dita tremare contro il petalo e abbassò la mano. Lentamente si sedette sulla sedia accanto a sua nipote e guardò il suo profilo. I capelli di Bailey brillavano, tinti e torturati com'erano, ancora brillavano, e la sua pelle sembrava così liscia, come la seta... Quando non era in preda alla rabbia, sua nipote sembrava accesa da una luce propria.

Bailey si ficcò una forchettata di uova in bocca, poi notò sua nonna che la fissava. «Che c'è?»

Jean scosse la testa, sperando che il sorriso che sentiva dentro le trasparisse anche dal viso ma temendo di apparire solo sbalordita, com'era in realtà.

«Che c'è?» chiese di nuovo Bailey, questa volta più forte e in tono più agitato, e Jean si riscosse dal suo stordimento.

Si affrettò a distogliere lo sguardo e ad aprire il tovagliolo per metterselo in grembo. Poi assaggiò le uova. «Hai ragione. Le rose sono molto belle» disse.

Le uova erano secche. E molto pepate... Jean si rese

conto all'improvviso che era stato il pepe nero a renderle così grigiastre. Il bacon le rimase in gola e i toast erano così duri che per poco non le spezzarono un dente. Eppure stranamente quella le sembrava la colazione più deliziosa degli ultimi anni.

I fiori non fecero il miracolo. Jean e Bailey non parlarono durante la colazione. Non chiacchierarono di ragazzi o dell'università o di balli scolastici. Bailey continuava a irradiare rabbia e frustrazione a ogni boccone, a ogni parola non detta, e Jean sapeva che non ci sarebbe voluto molto a farla esplodere di nuovo.

Ma c'era qualcos'altro... Un riconoscimento, un'apertura. E Jean sarebbe stata una sciocca a non restare seduta lì in silenzio a mangiare uova secche e bacon bruciato e a non amare ogni minuto di quel momento.

«Grazie per aver preparato la colazione, Bailey» mormorò alla fine quando entrambe ebbero finito di mangiare.

«Ho fatto un casino» ribatté Bailey.

«Per me era tutto buonissimo.»

Bailey appoggiò le mani sul bordo del tavolo e Jean fu sicura che sarebbe scappata via e che l'incantesimo si sarebbe spezzato. Ma non le importava. Anche se per poco era stato bello.

Dopo tutto, sua nipote aveva colto dei fiori per lei.

«Possiamo andare a fare shopping oggi?» chiese invece Bailey.

Jean restò di stucco. «Shopping? Hai bisogno di qualcosa?»

«Ho bisogno solo di andare a fare shopping» ribatté con asprezza la ragazza, ma poi sembrò pentirsene. Non guardò Jean, ma fissando il tavolo aggiunse: «È tanto che non lo faccio. Ma tu non devi comprarmi niente». A Jean sembrò che la voce di sua nipote avesse assunto un tono più dolce, da bambina che cerca di contrattare con un adulto per ottenere quello che vuole. Le si spezzò il cuore.

«Ma certamente» rispose. «Sicuro che possiamo andare a fare shopping. E se ti serve qualcosa, te la comprerò io.»

Bailey annuì, poi spinse indietro la sedia e si alzò per raccogliere i piatti e i bicchieri e portarli in cucina.

Jean rimase seduta, troppo scioccata per potersi muovere e spaventata dall'entusiasmo che provava per questa nuova situazione che si era creata. Non poté far altro che fissare i fiori e chiedersi se Wayne stesse vedendo quanto stava succedendo.

Come se potesse leggerle nel pensiero, dalla cucina Bailey disse: «I fiori hanno qualcosa a che vedere con lui, vero? Con mio nonno?».

Jean si alzò, ripiegò i tovaglioli, poi ci ripensò e li appallottolò. Avrebbe dovuto lavarli. Da quanto tempo non li lavava? Si spazzolò la camicia dalle briciole e andò in cucina, dove Bailey stava già riempiendo il lavello con l'acqua e il detersivo per i piatti.

«Sì» rispose. «E a lui avrebbe fatto piacere sapere che ti piacciono.»

«Possiamo uscire subito dopo aver lavato i piatti?» chiese Bailey.

«Certo. Vado a prepararmi.» Jean dovette costringersi a non correre su per le scale in preda all'entusiasmo, ma non riuscì a nascondere un sorriso.

«Non voglio portare anche lei, perciò è meglio che ce ne andiamo prima che si svegli» gridò Bailey dalla cucina e da come disse quel "lei", Jean capì fin troppo bene che stava parlando di Laura.

Jean andò verso la porta di sua figlia, ci poggiò sopra una mano e poi l'orecchio. Sentì il brusio della televisione, ma nient'altro. "Oh, Laura, per favore, apri gli occhi e renditi conto di quello che sta succedendo" pensò, ma poi indietreggiò e si affacciò alla balaustra.

«Va bene, solo noi» gridò e poi andò in camera sua per prepararsi.

# Capitolo Diciotto

Le mani di Jean tremavano intorno ai due bicchieri che stava portando. Sentiva lo sfrigolio della bibita e le bollicine che saltavano le pizzicavano leggermente i polsi. Bailey era accanto al microonde e stava versando burro fuso su una ciotola di pop-corn, mescolandolo con la mano. Jean si fermò un istante per godersi la gioia sul volto della nipote.

Laura entrò ciabattando nella stanza, scheletrica e smunta come sempre, ma con un aspetto leggermente migliore del solito. Forse si era persino messa un po' di fard, pensò Jean. E del mascara.

«Ciao» disse, e Bailey e Jean guardarono contemporaneamente l'orologio. Era insolito per Laura essere sveglia e in piedi a quest'ora. Di solito era ancora a letto o era tornata a letto o dovunque andasse tra le due cose. «Guardate un film?»

«Perché, sei qui per rovinarci la serata?» borbottò Bailey, e Jean avrebbe voluto rimproverarla, ma si trattenne. No. Non si sarebbe più messa tra quelle due.

«Una partita di baseball» disse invece. Passò un bicchiere a Bailey, che lo posò sul bancone e tornò a infilare la mano nella ciotola dei pop-corn. «Avevo intenzione di guardarla e Bailey ha deciso di unirsi a me. Pop-corn e una bibita sembravano l'aggiunta perfetta.»

Laura le guardò perplessa. «Non avevo idea che fossi un'appassionata di baseball» disse a sua figlia, con un tono che a Jean non piacque affatto.

«Ci sono un sacco di cose di me di cui non hai idea» ribatté con asprezza la ragazza.

«Sei la benvenuta se vuoi unirti a noi» disse Jean, aprendo l'armadietto per prendere un altro bicchiere. «Faremo degli altri pop-corn.»

«Non voglio distrarvi» disse Laura, chinandosi sul frigorifero aperto per cercare una bottiglia d'acqua. «Volevo solo dirvi una cosa.»

«Che sei a corto di vino?» ringhiò Bailey.

«No» ribatté Laura. Si appoggiò al bancone e aprì l'acqua. «Torniamo a casa. Partiamo domani.» Lo disse con noncuranza e una punta di malizia, come se stesse facendo un bello scherzo a tutti.

«Cosa? Perché?» chiese Bailey, lasciando ricadere la manciata di pop-corn nella ciotola.

«Che vuol dire, perché?» chiese Laura, tornando subito seria. «Perché voglio tornare a casa. Perché sto meglio. Perché è arrivato il momento.»

«Be', io non voglio più» ribatté Bailey. «E tu non stai meglio. Che mi dici del vino? Sappiamo tutti che hai bevuto quel vino l'altra sera. Continui a bere.»

«Ehi, aspetta un minuto.» Laura indicò sua madre. «Tua nonna ha bevuto lo stesso vino. E anche tutte le altre signore che erano qui per quel club, di qualunque cosa si tratti.»

«È un club del libro» puntualizzò Bailey. «E c'è una certa differenza tra un *bicchiere* di vino e una *bottiglia* di vino.»

«Le persone normali bevono il vino, Bailey. Non dovresti lasciare che tuo padre ti convinca che ogni volta che un adulto beve qualcosa, è automaticamente un alcolizzato.»

«Ma io non ho dovuto svegliare *ogni* adulto nella sua auto in garage la mattina. Ho dovuto farlo con te.»

«È diverso.»

Anche Jean posò la bibita sul bancone, dimenticando temporaneamente la partita. Aveva la sensazione che dovunque questa discussione le stesse portando, non sarebbe stato nulla di buono, e con tutta probabilità sarebbe finita con lei che guardava la partita da sola... o non la guardava affatto.

«In che senso è diverso?» gridò Bailey. «Non lo è! Stai solo trovando delle scuse.»

«Sto cercando di riparare ai miei errori» ribatté Laura in tono più gentile. «Anche tuo padre tornerà a casa. Ho parlato con lui questa mattina.»

«Io non voglio niente da te» disse Bailey. «Voglio solo che mi lasci in pace. Sei brava a farlo. Non dovrebbe essere un problema per te.»

Bailey uscì come una furia dalla stanza e tornò dritta su per le scale. Aveva fatto quel percorso in preda alla rabbia così tante volte che Jean immaginò che ormai avesse consumato la moquette dei gradini...

Laura sospirò e si accasciò contro il bancone. «Non riesco mai a soddisfarla» mormorò. «Prima vuole andarsene, poi non vuole andarsene... Qualunque cosa è l'opposto di quello che voglio fare io.»

Jean non sapeva cosa dire. Dopo quello che aveva visto non poteva certo biasimare Bailey per essere scettica... E per fare la difficile con Laura e Curt. Ma allo stesso tempo si sentiva dispiaciuta per sua nipote. Non riusciva a guardarla senza vedere la bambina dentro di lei. La *sua* bambina. Anche se il loro rapporto ormai da anni non era più lo stesso, lei voleva ancora che Laura fosse felice. Che stesse bene. Che avesse una buona vita. E voleva credere in lei. Voleva credere che avrebbe mantenuto le promesse che stava facendo a Bailey.

«Tornerà di sotto» disse Jean, e sperò che fosse vero. Le sarebbe davvero piaciuto guardare la partita insieme.

Non aveva chiesto lei a Bailey di farle compagnia. Stava semplicemente facendo un po' di zapping tra i canali per cercare quello giusto quando sua nipote era entrata nella stanza, timidamente e con un certo imbarazzo.

«Che fai, ti guardi qualche filmetto erotico da abbinare con quel libro che stai leggendo?» aveva chiesto con il suo solito modo di fare irritante, ma con un tono di voce più pacato.

Jean aveva scosso la testa. «Giocano i Royals. Non sono un'appassionata di baseball, ma tuo nonno lo era. A volte credo di guardare le partite solo per abitudine. Pensavo di fare dei pop-corn, però, se ti vanno.»

«Non mi piace lo sport» aveva ribattuto Bailey. «Hai mai messo cannella, zucchero e burro sui pop-corn?»

«No» aveva risposto Jean. «Però mi pare una buona idea. Praticamente un dolce.»

«È una cosa dolce e salata allo stesso tempo» aveva detto Bailey. «Possiamo farne due confezioni? Una normale e una con zucchero e cannella? Tipo cena e dolce?»

«Ma certo» aveva detto Jean, correndo alla dispensa per prendere le buste. Bailey aveva tirato fuori lo zucchero e la cannella dagli armadietti insieme a una grossa ciotola per metterceli dentro.

Non era stato un momento particolarmente intimo. A volte erano nella stessa stanza, ma era come se non lo fossero davvero, ognuna perduta nel proprio mondo, ognuna con la paura di dire qualcosa che potesse dare vita a un rapporto che un giorno o l'altro sarebbe dovuto finire.

E all'improvviso quel giorno era arrivato.

«Quindi partite domani?» chiese a Laura.

«L'idea è quella» rispose sua figlia. «Lo so, in fondo non vedi l'ora, giusto?»

Jean scosse la testa, perplessa. «Perché dici una cosa del genere?»

Laura le lanciò un'occhiata esasperata. «Mamma, non sono sorda. Ti ho sentito piangere nella tua stanza. Ti ho sentito parlare con Santo Kenny. Ti ho sentito lamentarti con le tue amiche. Ho capito. Siamo un peso. Specialmente Bailey.»

Forse prima poteva anche essere stato vero, pensò Jean. Ma poi aveva cominciato a essere felice di quel peso. Aveva cominciato a essere felice dell'atteggiamento strafottente di Bailey, dei suoi commenti sgarbati, del suo comportamento sgradevole, delle loro colazioni in cui regnava un silenzio imbarazzante e delle escursioni a fare shopping. Oramai si sentiva coinvolta nella vita di Bailey e non capiva come avesse potuto trascorrere tutti quegli anni senza avere sua nipote vicino.

«Lei non vuole andarsene» disse a Laura.

«È una ragazzina. Non vogliono fare mai quello che gli dicono gli altri. Verrà con me.»

«No, ma lei...» La voce di Jean si spense.

«Lei cosa?»

«Lei si sta finalmente ambientando» concluse Jean.

«Si ambienterà di nuovo a casa sua» ribatté Laura. «Quando sarà di nuovo lì ricorderà quanto voleva tornare. Ascolta, faremo le valigie questa notte e partiremo domattina. Vuoi che ti svegliamo?»

«No» disse Jean, sentendosi vicina alle lacrime senza capire il perché. Laura aveva ragione: si era lamentata spesso della loro presenza. A volte sembrava che non se ne sarebbero mai andate. Aveva temuto di crollare o che sarebbe crollata la casa con loro dentro. Ma ora che se ne andavano, tutto ciò a cui riusciva a pensare era che lei e Bailey non erano neppure riuscite a mettere lo zucchero e la cannella sui pop-corn.

«Non vuoi che ti svegliamo prima di partire?»

«No, non voglio che ve ne andiate.»

«Perché no? Sei infelice con noi qui.»

«Almeno lascia qui Bailey» disse Jean, consapevole della disperazione che traspariva dalla sua voce, ma incapace di mascherarla. «Fino all'inizio della scuola. Tu e Curt potrete trascorrere un paio di settimane da soli a rimettere a posto le cose.»

Laura scosse la testa, irritata. «No. Non ci servono un paio di settimane per rimettere a posto le cose e poi chi ha voglia di guidare di nuovo per tutto lo stato per riprenderla? Partiamo domattina.»

Laura andò a fare le valigie e Jean si ritrovò a fissare la ciotola di pop-corn senza vederla, cercando di convincersi che il fatto che partivano fosse un bene. Gli incontri del suo club del libro non avrebbero più dovuto essere sospesi. Lei non avrebbe più dovuto preoccuparsi che Bailey la mettesse in imbarazzo di fronte a tutti. Non avrebbe più dovuto ripulire i pasticci causati dalle sfuriate di sua nipote. E la casa sarebbe stata nuovamente silenziosa e sotto controllo.

Ma Jean non riusciva a scrollarsi di dosso l'idea che silenziosa e sotto controllo non era più quello che voleva, che quando Bailey se ne sarebbe andata, silenziosa e sotto controllo l'avrebbe fatta sentire... sola. Prima della morte di Wayne la casa non era quasi mai silenziosa e sotto controllo. Lei si sarebbe sentita più vedova che mai quando tutto sarebbe stato di nuovo silenzioso e sotto controllo, con niente che si muoveva, nessuno che la sfidava. Da quando silenzioso e sotto controllo erano diventati sinonimi di deprimente? O lo erano sempre stati?

Prese la ciotola di zucchero e cannella, quella che Bailey aveva preparato da versare sopra i pop-corn. C'erano dei piccoli solchi nella mistura nel punto in cui Bailey aveva premuto le dita sui granelli dopo essersele leccate. Jean scosse leggermente la ciotola fino a coprire tutti i segni, lasciando la superficie liscia come se niente l'avesse toccata. Era facile cancellare ogni traccia di Bailey...

Alla fine non se la sentì di versare la mistura sui popcorn. Spense la tv, gettò via i pop-corn e la soda e andò a letto.

# Capitolo Diciannove

Jean spinse il suo carrello lungo la corsia dei prodotti per la colazione più in fretta che poté. Da quando Bailey se n'era andata, non era riuscita a impedirsi di comprare i Pop-Tart, quelli alla ciliegia in particolare, i preferiti di sua nipote. Sapeva che era una cosa stupida. Lei non li avrebbe mai mangiati e Bailey non sarebbe tornata tanto presto. Le scatole si stavano accumulando nella dispensa, tutte in fila come tristi animali domestici in attesa che il loro padrone tornasse a casa. Ma Jean continuava a comprarle. In qualche modo comprare i Pop-Tart la faceva sentire più vicina a Bailey.

Jean si rendeva perfettamente conto che era un sentimento sciocco. In fondo non si erano mai avvicinate veramente. La mattina in cui erano partite, Bailey non l'aveva neppure abbracciata.

«Grazie di tutto» aveva detto senza neppure alzare lo sguardo su di lei, con il cuscino e la coperta strette al petto come quando era arrivata all'inizio dell'estate. «Di' alle vecchie galline che non è stato male.» Poi, quando stava per uscire, si era fermata. «E di' a quella vecchia gallina che la sua torta era buonissima.»

Ed era finita lì. Bailey era uscita dal portone e si era sistemata sul sedile posteriore dell'auto di sua madre. Laura l'aveva seguita fuori, trascinando con sé una grossa valigia. «Ti chiamo quando arriviamo» aveva detto poco prima di mettersi al volante. Ma ovviamente non l'aveva fatto. Alcune cose non cambiano mai.

Niente abbracci, niente lacrime, un giorno come tanti. Jean aveva tolto le lenzuola dai loro letti e passato l'aspirapolvere nelle stanze prima di pranzo.

Ma aveva comunque continuato a comprare i maledetti Pop-Tart.

Proprio mentre stava per raggiungere la fine della corsia vide Janet che si infilava nella corsia accanto. «Janet!» la chiamò. «Ciao!» Janet si bloccò, guardandosi intorno con circospezione, come una ricercata.

«Ciao, Jean.»

Jean la raggiunse. «Hai ricevuto la mia e-mail? Riguardo al club? Bailey e Laura sono tornate a casa, perciò ho pensato che potremmo vederci martedì prossimo.»

Janet annuì. «Sì, io... Ehm...» Arrossì in tipico stile Janet e si morse nervosamente il labbro inferiore. «A questo riguardo... volevo dirti...»

Jean si sentì sprofondare. Aveva temuto che potesse accadere. Si erano prese una pausa e ora il club sarebbe morto per sempre. «Per favore, no» disse.

Proprio in quel momento un uomo con una polo gialla sbucò all'improvviso dall'angolo della corsia del pane.

«Janet!» tuonò. La sua testa era così lucida che rifletteva le luci sul soffitto. Janet sobbalzò e piegò le ginocchia come se volesse scattare per correre via. Ma rimase lì e l'uomo la raggiunse come una furia. Poi la guardò, scuotendo la testa come se con lei le parole fossero inutili. «Il bancone del pesce non si pulirà da solo. Ti ho detto di pulirlo e mi aspetto che tu lo faccia. Invece non mi pare di averti detto di andartene in giro a chiacchierare con le amiche, vero?»

Janet scosse la testa senza alzare lo sguardo.

«Allora vai, e la prossima volta che dovrò venire a ricordarti di fare un lavoro, non avrai più nessun lavoro da fare.»

E si allontanò lungo la corsia della pasta, fermandosi per raddrizzare una confezione di spaghetti che qualcuno aveva inavvertitamente spostato. Jean guardò meravigliata la sua amica. Come riusciva a lavorare ogni giorno con un uomo del genere?

«Ti lascio andare» disse. «Ma ci vediamo martedì prossimo, va bene? A casa mia. Tutti dolci.»

Janet annuì e Jean si voltò per andarsene, ma proprio mentre faceva un passo, sentì la vocina di Janet alle sue spalle. «Ci sei a casa, stasera? Io stacco alle sei.»

«Sì. perché?»

«Ho bisogno di parlarti. Faccio un salto da te.»

Janet corse via verso il bancone del pesce, dentro al quale Jean la trovò quasi tutta infilata poco più tardi nel tentativo di pulire l'interno del vetro con uno straccio. Jean passò di nuovo lungo la corsia dei cereali, dove prese un'altra scatola di Pop-Tart, pensando che avrebbe potuto spedirli a Bailey (sarebbe stata una bella sorpresa, un pacco di Pop-Tart di tutte le varietà), ma sapendo che probabilmente non l'avrebbe mai fatto, perché le piaceva vederle nella dispensa, anche se non sapeva spiegarselo.

Più tardi, quando tornò a casa, Loretta fece un salto da lei con la pagina di una rivista che aveva strappato nello studio del suo dottore.

«I migliori libri su cui discutere di quest'anno, secondo...» Guardò l'articolo. «Non mi ricordo. Secondo questi tizi, chiunque siano. C'è anche un libro sui vampiri nell'elenco.»

Jean fece una smorfia. «Ricordi l'ultima volta che abbiamo provato a leggere un libro sui vampiri? Nessuna di noi è riuscita a finirlo. Anzi, se ricordo bene, abbiamo bandito tutti i libri sui vampiri.»

«Quello era prima che avessi la geniale idea di leggerlo ad Halloween. Potremmo persino mascherarci per la riunione. Ho un completo che sarebbe perfetto.»

«No» rispose Jean, prendendo l'elenco e scorrendolo. «Alcuni di questi però mi sembrano adatti. Ho sentito qualcuno parlare di *Dove vai Bernardette?* dal parrucchiere l'altro giorno. Dovrebbe essere un bel libro.» Restituì l'elenco a Loretta. «E non serve mascherarsi.»

Loretta prese l'articolo e lo ripiegò. «Be', ma così non è divertente.»

«Io sono così, la Nonna Noiosa. Chiedilo a Bailey.»

«Come sta la vecchia, cara, impertinente Bailey?»

Jean si strinse nelle spalle. Non aveva modo di sapere come stava sua nipote. Non erano mai arrivate a essere tanto intime da chiacchierare della loro giornata, ma prima non le era dispiaciuto più di tanto. Ora sentiva la mancanza di Bailey tutti i giorni. «Immagino che... nessuna nuova, buona nuova» disse.

«Un atteggiamento positivo» convenne Loretta mentre si chinava per prendere una bibita dal frigorifero di Jean. «Ne vuoi una?»

«Certo.»

Aprirono le loro lattine e andarono a sedersi sul dondolo del portico davanti a casa. I bambini dei vicini stavano giocando a palla, fermandosi di tanto in tanto per litigare su chi fosse "fuori" in un gioco che Jean non riusciva a decifrare. Il loro cane li osservava appoggiato alla staccionata e abbaiava. A Jean piaceva osservare i bambini, guardare i loro giochi e il modo in cui litigavano, ridevano, gridavano felici o persino tenevano il broncio. Era bello vedere qualcuno felice. Le ricordava che anche lei doveva trovare un po' di felicità.

Aveva completamente dimenticato Janet, perciò quando il pick-up verde entrò nel suo vialetto, lo guardò perplessa. Ma quando la portiera si aprì e scese Janet, lei e

Loretta la salutarono con la mano. Jean si alzò per andarle a prendere una bibita, ma Janet rifiutò.

«Non posso restare» mormorò, cominciando ad avvampare dal collo in su.

«Non vedevi l'ora di vederci, eh?» chiese Loretta. «Sei un po' in anticipo per il nostro incontro della prossima settimana.»

Jean diede una spallata affettuosa all'amica. «Non ascoltarla. Anche lei è venuta qui con un elenco di libri.»

«Sì, e una buona notizia. Abbiamo scelto un altro libro di Thackeray» aggiunse Loretta. «Questo è intitolato *Come tutta l'umanità può prendermi a calci in culo*.»

Jean la guardò stupita e Janet ridacchiò, sistemandosi sul gradino del portico poco distante dal dondolo. «Non posso credere che tu abbia detto una cosa del genere» disse Jean trattenendo a stento una risata. «Peggiori di giorno in giorno.»

«Alla mia età preferisco pensare che peggioro di ora in ora. Altrimenti non raggiungerò mai il mio obiettivo.»

«Non leggeremo un altro romanzo di Thackeray» disse categorica Jean. «Prima piuttosto leggeremo quel libro sui vampiri. Thackeray è stato ufficialmente bandito.»

«In realtà è proprio di questo che volevo parlarti» disse Janet. «Be', non solo di Thackeray. Anche di Rodney.»

«Chi è Rodney?» chiese Loretta, rivolgendosi a Jean. Jean si strinse nelle spalle.

«Il mio capo. Jean l'ha incontrato un paio di volte.»

"'Incontrato' è un'esagerazione" pensò Jean. "È più tipo 'l'ho visto urlare'."

L'espressione di Janet si indurì. «È un vero bastardo. Da molti punti di vista è un po' come in quel libro. Ricordate quando il narratore dice che l'unica cosa per cui sono buone le donne grasse è per spostare i mobili per poterci spolverare sotto?»

Jean e Loretta annuirono.

«Se solo sapesse quanto si sbaglia. Io non spolvero mai sotto i mobili» commentò Loretta. «Anche se di tanto in tanto mi viene voglia di spolverare Chuck, giusto per assicurarmi che sia ancora vivo.»

Janet si schiarì la voce, ma quando iniziò a parlare le tremò ugualmente. «Rodney me l'ha detto oggi. Ha detto: "I grassi sono inutili, a meno che non ti serva di sollevare qualcosa di pesante o di abbattere una parete".»

«Oh, mio Dio» esclamò Jean. «Non è possibile.»

Janet annuì. «E dice continuamente cose del genere. Mi urla sempre contro di fronte ai clienti e mi chiama Cicciabomba e poi dice cose che mi mettono in imbarazzo, e io sono davvero stufa.»

«Ne hai parlato con qualcuno? Con il *suo* capo, magari?»

Janet scosse la testa con espressione infelice. A Jean sembrò che avesse gli occhi lucidi. «Ho paura a farlo. Temo che riderebbero di me e mi prenderebbero in giro anche loro. Oppure mi licenzierebbero, e i soldi ci servono davvero, in questo periodo. È stupido, lo so.»

«Oh, tesoro, non è affatto stupido. Tu sei timida. Non puoi farci niente» cercò di consolarla Jean. Persino Loretta sembrava a corto di battute di spirito in quel momento. «Ma lui si sbaglia. E ha bisogno che qualcuno gli dica *quanto* si sbaglia. Ha bisogno che qualcuno lo rimetta al suo posto.»

«È proprio questo il problema» disse Janet. «Il motivo per cui volevo parlarti. Perché Thackeray è come lui, solo che non dice quelle cose solo a me. Le dice a ogni donna grassa che c'è lì fuori.»

«Oh, ma dai! Lui non odia solo le grasse» intervenne Loretta. Bevve un sorso della sua bibita. «Praticamente ce l'ha con tutte le persone che non hanno un pene.»

«Esattamente» ribatté Janet. «E diffonde queste sue stronzate nei suoi libri.» Si bloccò e sgranò gli occhi, come se non riuscisse a credere che una parola del genere fosse uscita dalla sua bocca.

«Be', non devi preoccuparti. Abbiamo letto il nostro ultimo libro di Thackeray» disse Jean. Alzò una mano. «Decisione del capo.»

Janet strinse le labbra, poi disse: «Io credo che Bailey avesse ragione. Dovremmo invitarlo alla nostra riunione. Dovremmo dirgli quello che pensiamo di lui».

Jean e Loretta si scambiarono un'occhiata sbalordita, poi Loretta scoppiò a ridere.

«Me lo immagino... "Caro signor Thackeray, la prego, attraversi mezzo paese per venire da noi in modo che possiamo dirle che razza di bastardo vanitoso e gradasso pensiamo che sia." Non credo che funzionerà.»

«Ma potrebbe valere la pena tentare» obiettò Janet.

«Pensi davvero che verrebbe qui per farsi criticare da noi?» chiese Loretta.

«Be', no» rispose Jean. «Ma non dobbiamo dirgli perché lo vorremmo qui. Dobbiamo solo chiedergli di venire.»

«E prima che si renda conto di ciò che sta succedendo, gli diremo quello che pensiamo di lui. Io potrei sedermi sopra di lui, se tentasse di andarsene. Proprio come Tess con quel ragazzo in *Colpa*. Potrebbe apprezzare l'ironia...» disse Janet, e poi si mise la mano sulla bocca per nascondere una risata.

Loretta agitò la sua bibita contro Jean e Janet. «Voi due siete pazze. Non succederà mai.»

«Non dobbiamo far altro che chiedere» disse Janet. «Alle brutte che può succedere? Solo che dica di no.»

«No, alle brutte può succedere che dica di sì» ribatté Loretta. «Quel tizio è un vero bastardo.»

Jean guardò le sue amiche, ricordando il giorno in cui Bailey aveva proposto la stessa identica cosa durante la riunione del club. Ricordando il coraggio con cui si era messa in gioco davanti a un gruppo di estranee con il triplo o il quadruplo dei suoi anni e aveva espresso chiaramente la sua idea.

Invitare Thackeray ora sarebbe stato un affronto per Bailey, perché lei non avrebbe potuto essere lì a dirgli quello che pensava di lui. E Jean non poteva fare questo a sua nipote, non ora.

«Secondo me dovremmo invece aiutarti ad affrontare Rodney» disse in tono pacato e si sentì sprofondare quando vide scemare l'entusiasmo sul volto dell'amica. Janet non ce l'aveva con il mondo intero come Bailey. Sua nipote affrontava un rifiuto con la rabbia; Janet sembrava volesse gettarsi sotto a un treno. «Loretta ha ragione. Thackeray non verrà mai qui.»

«E quindi non dovremmo neppure provare?» chiese Janet con voce tremante.

«No. Dovremmo semplicemente dimenticare e andare avanti» ribatté Jean, ma non era sicura se lo stesse dicendo alla sua amica o, piuttosto, a se stessa, e neppure di cosa stesse parlando veramente.

Stava dicendo a se stessa di dimenticare il libro di Thackeray e andare avanti?

O parlava della morte di Wayne?

O della perdita di Bailey?

# Capitolo Venti

Jean aveva il televisore acceso al massimo del volume che riusciva a sopportare. Non che stesse guardando davvero quello che stavano trasmettendo (un reality sulla gravidanza che piaceva a Bailey), ma in casa era tutto così silenzioso senza sua nipote...

Jean non l'aveva mai notato prima, ma i tubi facevano degli strani rumori nei momenti più impensati. L'orologio in cucina ticchettava in maniera insopportabile. E l'albero fuori dalla finestra dello studio grattava in maniera irritante contro la grondaia.

Come aveva fatto a non notare queste cose prima?

Il silenzio... Interminabile. Beffardo. Doloroso.

Jean aveva creduto di essere stata tormentata dal silenzio dopo la morte di Wayne, ma in qualche modo il silenzio dopo la partenza di Bailey sembrava ancora più assordante, più opprimente.

Jean aveva preso l'abitudine di canticchiare e a volte persino di cantare ad alta voce vecchi motivi di sigle televisive, canzoni famose e persino canti di Natale, anche se le feste erano ancora molto lontane. Sbatacchiava i piatti e lasciava chiudere gli sportelli con un tonfo e accendeva la tv a tutto volume.

Non serviva a niente.

Le sembrava ancora di sentire i tonfi dei passi di Bailey

che scendeva le scale, aveva ancora l'impressione di udire lo scricchiolio della porta della dispensa quando sua nipote la apriva per cercare un Pop-Tart. Desiderava con tutto il cuore un imprevisto, un qualcosa che interrompesse la sua giornata... Una follia o una piazzata alla Bailey.

Mai, neppure in un milione di anni, avrebbe creduto che quelle cose le sarebbero mancate.

Ma in qualche modo, inspiegabilmente, era così.

Si accasciò sul divano e aprì un libro di Kent Haruf. Lei e Wayne avevano adorato i suoi libri, con i loro toni morbidi, rurali e i personaggi familiari. Con il conforto che davano.

Ma mentre cominciava a leggere, fu spaventata dal suono del campanello.

"Chi può essere?" mormorò tra sé e sé mentre posava il libro e andava verso le scale. Raramente riceveva visite, specialmente a quell'ora tarda.

Prese uno dei vecchi bastoni da passeggio di Wayne dal portaombrelli accanto alla porta d'ingresso, ma poi si sentì sciocca e lo rimise a posto. Santo cielo, non tutti i visitatori che arrivavano a quell'ora erano lì per ucciderla...

Aprì la porta e fu accolta da un gran baccano di urla e acclamazioni. Fece un balzo indietro, frastornata.

«Uscita tra amiche!» gridò Loretta, sollevando una bottiglia di vodka sopra la testa. Il suo urlo fu accompagnato dai gridolini eccitati di May, Mitzi e Dorothy, dietro di lei, che agitavano le braccia con entusiasmo. C'era persino Janet con loro, che non urlava, ma sorrideva timidamente.

«Che succede?» chiese Jean sbalordita. «Mi hai fatto quasi venire un colpo, Loretta.»

«Questa» disse Loretta, spingendo Jean da parte e guidando le altre in casa «è la serata della nostra "uscita tra amiche". A quanto pare è una cosa molto in voga tra le ragazze, ultimamente» spiegò quando Jean la guardò perplessa.

«Ti portiamo via con noi, bella!» esclamò Mitzi seguendo Loretta in cucina.

«Preparati a divertirti» aggiunse May, abbracciando Jean. «Ne hai bisogno.»

Jean sentì il tintinnio dei bicchieri che Loretta aveva cominciato a tirare fuori dall'armadietto della cucina. Chiuse la porta dietro Janet e la seguì dentro casa.

«È tardi» si lamentò.

«Ma va, sono appena le nove» ribatté Loretta, versando due dita di vodka in ciascun bicchiere. «Non fare la vecchia rincoglionita.» Spinse il bicchiere in mano a Jean. «Bevi. Sei già un bicchiere indietro rispetto a noi altre.»

Perplessa, Jean prese il bicchiere, cercando ancora di capire cosa stava succedendo. Di sotto la tv continuava a urlare e lei non riusciva a rendersi conto di come fosse passata dal *non* guardare un programma sulle gravidanze e prepararsi a leggere un buon Kent Haruf al tenere un bicchiere di vodka in mano e avere un gruppo di inattese visitatrici nella sua cucina, che a loro volta tenevano ciascuna un bicchiere in mano e la guardavano con trepidazione.

May rise. «Non fare quell'espressione così scioccata, Jean. Abbiamo tutte l'età per bere.»

«Non sono scioccata» rispose Jean. Poi ci ripensò. «Be', in effetti sì, sono un po' scioccata. Non abbiamo mai fatto una cosa del genere prima.»

«Proprio per questo» disse Loretta, appoggiando i gomiti sul bancone. «È ora di cominciare.»

«Hai avuto tanti di quei problemi ultimamente con Laura e Bailey che abbiamo pensato che avrebbe potuto farti bene un po' di svago» disse Mitzi. «È stancante prendersi cura di un'adolescente problematica.»

Dorothy sollevò il suo bicchiere. «A chi lo dici!»

«Bailey non era un problema» ribatté Jean, ma in tono poco convinto. Chi poteva negare che Bailey avesse tentato di essere esattamente questo, un problema?

May scivolò dallo sgabello su cui era seduta e le mise un braccio intorno alle spalle. «Tu ti prendi sempre cura di noi. Ci dici cosa leggere, pensi a quello che mangiamo...»

«Oh, e quanto mangiamo!» esclamò Loretta, sollevando di nuovo il bicchiere.

«Prendi le presenze» continuò May. «Guidi la discussione.»

«Che regolarmente devia su tutt'altri argomenti...» concluse Jean.

«Be', quella è colpa di Loretta» replicò May. «Il punto è che tu ti prendi sempre cura di noi, perciò è arrivato il momento di renderti il favore.»

«E poi non balliamo mai abbastanza durante le nostre riunioni» aggiunse Loretta.

«Ballare?» chiese Jean. Lei non ballava da... be', non riusciva a ricordare da quanto.

«È un'*uscita* tra amiche, Jean. E quindi usciremo. Andremo all'Electric Oregano. Quindi ora è meglio che ti vesta.»

Jean aveva sentito parlare dell'Electric Oregano: era un nightclub sempre molto affollato del centro. «Io non...» cominciò a dire, ma si interruppe. Perché no? Perché non avrebbe dovuto? Perché continuare a trascinarsi in giro per questa vecchia casa facendo rumore come un vecchio fantasma solitario? Perché non uscire e divertirsi un po' con le amiche tanto per cambiare? Ridere un po', ballare un po', bere un po'. Wayne era morto, ma per Dio, lei era ancora lì con un cuore che batteva e fiato nei polmoni. «Va bene» disse, in tono più convinto di quanto non si sentisse in realtà. «L'Electric Oregano. Perfetto.»

«Brava, così ti voglio!» esclamò Loretta e sollevò di nuovo il bicchiere. «Ai libri!»

«Ai libri!» urlarono tutte e svuotarono i loro bicchieri.

Era passato molto tempo dall'ultima volta che Jean aveva bevuto della vodka, ma non ricordava che avesse quel sapore. Aveva qualcosa di familiare, di questo era sicura, ma c'era anche qualcos'altro dentro. Esaminò il bicchiere. «Cos'è questa roba?»

Loretta girò la bottiglia per mostrargliela. «Vodka al gusto di ciambella. Usciamo stasera, Jeanie, quindi via alle stranezze!» Riempì di nuovo i bicchieri. «Un altro prima di uscire.» Le fece l'occhiolino. «Non preoccuparti, ho trovato un autista sobrio per noi. Da' un'occhiata.»

Jean, che già si sentiva un po' su di giri per la vodka, andò nello studio e guardò fuori dalla finestra. Parcheggiata nel vialetto c'era la monovolume di Loretta, con un'ombra nel sedile del guidatore che a Jean sembrò di riconoscere.

«Quello è... Chuck?» chiese, incredula. «L'hai convinto ad alzarsi dalla poltrona?»

«Sì! A quanto pare la ragazzotta qui presente ha ancora qualche asso nella manica...» gridò Loretta dalla cucina.

«E poi non guasta che il bar dello sport accanto all'Electric Oregano abbia degli ottimi nachos e un maxi-schermo» aggiunse Mitzi.

«Alla salute!» gridò Loretta, e Jean sentì di nuovo il tintinnio dei bicchieri.

Se Jean stava cercando una chiassosa distrazione, era decisamente venuta nel posto giusto. L'Electric Oregano era rumoroso... in maniera assordante. E fiocamente illuminato dai toni pulsanti del rosso, dell'arancio e del blu che si riflettevano sulla maglia di paillettes argentate di Loretta come fosse una palla da discoteca, cancellando le rughe e i capelli grigi di tutte le altre. La pista da ballo vibrava, brulicante di corpi, e la condensa offuscava le finestre tutto intorno.

Era favoloso.

Le signore scelsero un tavolo sul fondo, vicino alla toilette, con Loretta che spiegava che era ormai parecchio che non metteva alla prova la propria vescica con una bella quantità di alcol, e che quindi era meglio andare sul sicuro. E poi lì era leggermente più tranquillo. Potevano parlare senza rompersi le corde vocali, cosa della quale, per qualche ignota ragione, Mitzi era un po' preoccupata.

May ordinò una caraffa di margarita per tutto il tavolo e quando il cameriere la portò, a Jean sembrò davvero enorme. Se l'avessero bevuta tutta, sarebbero riuscite a svegliare Chuck nel bar accanto e a trovare la strada per la monovolume? Jean ne dubitava, perciò cercò di ricordarsi di fare piccoli, piccolissimi sorsi e di non essere mai la prima a riempirsi il bicchiere, il che non era un'impresa difficile, con Loretta al tavolo con lei...

«Te lo giuro, Loretta, non so come fai» disse Jean, quasi urlando sopra la musica. «Riusciresti a tenere testa a tutti questi ragazzini!» E indicò la folla di giovani che girava intorno al bar.

Loretta bevve un sorso del suo Margarita e si toccò la tempia. «L'età è tutta una questione mentale» rispose.

«Uhm, non saprei» obiettò Dorothy. «Secondo la mia esperienza, l'età è anche nelle tette.»

Mitzi scoppiò a ridere. «Santo cielo, Dot, se non ti conoscessi, direi che sei un po' alticcia. Dai, balliamo.»

«Non ho mai sentito questa canzone in vita mia» disse Jean.

«Neppure io» rispose Mitzi. «Ma mi piace.»

Mitzi si alzò e porse il braccio a Dorothy, che la seguì. Le due amiche barcollarono verso la pista da ballo, con Loretta che balzò in piedi e trotterellò dietro di loro gridando qualcosa che Jean non riuscì a capire. May ridacchiò e si alzò lentamente per seguirle.

«Perché no?» gridò da sopra la spalla prima di tuffarsi tra la folla.

Jean e Janet rimasero da sole al tavolo, guardando entrambe verso il centro della sala. Jean notò che la sua amica si mordeva il labbro come faceva quando era nervosa.

All'improvviso provò un'ondata di affetto per Janet. Quella povera ragazza era molto timida, ma non aveva mai smesso di starle vicino. Doveva aver attinto a tutto il suo coraggio per convincersi a trascorrere una notte fuori con Loretta e un centinaio di persone molto più giovani di lei. Eppure aveva accettato di venire.

Jean svuotò il proprio bicchiere. «Andiamo.»

Janet la guardò, terrorizzata. «Oh, no. Non posso.»

«Certo che puoi» ribatté Jean.

«Farò una figuraccia. Non sono mai andata a ballare!»

«Mai?»

Janet scosse la testa. «Non ho ballato neppure al mio matrimonio. È che sono così...» Indicò il proprio corpo e si strinse nelle spalle.

Jean ebbe un improvviso flashback di Bailey che camminava lungo il bordo della piscina, nuda come il giorno in cui era nata, senza timore di essere vista. Oh, ad avere quella sicurezza di sé!

Guardò le sue amiche sulla pista da ballo. Con le loro scarpe comode e i jeans a vita alta erano come un pugno nell'occhio in quel mare di ventenni o giù di lì. Sembravano un gruppo di arzille vecchiette dell'ospizio che ballonzolavano schioccando le dita a ritmo di musica e battendo le mani. Persino May, che era ancora ben lungi dall'essere vecchia, sembrava fuori posto tra quelle ragazze sexy. Ma ridevano felici mentre ballavano. Si chinavano l'una verso l'altra e gridavano e poi gettavano indietro la testa e scoppiavano in una sonora risata. E nessuno diceva niente. Nessuno sembrava neppure notarle.

«Se possono farlo loro, possiamo farlo anche noi» disse Jean, indicando Loretta e le altre.

Janet si morse di nuovo il labbro, poi annuì. «Hai ragione» disse. «Va bene.»

Si alzarono contemporaneamente, voltandosi verso la pista da ballo, con le luci che rimbalzavano sui loro visi. Jean guardò Janet e sorrise. Janet ricambiò il sorriso.

E poi si avviarono insieme per raggiungere le altre.

«Credo di essermi stirata dei muscoli» disse Loretta. «Credete sia possibile?»

Erano tutte di nuovo a casa di Jean, accasciate sui cuscini, con le tazze in mano. Jean aveva portato la caffettiera giù in salotto e aveva fatto il caffè proprio lì sul tavolino, in modo da non dover affrontare di nuovo le scale, in parte perché erano ancora un po' alticce e in parte perché erano già doloranti per il ballo.

«Non mi sento i piedi» disse Jean. «Credo di averli lasciati nel locale.»

«Ti stavi muovendo piuttosto bene durante quella canzone di Pitbull» disse May.

«Ricordami un po' chi è Pitbull» intervenne Mitzi.

«Te la canto» si offrì Loretta.

Ci fu un coro di «No!» e qualcuno le lanciò un cuscino.

«Era tanto che non restavo sveglia fino a quest'ora» disse Mitzi, guardando l'orologio. «Mi sento un po' stordita...»

«Be', non addormentarti ora o ti metteremo il reggiseno nel freezer» minacciò Loretta.

«Oh, mio Dio, ricordo quando lo facevamo durante i pigiama-party» disse May. «Le ragazze lo fanno ancora?»

«Non ne ho idea» disse Jean. «E giocano ancora a obbligo o verità?»

«Credo che ora si giochi a due verità e una bugia» suggerì Dorothy. «O almeno ho sentito i ragazzi che lo dicevano.»

«E come funziona?» chiese Jean.

Dorothy si riempì ancora la tazza e si appoggiò allo schienale. «Proprio come dice il nome. Ci si mette in cerchio e ciascuno dice due verità e una bugia e tutti cercano di indovinare qual è la verità. Sapete come sono i ragazzi. Dicono sempre tutti troppo e pensano sia divertente.»

Loretta tirò su i piedi sul divano. «Dai, giochiamo!»

«Cosa? No» disse May.

«Non siamo un po' troppo vecchie per questi giochi?» chiese Mitzi.

Loretta la guardò sgranando gli occhi. «Vuoi che ti ricanti quella canzone di Pitbull?»

«No!» urlarono tutte insieme e poi si misero a ridere.

«Io credo che dovremmo farlo» disse Janet, e tutte si voltarono a guardarla. Lei si strinse nelle spalle. «In fondo la nostra figuraccia l'abbiamo già fatta ballando come delle sciocche. Cosa può esserci di peggio?»

«Parla per te» ribatté Mitzi. «Io ballo benissimo.»

«Giochiamo» annunciò Dorothy. «Io ci sto.»

Mitzi e May protestarono, ma le altre le sfotterono e le supplicarono finché alla fine May alzò le mani in segno di resa. «Va bene. Sì, facciamolo. Chi comincia?»

«Comincio io» disse Dorothy. Posò la sua tazza di caffè sul tavolo e rifletté per qualche istante. «Okay. So fare la spaccata. Una volta sono andata di nascosto a casa di Elan nel cuore della notte e gli ho svuotato la cassetta del gatto davanti alla porta. E diventerò nonna.»

«Tutte bugie» disse Loretta. «Dovevi dire due verità.»

«Ho detto due verità!» protestò Dorothy.

Mitzi la studiò per un istante. «Allora verità, verità, bugia. E che schifo quella cosa della lettiera del gatto. Divertente, ma schifosa.»

«No» disse Dorothy.

Loretta si strinse nelle spalle. «Allora è bugia, verità, bugia. Due bugie. È sempre imbrogliare.»

Dorothy scosse la testa. «Giuro che ci sono due verità. È verità, bugia, verità. Non ho mai fatto quella cosa della lettiera. Mi sarebbe piaciuto, ma non l'ho fatto.»

Ci fu un silenzio basito. Fu Jean a spezzarlo. «Lascia stare la lettiera. Davvero diventerai nonna?»

Dorothy annuì. «Devon. Diciassette anni, un bambino anche lui.»

«Oh, mio Dio, Dot, e ora cosa farai?» mormorò Mitzi.

«Cosa posso fare?» chiese Dorothy e la stanza ripiombò nel silenzio.

«Puoi fare una spaccata, ecco cosa» disse alla fine Loretta. «Tu hai detto di esserne capace, ma io voglio le prove.»

Dorothy gemette. «Temevo che l'avresti detto» disse.

«Devi darci le prove. Sono le regole.»

May scoppiò a ridere. «Come lo sai, Loretta? Non avevi mai sentito parlare di questo gioco prima di oggi.»

«Le *mie* regole» ribatté Loretta e iniziò a battere le mani. «Spaccata! Spaccata! Spaccata!»

Alla fine Dorothy si alzò e andò verso uno spazio libero vicino al camino. Lentamente si calò fino a terra con una gamba allungata davanti a sé e una dietro. Poi sollevò le braccia in segno di vittoria. Tutte applaudirono.

«Ti aiuteremo» disse Jean quando tornò il silenzio. «Per qualunque cosa ti serva. Fare da baby-sitter, i pannolini...»

«Qualcuno con cui parlare» aggiunse May.

«Ve ne sono molto grata» disse Dorothy. «E non avevate bisogno di dirlo. Lo sapevo già.»

«Va bene, ora tocca a me» disse Loretta. Tacquero tutte mentre Dorothy tornava al divano. «Non sono mai stata all'Electric Oregano prima di questa sera, una volta ho sognato che Flavian Munney era il garzone del negozio di frutta e verdura e che quando andavo a fare la spesa facevamo delle cosacce con i broccoli, e ieri notte io e Chuck abbiamo fatto sesso.»

«Facile» disse May. «Verità, verità, grossa bugia.»

Loretta indicò l'amica. «No, sapientona. Bugia, verità, verità.»

«Cosa? Ma non erano anni che non lo facevate?» chiese Jean, sbalordita.

Loretta le fece l'occhiolino. «Adesso sai come l'ho convinto a farci da autista questa sera. A chi tocca, ora?»

«Aspetta, non così in fretta. Voglio sapere quando sei stata all'Electric Oregano prima di stasera» chiese May.

«Segreto di stato» rispose Loretta. «La prossima.»

«Io» si offrì Janet. Fece un respiro profondo. «È stato mio marito a convincermi a unirmi al club in modo che mi facessi delle amiche, e sono molto felice che l'abbia fatto.»

«Questa è solamente una» disse Mitzi. «Devi dirci tre cose.

Janet scosse la testa. «Non voglio mentire alle mie amiche.»

«Ah, che dolce!» esclamò May. «Va bene, te la sei cavata. Ora tocca a me.» Si mise comoda sul divano. «Sapete quella torta che Bailey ha distrutto? Non l'ho fatta io. L'ho comprata in pasticceria. Ho preso un altro gatto. E ho incontrato un uomo qualche settimana fa e mi piace parecchio. Penso che potrebbe essere quello giusto.»

Jean sorrise. «Ho capito. Verità, verità, bugia.»

«No» disse May.

«Hai comprato la torta? Mi sento... imbrogliata» disse Mitzi e May le diede uno schiaffo sul braccio.

«Sì, l'ho comprata.»

«Mi avevi detto di aver preso la ricetta da un blog di pasticceria» obiettò Jean.

«Ho preso *davvero* la ricetta da un blog di pasticceria. Ma non mi è venuta bene. Così l'ho sostituita...»

«Ma non è contro le regole del club?» chiese Mitzi.

Jean scosse la testa. «Le uniche regole sono niente insalate verdi, niente vampiri e niente Thackeray.»

«Quindi è verità, bugia, verità?» chiese Janet, e May annuì.

Jean rimase a bocca aperta. «Hai conosciuto un uomo? Ma pensavo che fossi felice da sola!»

May si strinse nelle spalle. «Infatti. Finché non l'ho conosciuto. Si chiama Tony e si occupa di ristrutturazioni. È quello che mi ha ristrutturato il bagno.»

«Oh, ricordate quando lo faceva Flavian in un libro?» intervenne Loretta con voce roca. «Così sexy, con quella cintura porta-attrezzi!»

«Anche Tony ne ha una» disse May.

«Avresti dovuto fargli indossare solo quella e nient'altro» suggerì Loretta.

«L'ho fatto» ribatté May, ma quasi non riuscì a finire la frase, perché le altre proruppero in grida e fischi di ammirazione.

«Se non ti conoscessi, direi che ti sei innamorata» disse Jean.

May sorseggiò il suo caffè. «Può darsi» replicò. «Al momento è difficile dirlo. Ma sono aperta a tutto.»

Jean sorrise. Buffo come le cose potevano cambiare all'improvviso. Come la felicità poteva essere ridefinita in un attimo.

«Va bene, ora tocca a me» disse Mitzi. «Odio questo gioco. Odio questo gioco. Ma mi è piaciuto ballare.»

«Queste sono tutte vere» esclamò Dorothy, e le tirò un cuscino, che sfiorò la spalla di Mitzi e per poco non rovesciò la caffettiera. «Ignoratela. Jean, è il tuo turno.»

Jean rifletté. Non era abituata ad aprirsi in questo modo con nessuno, a parte Wayne. Ma non poteva negarlo: quella notte al night-club aveva segnato un punto di svolta. Ora non erano più amiche solo per i libri. E Wayne non c'era più. Non poteva restare nel suo guscio per sempre.

«Solo una cosa» disse. «Mi manca Bailey. Non credevo che l'avrei mai detto, specialmente quando è arrivata qui all'inizio e faceva delle cose tremendamente imbarazzanti. Ma ora che non c'è più, mi manca. E non so cosa farei senza di voi, perché i momenti che trascorriamo insieme sono gli unici in cui dimentico quando sono sola. Perciò... è tutto. Verità.»

Ci fu un istante di silenzio. May si tese verso di lei e le toccò una spalla. Mitzi le fece un sorriso triste.

«Ai libri» disse Loretta, sollevando la sua tazza di caffè.

«Ai libri» risposero tutte, e poi bevvero.

# Capitolo Ventuno

Wayne era morto in pieno giorno, poco dopo pranzo, anche se Jean non aveva comunque mangiato. Non aveva molto appetito, in quel periodo. Erano ormai settimane che doveva costringersi a mandare giù qualcosa la sera, anche se quello che mangiava non sapeva di niente e le restava tutto sullo stomaco. A volte era certa che affrontare la morte di una persona cara senza lasciarsi trascinare a propria volta nella morte aveva del miracoloso.

L'infermiera le aveva detto circa dodici ore prima che poteva essere questione di minuti e Jean l'aveva vegliato per tutta la notte, aspettando che esalasse l'ultimo respiro. Voleva essere lì. Non voleva perdere l'opportunità di dirgli addio, anche se gli aveva detto addio molti mesi prima, quando era ancora lucido. L'avevano detto entrambi, con le mani robuste di lei che stringevano quelle ormai scheletriche e bluastre di lui, professando il loro eterno amore, promettendosi di rincontrarsi di nuovo dall'altra parte, ringraziandosi l'un l'altro per una vita fantastica trascorsa insieme, anche se era stata troppo breve. Era stata una delle notti peggiori della vita di Jean e a volte lei la sognava, esattamente com'era stata, e si svegliava in lacrime.

Ma in nessun caso avrebbe mai voluto vivere il resto della sua vita sapendo che era in cucina a farsi un insipido panino al prosciutto nell'attimo in cui l'amore della sua vita esalava l'ultimo respiro. Wayne era ormai talmente stordito dalla morfina che non apriva gli occhi da giorni. Jean aveva sperato in un momento di quelli strappalacrime, in cui lui si sarebbe improvvisamente svegliato e l'avrebbe chiamata Jeanie, le avrebbe accarezzato la guancia, l'avrebbe guardata negli occhi, le avrebbe detto qualcosa di profondo e stupendo, le avrebbe chiesto di non preoccuparsi per lui. Ma non era successo. Lui aveva semplicemente aperto gli occhi e girato la testa, poi li aveva richiusi e aveva smesso di respirare. Finito. Jean non era stata neppure certa che lui l'avesse vista quando si era voltato. Le era sembrato che vedesse qualcosa a mille miglia di distanza...

A volte sognava che Wayne le veniva portato via all'improvviso, nel cuore della notte. Era una delle ragioni per cui aveva avuto così tanti problemi a dormire, i primi tempi. Nel sogno lei era in uno stato di grazia, felice, tutto andava per il meglio. Si stava appena mettendo a letto quando all'improvviso squillava il telefono. Il cuore le balzava in gola e un fiotto di adrenalina la percorreva da capo a piedi. E nel sogno lei prendeva il telefono e una voce dall'altro capo del filo diceva: «Signora Vison, si tratta di suo marito. Temo che ci abbia lasciati». E a quel punto Jean si svegliava in un lago di sudore, gridando un accorato "No!" e poi si sentiva sciocca e annientata. Lui l'aveva lasciata. L'aveva lasciata già da tempo.

Perciò tre settimane dopo la partenza di Laura e Bailey, quando il telefono squillò a mezzanotte strappandola da un sonno senza sogni, Jean non fu sicura se il cuore che batteva all'impazzata e la sensazione di una corrente elettrica che la percorreva fossero reali, o solo un sogno. Si mise a sedere di scatto e cercò a tentoni il telefono nel buio, lo fece cadere e dovette chinarsi a un lato del letto per recuperarlo. Era un dettaglio che non era mai apparso nel suo sogno, prima, e questo la riscosse dal suo torpore.

«Pronto?»

«Jean? Sono Curt.»

«Curt? Che succede? Cosa c'è che non va?» chiese con voce assonnata, posandosi una mano sul cuore senza neppure rendersene conto, come se potesse afferrarlo e contenerne la foga.

«C'è stato un incidente» disse Curt.

Jean si sollevò ancora di più sul letto. «Oh, Dio, state tutti bene?»

Sentì una voce in sottofondo, come un altoparlante, come se Curt chiamasse da un posto pubblico, pieno di echi. Un ospedale. Ovvio. Ancora una volta da un ospedale. «No. Temo che sia piuttosto malridotta.»

«Oh, no! Devo venire? Cos'è successo? Era di nuovo ubriaca?»

«Io normalmente non ti chiederei di fare di nuovo tutta questa strada» disse Curt. «Ma ha chiesto di te. Prima dell'intervento, mi ha chiesto di chiamarti. Ti vuole qui.»

Jean scivolò silenziosamente da una parte del letto per posare i piedi a terra. Cercò le pantofole. Laura aveva chiesto di lei? Di *lei*? «Intervento?» chiese lentamente. Le sembrava tutto molto confuso e il suo cervello ancora mezzo addormentato non riusciva a comprendere ciò che stava succedendo.

«Si è ferita a un braccio» disse Curt. «Dovranno metterci delle viti. È ancora in chirurgia, in questo momento, credo. E dovrà restare qui questa notte, perché ha battuto la testa e ha una commozione cerebrale. Aveva bevuto, sì, ma ora non ha importanza. Si è spaventata molto, perciò affronteremo la questione del bere in un secondo momento. Avrà un sacco di guai, per questo. Grazie a Dio è finita contro un albero e grazie a Dio indossava la cintura di sicurezza. Ma passerà parecchio tempo prima che le diano la patente, ora.»

Jean chiuse gli occhi e si strofinò la fronte. «Le hanno

tolto la patente. Ovvio. Guida in stato di ebbrezza. Immagino che probabilmente sia un bene. Dovrà andare in prigione?»

«Jean» disse Curt. «Non era Laura.»

«Cosa?»

«Non guidava Laura» disse. Tacque per qualche istante e Jean sentì un'altra voce dall'altoparlante in lontananza. «La persona che ha avuto l'incidente è Bailey.»

# Capitolo Ventidue

Jean raggiunse l'ospedale a tempo di record: tre ore e cinque minuti. Probabilmente aveva infranto un mucchio di norme del codice stradale durante il viaggio ed era stata fortunata ad arrivare viva... Ma per strada c'erano pochissime auto e poi aveva portato Dorothy con sé per aiutarla a stare calma e vigile.

Non sapeva spiegare cosa l'avesse spinta a prendere il telefono nel cuore della notte e a chiamare Dorothy dopo aver parlato con Curt. Aveva sempre immaginato che, se avesse dovuto chiedere a un'amica di venire con lei per tenerle la mano e aiutarla ad affrontare una cosa del genere, avrebbe chiamato Loretta. Dopo tutto era la sua migliore amica. E sembrava che le piacesse davvero Bailey, anche quando sua nipote faceva del suo peggio. Loretta sembrava riuscire a comunicare con Bailey...

Ma qualcosa le aveva detto che Dorothy sarebbe stata forte in una situazione del genere. E che avrebbe passato un po' della sua forza anche a lei. Se c'era qualcuno che si intendeva di ragazzi difficili, quella era Dorothy.

«Certo che vengo con te» aveva detto Dorothy con voce assonnata, anche se Jean aveva sentito un certo chiasso alle sue spalle, come se i ragazzi non fossero ancora andati a dormire. «Lasciami solo sistemare un paio di cose e vengo subito.»

Durante il viaggio per St Louis, Jean le aveva raccontato tutto, dal rifiuto di Laura di restare anche per poco tempo dopo la morte di Wayne ai problemi di Bailey a casa, fino a quella volta che aveva visto sua nipote in mansarda e non aveva detto niente. Aveva raccontato a Dorothy i dettagli degli ultimi giorni di Wayne, cose che non aveva mai detto neppure a Kenny o a Laura o a Loretta. Di come lui aveva perso tutta la sua dignità e di come lei era sempre uscita dalla stanza quando l'infermiera aveva dovuto fargli qualcosa di particolarmente umiliante per lasciargli un briciolo di amor proprio, anche se lui non era abbastanza lucido da accorgersene. E di quando lui l'aveva tanto pregata di cucinargli gli asparagi al burro finché lei aveva ceduto e glieli aveva preparati, ma poi lui li aveva rigettati, ringraziandola lo stesso per averglieli cucinati e dicendole che era il migliore ultimo pasto che chiunque potesse sperare di fare. E di quando lei aveva distrutto tutte le sue bottiglie di dopobarba la mattina in cui era morto. Le aveva allineate tutte in garage e le aveva colpite con una mazza da baseball, una dopo l'altra, finché l'odore l'aveva presa alla gola ed era dovuta rientrare in casa.

E le aveva raccontato anche di quanto si era sentita frustrata con Bailey, all'inizio. Del fatto che era convinta che sua nipote la odiasse, ma di quanto lei era stata preoccupata, sempre, che potesse succedere esattamente una cosa del genere. E di come avrebbe voluto restare fuori da tutto questo casino perché odiava i drammi, ma che ora sentiva di farne necessariamente parte. Questo casino era il suo. E lei non poteva farci niente.

Tre ore e cinque minuti non erano molti per raggiungere St Louis da Kansas City, ma era un sacco di tempo per alleggerirsi l'anima.

«Be', se proprio dobbiamo parlare di preoccupazioni che danno gli adolescenti,» disse Dorothy quando Jean finì finalmente di vuotare il sacco «io ne ho avute più di quante avrei voluto.» Erano su un tratto della I-70 piuttosto isolato. Jean sapeva che di lì a poco St Charles sarebbe apparsa all'orizzonte con le sue luci e avrebbe annunciato che non erano molto lontane, ma per il momento erano solo loro due, i loro pensieri e la strada di notte. Dorothy si sistemò una ciocca di capelli grigi dietro l'orecchio. «Quello che mi preoccupa davvero è la concreta possibilità che nessuno dei miei figli sia ancora vivo da qui a cinque anni.»

Jean la guardò con la coda dell'occhio, stupita da quanto sembrava liscia la pelle della sua amica nella penombra. «Non dovresti dire cose del genere. Certo che saranno tutti vivi.»

Dorothy scosse la testa. «Allora saranno in prigione. Tutti, dal primo all'ultimo. Sono dei delinquenti. Andava già male prima che Elan se ne andasse, ma ora sono proprio...» Voltò la testa verso il finestrino e la scosse di nuovo.

«Sono ancora dei ragazzi. Matureranno» disse Jean.

«Ne dubito» mormorò Dorothy. «Anche se Noah in effetti ha lavorato per tutta l'estate. Ne sono rimasta scioccata.»

«Qual è Noah?»

«Il secondogenito. Fa il bagnino nella piscina del tuo quartiere.»

Jean sgranò gli occhi. «Alla piscina di Bay Ridge?» chiese.

Dorothy si voltò verso di lei. «Sì. Perché?»

«E che aspetto ha?» E mentre Dorothy glielo descriveva, le apparve davanti agli occhi l'immagine del bel ragazzo al tavolo accanto alla piscina che si staccava le mutandine fradicie di Bailey dal petto. Non riuscì a trattenersi: scoppiò a ridere.

«Che c'è?» chiese Dorothy. «Cosa c'è di così divertente?»

Ma passò qualche istante prima che Jean riuscisse di nuovo a parlare, con lo stomaco che le faceva male per le risate. Fece un paio di respiri profondi e raccontò a Dorothy tutta la storia, dallo spogliarello alla lenta camminata di Bailey verso l'auto.

«Be', ora so perché faceva così tanti turni» disse alla fine Dorothy. «Il ragazzo probabilmente si era innamorato. O quantomeno la sua era libidine. Chi l'avrebbe mai detto? Mio figlio problematico e tua nipote problematica che hanno una storia.»

«In effetti Bailey trascorreva un sacco di tempo in piscina» disse Jean, e scoppiarono di nuovo a ridere.

Alla fine, quando tornarono serie, Dorothy si asciugò gli occhi e si appoggiò stancamente allo schienale del sedile. «È bello avere qualcuno che capisce che non puoi sempre controllarli» disse.

«Mai» la corresse Jean. «Non puoi *mai* controllarli.» Neppure, a quanto sembrava, quando avevano quarant'anni e stavano crescendo dei figli propri.

«Immagino che alla fine diventeranno brave persone. Ma nel frattempo è proprio dura. Mi sento così... giudicata.»

«Oh, tesoro» mormorò Jean, stringendo gli occhi contro i fari di un'auto che veniva nella direzione opposta. «Non dovresti sentirti giudicata. Abbiamo tutti i nostri problemi. Fino a pochi giorni fa il marito di Loretta non la toccava da anni. Mitzi prende il Prozac e il capo di Janet la tratta in modo orribile. E poi ci sono io.» Jean fece una risata sardonica e scosse la testa. «C'è la mia famiglia.»

«Aspetta. Il capo di Janet la tratta in maniera orribile? Perché?»

E così Jean le raccontò le scenate a cui aveva assistito al supermercato e, quando finì di parlare, videro il cartello che annunciava l'ingresso in città davanti a loro.

«Sai che il club del libro è probabilmente l'unico evento sociale a cui partecipa, vero?» disse Dorothy mentre Jean svoltava verso l'ospedale. Oramai conosceva bene la strada, purtroppo.

«Chi?»

«Janet. È talmente timida... Il club le fa bene. Anche se non parla mai.»

«Tu credi?» Jean svoltò nel parcheggio dell'ospedale.

«Fa bene a tutte noi» disse Dorothy. «Credo che sia una di quelle cose che capitano al momento giusto, quando tutte ne avevamo bisogno. Pensaci un attimo: tuo marito muore all'incirca nello stesso periodo in cui il mio mi tradisce... E proprio nello stesso periodo in cui May ha tutti quegli appuntamenti disastrosi. E quando Mitzi ha più bisogno di sentire il suono della propria voce...»

Jean fece una risata. «E non dimenticare una cosa: proprio nello stesso periodo in cui Loretta scopre Flavian Munney.»

«Oddio, non me lo ricordare!» Dorothy fece una risatina, tenendosi la pancia. «Ha degli addominali così scolpiti che ti ci potresti rompere un dente... Ma lei lo sa che il tizio della copertina non esiste, vero?»

«Ti ci potresti rompere un dente! Questa sì che è bella! Dovresti mandarla all'autrice. Magari potrebbe usarla... Dopo tutto una volta gli ha fatto scoppiare il sedere fuori da un paio di jeans a un rodeo, letteralmente. Ti ricordi?»

«Oh, sì» disse Dorothy, indicando Jean. «Per poco non ha ucciso un cavallo, con quell'arma mortale» aggiunse, e scoppiarono a ridere.

Le risate si spensero quando Jean entrò nel garage sotterraneo illuminato da orribili luci arancioni che facevano sembrare tutti malati, anche se erano sani. Jean trovò un posto e parcheggiò.

«Immagino che tu abbia ragione» disse. «Sul club, voglio dire. Io so che *a me* fa bene. Non so cosa avrei fatto se tu non fossi venuta con me stanotte.»

Dorothy le diede dei colpetti affettuosi sul braccio. «E io non so cosa avrei fatto se tu non me l'avessi chiesto» ribatté.

Dorothy rimase nell'atrio dell'ospedale mentre Jean correva al terzo piano, dove Bailey, a quanto le avevano detto, era appena uscita dalla sala operatoria ed era stata riportata nella sua stanza. Gli orari di visita erano passati da un pezzo e i corridoi e le stanze erano immersi nel buio. Jean aveva la vista un po' appannata e gli occhi affaticati mentre si dirigeva verso l'ascensore, eppure si sentiva stranamente anche piena di energia, come se si fosse tolta un peso. Non sapeva perché, ma non riusciva a scuotersi di dosso la piacevole sensazione di essere necessaria. E non solo a Bailey o a Laura... Ma anche a Dorothy, e forse anche alle altre.

Dorothy aveva ragione: forse il club era molto più dei libri, di piatti deliziosi e di una piacevole serata per *tutte*...

L'ascensore si aprì e Jean capì di essere nel posto giusto dal suono di voci basse che discutevano in rabbiosi sussurri dal fondo del corridoio. Seguendoli, si ritrovò nella camera di Bailey.

Le bastò un'occhiata alla testa rasata e piena di tagli di sua nipote per farle mancare il fiato. «Oh, mio Dio.» Passò in mezzo a Laura e Curt e andò verso il letto. «La commozione cerebrale era così grave?»

In principio Curt e Laura si guardarono confusi, dimenticando per un istante il litigio. Poi Curt sembrò capire cosa intendeva Jean.

«No. Che tu ci creda o no, quel taglio di capelli è l'idea che mia figlia ha della moda.»

Jean guardò stupita sua nipote. Si era rasata da sola? Quando? E, cosa più importante, perché? C'erano delle croste sulla cima della testa bianca di Bailey, insieme a un taglio recente, gonfio e chiuso da alcuni punti, proprio sopra l'occhio sinistro. L'occhio stava diventando nero e c'era un taglio più piccolo sullo zigomo dalla stessa parte. L'effetto era nel complesso davvero raccapricciante e dava l'impressione che Bailey fosse scampata per un pelo alla morte. E forse era proprio così. Ci sono molti modi per morire...

Jean fece scivolare le dita sul braccio appena ingessato di Bailey appoggiato sulla pancia della ragazza mentre dormiva, che sollevava al ritmo del suo respiro. Si voltò verso Curt.

«Cos'è successo?»

«Ecco, brava, chiedilo a lui» ribatté Laura, indicando suo marito, e a Jean sembrò di riconoscere l'opacità negli occhi di sua figlia. «Per una sera che esco lui lascia che Bailey si ubriachi e se ne vada in giro con la sua macchina.»

«Ehi, ehi» ribatté Curt. «Prima di tutto, io non ho *lasciato* che Bailey si ubriacasse. Nel caso tu non l'abbia notato, nostra figlia è una ragazza ostinata.»

«È ubriaca o no, Curt? Lo è o no??» chiese Laura, puntandosi un pugno contro il fianco.

«*Tu* sei ubriaca» ribatté lui. «Questo è chiaro. E te l'ho detto un milione di volte: non ho intenzione di parlare con te quando hai bevuto.»

«Ma ti prego! Come se avessi mai parlato con me prima. È solo che non vuoi ammettere che tutto questo è colpa tua.»

«Oh, davvero? Allora dove ha preso gli alcolici, eh? Perché stai sicura che non li ho comprati io. Io non ho bottiglie nascoste tra i miei stivali nell'armadio del corridoio. Oh, pensavi che non lo sapessi? Cosa credi, che sia cieco? Stupido?»

«Non chiedermi cosa sei. Perché in questo momento ho una lista lunga un chilometro.»

«Vuoi abbassare la voce? C'è gente che cerca di dormire, qui. So che per una come te che pensa di essere il centro dell'universo è inconcepibile, ma...»

Laura sbuffò. «E sarei il centro dell'universo ora? Io? Non credo proprio. Non sei riuscito a gestire la tua unica figlia per qualche settimana, così l'hai spedita via. Prima te ne vai. Poi costringi me ad andarmene. Poi mandi via lei. Siamo un ostacolo così grosso per la tua vita? E ora guardala.» Agitò la mano verso Bailey, evitando per un soffio di colpire Jean al petto.

«È stata una tua idea quella di mandarla da tua madre!» ribatté Curt esasperato.

«Perché tu mi chiamavi tutti i giorni lamentandoti che non ce la facevi più!»

«Quante volte devo ripetertelo? Tu hai talmente incasinato le nostre finanze che non potevo permettermi di perdere il lavoro. E ha dato fuoco al mio appartamento!» sibilò Curt.

«Esagerato! Ha solo spento una sigaretta sul tuo cuscino. Non ha...»

«Basta!» sbraitò Jean, così forte che Bailey socchiuse gli occhi e sia Curt sia Laura si bloccarono a metà frase e la guardarono. Jean abbassò la voce. «Ne ho avuto abbastanza» continuò. «Siete ridicoli e... e tossici. Nessuno di voi due ha mai smesso di pensare a se stesso per occuparsi di sua figlia anche solo per qualche minuto.» Tese la mano verso Bailey, come per presentarla a un pubblico. «Ma guardatela! Sono questi litigi il motivo per cui lei fa le cose che fa. Sta cercando di farsi notare e non funziona, così ci prova ancora, e ancora e... sta male e a nessuno dei due importa un... cazzo. Ma come fate a non vederlo? Siete così impegnati a cercare un colpevole che non vi siete mai fermati a riflettere su come potreste cambiare le cose. Non avete mai cercato di ascoltarla o di migliorare la situazione. Lei soffre e voi ve ne fregate. Dovreste vergognarvi entrambi.» Deglutì con forza e si sentì avvampare all'idea di aver usato una parolaccia in pubblico. «In questo momento io mi vergogno di voi.»

Curt ebbe almeno la decenza di apparire imbarazzato e dispiaciuto del proprio comportamento. Laura invece piantò di nuovo il pugno contro il fianco in un gesto di sfida. «Senza offesa, mamma, ma questi non sono affari tuoi.»

«Col cavolo che non lo sono» ribatté Jean. «Ho ricevuto una telefonata nel cuore della notte che diceva che Bailey aveva chiesto di me. Ha forse chiesto di uno di voi? Ho cercato di farmi gli affari miei quando si tratta della tua vita, ma ora ho deciso che questi *sono* affari miei, perché quella ragazza ha bisogno di qualcuno che si occupi di lei e chiaramente voi non lo state facendo.»

Laura fece una smorfia e il suo viso apparve orribile, nella luce fioca della stanza. «Ma come osi? Forza, unisciti anche tu al club di "Quelli che giudicano Laura". Curt sarà felice di averti come membro. Ma il fatto è che nessuno si lamentava quando Laura portava a casa lo stipendio e si occupava delle raccolte fondi e sfornava dei maledetti biscotti per le vendite di beneficenza per la scuola.»

«Questo non è affatto vero» ribatté Jean e ancora una volta indicò Bailey. «*Lei* si lamentava. E si sta ancora lamentando. Ecco cosa faceva. Ecco cosa sta facendo anche in questo momento. Ogni volta che rompe qualcosa o fa qualcosa di folle, si sta lamentando, e se qualcuno non inizia a prestarle attenzione, si ucciderà cercando di farsi ascoltare.»

Laura scosse la testa frustrata. Jean sentiva puzza di alcol nell'aria, ma non sapeva se proveniva da sua figlia o da Bailey. «Su, continua» disse Laura. «Dai la colpa a me. Bene.»

«Ma come fai a non capirlo?» disse Curt; poi, però, sembrò vergognarsi di aver parlato, e tacque. Si avvicinò alla sedia accanto al letto di Bailey e ci si accasciò sopra, scuotendo la testa.

Laura spostò lo sguardo dall'uno all'altra. «Allora, cosa vi aspettate che faccia?» chiese. «Che sparisca? È questo che volete?»

«No, certo che no» disse Jean. Tese una mano verso sua figlia, ma lei si ritrasse. «Ma hai bisogno di aiuto per il tuo alcolismo.»

Laura alzò gli occhi al cielo, esasperata. «Cosa? Di nuovo il centro di recupero? Ma dici sul serio? Pensavo che ci fossimo già passati.»

«Non ha funzionato» borbottò Curt dalla sua sedia.

«Chiudi il becco!» gridò Laura e Jean sentì immediatamente un rumore di passi lungo il corridoio verso la loro stanza.

«Laura, devi abbassare la voce» disse. «Ti cacceranno via. Sveglierai Bailey.»

Laura sollevò le braccia in un gesto di frustrazione. «Un'altra cosa per cui incolpare me! L'elenco continua ad allungarsi. Ehi, magari poi causerò un'alluvione o un uragano o... oh, cazzo, l'Apocalisse! Eh? Perché, be', Laura è un'ubriacona, Laura deve andare in un centro di recupero. Sono così stufa di sentirlo dire!»

«Ma è vero» disse Jean, anche se si rendeva conto che la sua voce stava diventando sempre più flebile.

«Mi scusi, signora» disse un'infermiera dalla soglia. A Jean non sembrava di averla vista, la volta precedente. «C'è qualche problema?»

Jean scosse la testa, ma Laura la precedette. «Niente che chiunque qui dentro sia in grado di risolvere» disse, lanciando un'occhiataccia a sua madre e poi a Curt, che si stava ancora fissando le scarpe.

L'infermiera li guardò imbarazzata. «Be', dovreste tenere le voci basse, in modo che i nostri pazienti possano riposare.»

Laura la guardò con espressione torva. Sembrava molto più controllata rispetto a prima e Jean si ritrovò a chiedersi quanto aveva bevuto davvero. Forse non tanto, dopo tutto. Forse l'aveva accusata ingiustamente...

«Farò di meglio» disse alla fine Laura. Prese la borsa dalla sedia accanto alla porta e, urtando l'infermiera, uscì come una furia sparendo lungo il corridoio, accompagnata dal rumore di tacchi che risuonava nella penombra.

Tutti rimasero immobili, persino l'infermiera, finché il rumore dei passi non svanì e si sentì l'ascensore che si apriva al loro piano. Poi l'infermiera si ritirò lentamente in corridoio e Jean e Curt rimasero seduti in silenzio nella stanza di Bailey, ascoltando i sibili, i *bip* e gli occasionali mormorii delle macchine nella stanza.

«Pensi che tornerà?» chiese alla fine Jean, rompendo il silenzio.

Curt si strinse nelle spalle. «Non ho più idea di cosa potrebbe fare.» Tacque per qualche istante, poi aggiunse: «Divorziamo».

Jean annuì, anche se lui non la stava guardando. «Me lo immaginavo. Probabilmente è meglio così.»

«Ci ho provato» mormorò lui e a Jean sembrò di sentire un accenno di pianto nella sua voce. Pensò che era vero: lui ci aveva provato. Vivere con Laura non era mai stato facile per nessuno; avevano tutti finto che lo fosse perché lei non dava altra scelta. Quando una persona sembra essere sempre padrona di sé e della situazione, chi vuole essere l'unico a dire che non è così? Laura appariva sempre così perfetta che persino coloro con i quali era meno che perfetta se la bevevano. «Ho fallito» disse Curt. «Ho tentato, ma ho fallito.»

Jean pensò a Wayne. A tutte le volte che avevano fallito nella loro vita a due. Il viaggio a Yellowstone. I litigi per i bambini. La maretta quando Kenneth era andato via di casa. Avevano tentato e a volte avevano fallito e, alla fine, niente aveva più importanza. Alla fine, qualcuno si era ritrovato da solo.

«Hai tentato» convenne Jean. «Nessuno può biasimarti.»

«Bailey sì.»

«Ma Bailey ce l'ha con tutti» ribatté Jean. «Sta soffrendo. Ha bisogno che qualcuno se ne renda conto. È una ragazza intelligente. Sai cosa dovresti fare per lei?»

Curt alzò lo sguardo, perplesso.

«Dovresti trovarle un club del libro» disse Jean. «Lei adora i libri. Legge continuamente.» Pensò a Dorothy seduta di sotto nell'atrio, che probabilmente stava sfogliando una rivista o magari pisolava con la testa appoggiata a una sedia. «Saresti sorpreso da quanto possono fare bene club del genere.»

«Bailey? Un club del libro?» chiese Curt scettico. «Non riesco nemmeno a convincerla ad andare a scuola. Non so nemmeno se sa leggere.»

«Certo che sa leggere» ribatté Jean. Poi aggiunse a bassa voce: «A volte più di quanto vorrei».

«Be', mi perdonerai se in questo momento non ho tutta questa voglia di trovarle un'attività che la arricchisca spiritualmente» disse Curt. Si alzò a fatica. «E dal momento che Laura ha deciso di svignarsela, immagino che questo significhi che il turno di notte tocca a me. Vado a prendere un caffè. Tu lo vuoi?»

Jean fece di no con la testa. «Rimarrò un po' seduta qui.»

Curt uscì e Jean si chinò verso il letto per guardare sua nipote che dormiva. Sembrava finalmente tranquilla e senza tutta la rabbia che esprimeva di solito il suo viso appariva molto più giovane. E carino, se non fosse stato per i tagli e i lividi.

Come se sentisse di essere osservata, Bailey aprì gli occhi.

«Ciao» disse Jean, tendendo la mano per posarla sul

braccio sano di sua nipote, ma ritirandola all'ultimo secondo, imbarazzata. «Come ti senti?»

Bailey tentò di rialzarsi un pochino, ma trasalì e si accasciò di nuovo contro il cuscino. «Come una che è finita contro il parabrezza.» Si toccò con cautela lo zigomo ferito.

«In effetti somigli un po' a una che è finita contro un parabrezza» convenne Jean. «Mi hai fatto spaventare a morte.»

«Almeno qualcuno si è preoccupato» disse Bailey con voce tetra. Abbassò la mano e posò di nuovo la testa sul cuscino.

«Oh, tesoro» mormorò Jean. «Anche loro erano spaventati. Sono i tuoi genitori.»

Bailey fece una risatina, poi trasalì di nuovo, toccandosi le costole sul lato sinistro con la stessa cautela con cui si era toccata il viso pochi istanti prima. «Sì, certo. Ma puoi anche smettere di mentire. Li ho sentiti. Pensano solo a loro stessi.»

Jean non poteva negarlo. Dopo il litigio a cui aveva assistito entrando nella stanza, come avrebbe potuto dire a Bailey che si sbagliava?

«Ho sentito quello che hai detto» continuò Bailey. Giocherellò con il filo del telecomando. «Tutte le cose che hai detto su di me. Sul fatto che sono intelligente. E il resto.»

«Oh.» Jean si sforzò di ricordare cos'altro aveva detto. E, cosa ancora peggiore, cosa avevano detto Curt e Laura. Cosa aveva sentito, esattamente, Bailey?

«Grazie per averle dette» concluse Bailey, e a Jean sembrò di vederle gli occhi lucidi. «Perché sono stata una vera rompiscatole quando ero a casa tua, e non avrei potuto biasimarti se non avessi voluto prendere le mie parti.»

Jean si chinò e questa volta appoggiò la mano sul braccio di Bailey, un gesto che le sembrò strano, ma giusto allo stesso tempo. «Tutto quello che ho detto è vero. Non so da quanto tempo devi affrontare questa... questa situazione, ma da quello che ho visto oggi, capisco che non è stato facile. Tu sei molto forte.»

Il mento di Bailey iniziò a tremare, come quello di un bambino piccolo, e gli occhi le si riempirono di lacrime. «Mi sono comportata da vera stupida» gemette. «Avrei potuto morire, questa notte. Sono fortunata a essere ancora viva.» Alzò lo sguardo su sua nonna e a Jean sembrò di leggere una vita di sofferenze negli occhi della nipote. «Io non voglio morire» disse Bailey. «Non voglio che mi facciano questo.»

Jean le strinse leggermente il braccio. «Allora non permetterglielo» ribatté, e poi ricordò una cosa che la sua psicologa le aveva detto una volta prima che Wayne morisse, quando lui aveva iniziato a peggiorare. «Non puoi controllare quello che succede a qualcun altro. L'unica persona che puoi controllare sei tu» disse, ripetendo la frase parola per parola.

«Pensavo di farlo» disse Bailey. «Pensavo di fare tutto quello che volevo e che loro non potessero fermarmi, perché le loro vite erano troppo incasinate. Ma poi ho capito che stavo facendo esattamente quello che loro non volevano che facessi. Erano ancora loro a dettare legge, anche se io non me ne rendevo conto. Sono proprio una stupida...»

«Tu non sei stupida» disse Jean.

«Il mio taglio di capelli è stupido» ribatté Bailey.

Jean tacque per un istante, poi annuì. «Sì, va bene, quel taglio è un po' stupido» ammise, ed entrambe fecero una risata.

«Voglio venire a vivere con te» disse Bailey. «Tipo, per sempre. Non voglio tornare con loro. Con nessuno dei due.»

Ma prima che Jean potesse rispondere, Curt rientrò

con una tazza di caffè. Si fermò quando vide Jean e sua figlia che parlavano.

«Va tutto bene?» chiese dalla soglia.

Jean e Bailey si guardarono per diversi istanti.

«Va tutto benissimo» rispose alla fine Jean. «Anzi, va tutto meglio di quanto sia mai andato da molto, molto tempo.»

# Capitolo Ventitré

*Egregio signor Thackeray,*
*mi chiamo Jean Vison e il mio club del libro di recente ha letto la sua ultima opera,* Colpa. *Diversi membri del nostro club desidererebbero parlare direttamente con lei come parte della nostra discussione sul suo libro. Abbiamo già dedicato uno dei nostri incontri alla sua interessante opera, ma saremmo molto felici di discuterne di nuovo, se lei potesse gettare un po' di luce su ciò che l'ha ispirata a scriverlo e su cosa esattamente cercava di dire col suo libro.*

*Sappiamo che di solito lei non fa visita ai lettori, ma ci stavamo chiedendo se fosse disposto a fare un'eccezione, per questa volta. Abbiamo fatto una colletta e pagheremmo volentieri il suo biglietto aereo e un'auto a noleggio.*

*Ci riuniremo a casa mia, 1155 Mount View Road, all'una del pomeriggio del 19. Si senta libero di passare, se lo desidera.*

*Spero di avere presto sue notizie.*
*Cordiali saluti,*

*Jean Vison*

*Cara Bailey,*
*non prendi in giro nessuno. Immagino che questa Jean Vison sia la cara vecchia nonnina di cui parlavi nelle tue e-mail.*

*Dovresti stare molto attenta a fingerti qualcuno che non sei su internet.*

*A ogni modo, non ha importanza. Avevo intenzione di venire comunque. La tua ultima e-mail mi aveva già convinto. Ma il denaro è, come si dice, la ciliegina sulla torta.*

*Sono allergico alle uova, alle fragole e intollerante al lattosio. Inoltre non mi piacciono molto le olive e preferisco mangiare cibo biologico, se possibile, perché una società verde è l'unica in cui un individuo intelligente dovrebbe tollerare di vivere.*

*Ci vediamo il 19.*

*Cordiali saluti,*

*R. Sebastian Thackeray III, scrittore*

# Capitolo Ventiquattro

Bailey impiegò solo due giorni, dopo le dimissioni dall'ospedale, per preparare i bagagli ed essere pronta a partire. Anzi, più pronta di quanto lo fosse mai stata in vita sua. Sua nonna aveva sistemato tutto in buste e scatoloni del supermercato. Ciò che non sarebbe entrato in auto, l'avrebbe portato alla posta e spedito, e sarebbe arrivato entro pochi giorni.

Ma a Bailey in realtà non importava più di tanto. Lo scatolone dei suoi libri nell'auto c'era entrato, e nel suo zaino custodiva una nuova copia di *Anna dai capelli rossi*, che la nonna le aveva portato in ospedale. Tutto il resto era solo... roba.

Avevano fatto il pieno anche di snack e bevande – fin troppe secondo lei per un viaggio così breve – e nonna Jean le aveva comprato un nuovo iPod, così in auto avrebbe potuto isolarsi dalle loro noiose chiacchiere da vecchiette. Non che Bailey pensasse che erano davvero così noiose, ma non l'avrebbe mai ammesso con Jean e Dorothy.

Bailey aveva il braccio ingessato, la testa rasata piena di croste con un po' di peluria qua e là, la fronte avvolta in un'enorme fasciatura di garza e un occhio nero. Indossava un paio di vecchi pantaloni della tuta che risalivano alla seconda media, prima che le cose le sfuggissero di mano, e una semplice maglietta bianca di suo padre. In generale aveva un aspetto orribile... scioccante, persino. Ma non le importava.

Aveva solo un'ultima cosa da fare.

Entrare nel centro di recupero non era stato facile, visto anche l'aspetto trasandato che aveva, ma una volta superata l'orribile infermiera dell'accettazione che l'aveva trattata come fosse un rifiuto umano, Bailey aveva camminato lungo il corridoio finché non aveva trovato la stanza di sua madre. Laura era lì, seduta sul bordo del letto, e fissava fuori dalla finestra.

«Ciao» disse Bailey.

Laura trasalì, sembrò volesse alzarsi, ma ci ripensò e tornò a sistemarsi meglio sul materasso, che scricchiolò leggermente.

«Bailey» disse. «Ma guardati... Come va il braccio?»

Bailey guardò il polso, che aveva completamente dimenticato, e poi di nuovo sua madre. «Sto bene. Volevo solo salutarti.» Laura sgranò gli occhi, sconcertata. «Vado a vivere con nonna Jean» continuò Bailey. «Non sapevo se papà te lo aveva detto.»

Laura scosse la testa. «No, non me l'ha detto. Non l'ho sentito. Ma sei sicura? Sarai lontana dai tuoi amici.»

«Me la caverò» rispose Bailey con un pizzico di amarezza nella voce. Come se avesse degli amici... Perché sua madre non lo sapeva? Perché insisteva a vivere con l'illusione che andasse tutto bene?

«Sarai molto lontana anche da me» disse Laura, e per un istante Bailey si sentì dispiaciuta per lei, specialmente quando vide una lacrima scivolarle lungo la guancia. Aveva mai visto Laura Butler la Grande piangere? Non riusciva a ricordarlo.

Ma poi ripensò a tutte le volte che sua madre l'aveva ferita, e la sua decisione si rafforzò. «Lo so» disse.

Laura ebbe almeno la decenza di non apparire sopraffatta dal dispiacere. «E tuo padre?» chiese, asciugandosi in tutta fretta una lacrima.

Bailey si strinse nelle spalle. Cosa c'era da dire su di lui? Non aveva obiettato, quando Jean e Bailey gli avevano parlato del loro progetto. Anzi, forse era sembrato addirittura sollevato. Il che era una cosa piuttosto schifosa da fare a una figlia, ma Bailey immaginava di non poterlo biasimare più di tanto. Gliene aveva fatte passare di tutti i colori e lui non aveva avuto l'alcol a salvarlo dalla realtà, come sua madre. «Non so» disse. «Non abbiamo ancora pensato a tutti i dettagli. Ma a lui non importa. Non gli è mai importato.»

«Non è vero» ribatté Laura. «Gli importa. È solo che ha un sacco di cose a cui pensare. Dagli tempo. Te lo dimostrerà.»

Bailey annuì, a disagio. Il silenzio si prolungò, ma prima che diventasse imbarazzante, Bailey sbottò: «Tu sei una madre orribile». Laura non reagì. Rimase immobile, inespressiva, quasi come se non l'avesse sentita. Bailey fece un respiro profondo. «Ma non lo sei sempre stata. Perciò sono venuta per darti questo, perché non mi serve più, e forse a te sì.»

Fece due passi dentro la stanza e posò *Una casa per un coniglietto* sul letto di sua madre. Il libro era tutto consumato, con gli angoli delle pagine arricciati, l'illustrazione di copertina quasi cancellata e la rilegatura si stava scollando. Quanto aveva amato quel libro...

Bailey fece due passi indietro verso la porta mentre sua madre posava la mano sul libro. «Non morirò per te. Non rovinerò la mia vita per salvarti. Lo capisci?» disse.

Laura fece un respiro profondo. «Ovviamente. Non mi aspetterei mai che lo facessi» ribatté.

«Bene» disse Bailey, e si voltò per andarsene.

«Bailey?» la chiamò Laura, tirandosi di nuovo su dal letto. Bailey si voltò e la guardò negli occhi. «Starò meglio» continuò sua madre. «E resterò qui finché non succederà. E poi verrò a prenderti.»

Bailey si asciugò le guance col palmo della mano e disse: «Bene».

Poi si voltò e se ne andò.

# Capitolo Venticinque

Il viaggio verso casa fu molto più silenzioso di quello di andata. Dorothy e Jean si sentivano entrambe esauste dopo tre giorni trascorsi in uno squallido motel, dove entrambe avevano fatto fatica a dormire. Jean aveva trascorso la maggior parte della giornata in ospedale, seduta in silenzio vicino a una Bailey dolorante e irritata che se la prendeva con chiunque osasse guardarla storto: Curt, le infermiere, persino una povera volontaria che era passata per vedere se le serviva un'altra coperta. Jean trasaliva ogni volta che sua nipote apriva bocca, ma capiva che tutto questo era parte dei demoni da cui Bailey doveva liberarsi. E capiva anche che proprio quei demoni erano il motivo per cui sua nipote voleva venire a vivere con lei. Bailey sperava che non l'avrebbero seguita fin là.

La sera, quando Bailey si addormentava, Jean tornava al motel e immancabilmente trovava Dorothy al telefono con un avvocato o un garante per la cauzione o con il suo ex marito, cercando di sistemare questo o quel problema. Insieme mangiavano velocemente qualcosa e poi andavano a casa di Laura per impacchettare in maniera sistematica le cose di Bailey, ficcandole nei vecchi scatoloni per le banane che Jean aveva preso al supermercato. Dorothy copriva gli indumenti appesi alle stampelle con dei sacchi per l'immondizia e li portava nell'auto a grandi bracciate, mentre Jean avvolgeva i gingilli più delicati con la carta velina e li metteva sotto i pigiami e le magliette. Stavano facendo un trasloco completo, su richiesta della stessa Bailey, come se non dovesse tornare mai più alla sua vecchia vita, neppure per un giorno.

Curt non aveva fatto obiezioni al fatto che Bailey andasse a vivere con Jean. Non che Jean si fosse aspettata il contrario. Anzi, sarebbe rimasta sorpresa se lui avesse detto qualcosa.

«Credo che sia meglio per tutti» aveva detto, e, anche se la cinica Bailey aveva alzato gli occhi al cielo e aveva mormorato: «Traduzione: è ciò che è meglio per Curt», Jean non aveva potuto fare a meno di pensare che lui credesse davvero a quello che diceva. In fondo quell'uomo non si era mai allontanato dal capezzale di sua figlia per tutto il tempo che era stata in ospedale, neppure per andare a casa a cambiarsi, e se quello non era un segno di amore per sua figlia, Jean non sapeva cos'altro poteva significare. Curt stava facendo del suo meglio.

Ogni sera Jean si era aspettata di dormire come un sasso, ma non appena lei e Dorothy spegnavano le luci, la sua mente iniziava a vagare. Cosa avrebbe detto Wayne di una nipote che veniva a vivere con loro? Avrebbe approvato? E lei ce l'avrebbe fatta? E se Bailey avesse voluto venire a vivere con lei solo perché pensava di poter fare quello che voleva? E se avesse rubato in casa o addirittura le avesse fatto del male? Sentiva tutte quelle domande nella sua testa pronunciate dalla voce di Wayne...

Poi, una sera, nel buio, la voce di Dorothy aveva sovrastato il rumore dell'autostrada fuori dalla loro finestra.

«Jean?»

«Sì?»

«Sei sveglia?»

«Non riesco a dormire.»

«Nemmeno io.»

Una pausa, poi il rumore dell'aria condizionata che si accendeva nella stanza accanto.

«Jean?»

«Sì.»

«Mi mancano. I ragazzi. Ci crederesti?»

«Certo.»

«Non sono poi così cattivi. Io so che la gente pensa che lo siano. Ma sanno anche essere molto amorevoli. Sono i miei ragazzi. Sai che mi portano la colazione a letto ogni anno per il mio compleanno? Ogni anno. Mai mancato uno. Dei ragazzi cattivi non lo farebbero, vero?»

Jean ci rifletté per qualche secondo. Tra le molte cose che aveva imparato negli ultimi due mesi con sua figlia, Curt e specialmente Bailey, c'era che nessuno era mai così cattivo come sembrava. «Penso di no» disse. «Noah è un bravo bagnino.»

Dorothy fece una risata. «È facile essere bravi quando non devi salvare davvero nessuno. Non so neppure come abbia ottenuto il lavoro. Non avevo idea che avesse un diploma da bagnino. Non sarei sorpresa se ne avesse falsificato uno.»

Jean si voltò su un fianco e sprimacciò il cuscino. «Oh, Dio, ma sarebbe terribile.»

«In realtà no. Noah non lascerebbe mai che succedesse qualcosa di brutto a una persona innocente. Piuttosto affogherebbe insieme a lui.»

«Be', teoricamente non dovrebbe affogare nessuno...» mormorò Jean, anche se in realtà stava pensando a come nuotare somigliava molto alla vita, da quel punto di vista. Nessuno si aspettava mai di essere quello che annaspava per non affogare, che allungava una mano affinché qualcuno la afferrasse e lo riportasse a galla. Nessuno si aspettava neppure di essere quello che non si salvava.

Il terzo giorno, quando Bailey fu dimessa, Curt trovò Laura di nuovo al Blue Serenity Rehabilitation Center.

Era in pessimo stato, gli dissero. Aveva toccato il fondo, gli dissero. Non voleva vederlo, gli dissero.

Ma Bailey aveva chiesto di vedere sua madre un'ultima volta e Jean ce l'aveva accompagnata. Quando sua nipote era uscita dal centro, non era stata dell'umore per parlare, così erano partite subito. Bailey non aveva salutato Curt; si era appoggiata contro la portiera dell'auto e si era addormentata. Ed era rimasta così per tutto il tragitto verso casa.

Anche Dorothy si era addormentata nel giro di un'ora. Jean si era fermata a una stazione di servizio, aveva comprato un sacchetto di liquirizie ricoperte di zucchero e si era tenuta sveglia con la radio e i dolci, sentendo l'entusiasmo e al tempo stesso la paura crescere a ogni chilometro.

Questa volta Bailey non era rimasta all'ingresso con espressione imbronciata. Aveva preso la valigia più grossa, il suo cuscino e la sua coperta e si era diretta di sopra, nella sua stanza. Poi era tornata giù e aveva preso le altre cose, una scatola alla volta, e le aveva portate di sopra tutta da sola.

Jean era andata in camera sua e aveva aperto il primo cassetto del comò di Wayne. Aveva passato in rassegna i suoi tesori fino a quando non aveva trovato quello che stava cercando: una foto di Wayne che teneva in braccio Bailey neonata, con una Laura dal volto severo che li guardava alle sue spalle. Jean ricordava quel giorno molto chiaramente. Anche se lei si era preoccupata di cose sciocche, come il fatto che la parola nonna la facesse sembrare vecchia, Wayne era stato semplicemente orgoglioso di essere nonno. Aveva distribuito cioccolatini agli amici, aveva detto a ogni cassiera e cameriere lungo la strada per St Louis che aveva una nipotina e che lei aveva i suoi occhi. E che non vedeva l'ora di prenderla in braccio.

Ovviamente Laura aveva programmato con così tanta

attenzione i pisolini di Bailey che erano riusciti a vedere la piccola molto poco e questa era l'unica foto di Wayne che la teneva in braccio. Lui la conservava nel primo cassetto del suo comò e la guardava spesso.

Sarebbe stato felice del trasferimento di Bailey, adesso Jean ne era sicura.

«Ehi» sentì Jean dalla porta. Si voltò e trovò Bailey in corridoio.

«C'è qualcosa che non va?» chiese appoggiandosi la foto in grembo.

Bailey scosse la testa, poi ci ripensò e annuì. «Non lo so» disse. «È strano.»

«Cosa è strano?»

«Questo. Andare a vivere con qualcuno che quasi non conosco... e poi sono lontanissima da mia madre e non so se dovrei amarla o odiarla o...» Si strinse nelle spalle.

«O sentire la sua mancanza?» chiese Jean e sua nipote annuì. «Per quello che vale, è un po' strano anche per me» continuò Jean e quando mosse la mano, Bailey notò la foto. Entrò nella stanza e si sedette con un po' di titubanza sul letto accanto a Jean.

«Chi è?» chiese.

Jean si accigliò. «Non ricordi nonno Wayne?»

Bailey fissò la foto. «Forse» disse. «Aveva gli occhiali, giusto?» Jean sorrise e Bailey si morse il labbro. «Oh, giusto. Me l'ero dimenticato. Erano i suoi. Posso vederla?» Tese la mano e Jean le passò la foto. Bailey sfiorò l'immagine con le dita. «Ero piccolissima» disse. «O almeno credo di essere io. È così?»

«Sei la nostra unica nipote» disse Jean. «Lui era così entusiasta.»

Bailey guardò la foto ancora per un momento, passando le dita sull'immagine di Laura e poi coprendole il viso con l'indice. «Almeno qualcuno lo era.»

«Bailey, io so che tua madre ti vuole bene. È solo...» La

sua voce si spense. Non sapeva come finire la frase. Laura era “solo” così tante cose...

«Egoista?» concluse Bailey per lei e Jean dovette ammettere, almeno con se stessa, che *egoista* era una delle parole che avrebbe usato per descrivere sua figlia. *Piena di sé* era un'altra.

Annuì. «Sì, immagino che lo sia.»

«Ma è anche meravigliosa, a volte» disse Bailey. «Tutti vogliono essere come lei. Io almeno lo volevo. Ma ora non più.»

Jean vide gli occhi di sua nipote diventare di nuovo lucidi e si rese conto che si sforzava di trattenere le lacrime. Si domandò come ci si sentisse a essere come Bailey, soffrendo costantemente, ma cercando sempre di controllare il dolore, di nasconderlo.

In realtà, si rese conto un istante dopo, lei sapeva benissimo come ci si sentiva...

Si alzò e andò al comò, facendo segno a Bailey di seguirla. La ragazza si alzò e si avvicinò lentamente al cassetto, sbirciando timidamente all'interno.

«Sai cos'è questo?» chiese Jean, e Bailey scosse la testa. «Questo è il mio cassetto per il Momento del Pianto. Ci sono i ricordi che ho tenuto di Wayne e una volta al giorno, per un'ora, li tiro fuori e li guardo e piango per lui e permetto a me stessa di stare male. Ma quando la mia ora è finita, li metto via e chiudo il cassetto. Il Momento del Pianto è finito. Per il resto della giornata vado avanti con la mia vita.»

Bailey toccò alcuni degli oggetti. Prese l'anello da mignolo e se lo rigirò nella mano. Toccò il portafogli, indossò gli occhiali del nonno. E nel frattempo Jean passò in rassegna delle vecchie foto e ne trovò un mezza dozzina di Wayne con Laura. Le porse a Bailey.

«Se ti va, puoi avere anche tu un Momento del Pianto. Potrebbe aiutarti a decidere cosa provi davvero per lei. E per quell'ora al giorno potrai sentire la sua mancanza. E piangere per lei.»

Bailey sembrò fissare il gruppetto di foto per un tempo incredibilmente lungo. Così lungo che Jean fu certa che non le avrebbe prese e che l'avrebbe lasciata lì in piedi per sempre, con le foto in mano. Ma proprio mentre si stava preparando a rimetterle nel cassetto, Bailey tese una mano tremante e le afferrò.

«Grazie» sussurrò, e Jean vide che le lacrime avevano finalmente cominciato a scendere. Le spezzò il cuore vedere il guscio duro di sua nipote cominciare a sgretolarsi. Aveva letto molte emozioni sul volto di sua nipote, insolenza, arroganza, odio, rabbia... ma questa era la prima traccia di tristezza.

«Non c'è di che» rispose.

Bailey si avviò verso la porta, tirando su col naso e asciugandosi le lacrime con una mano mentre fissava le foto che teneva nell'altra. Uscì e Jean richiuse il cassetto, sentendo una fitta di dispiacere per aver dato via le foto, un dispiacere compensato però da una grande soddisfazione.

Ma mentre chiudeva il cassetto, Bailey ritornò e si appoggiò sulla soglia.

«Posso chiederti un favore?»

«Certo. Tutto quello che vuoi» rispose Jean.

«Potrei ridecorare la mia stanza? Quegli orsetti sono davvero stupidi.»

Jean scoppiò a ridere. «Certo che puoi» disse. «È la tua stanza ora.»

# Capitolo Ventisei

«Smettila di agitarti» sussurrò Bailey, chinandosi su Jean, che aveva a malapena toccato il suo vino.

Mitzi si distrasse per un istante dalla conversazione con Loretta e Dorothy e fece girare lo stelo del suo bicchiere tra il pollice e l'indice. «E poi perché sei così nervosa?» chiese.

«Non ho mai avuto una celebrità in casa mia, prima» rispose Jean, e il suo stomaco brontolò. L'arrosto di agnello che aveva preparato per quell'occasione speciale era troppo cotto e Jean temeva che più sarebbe rimasto sopra i fornelli a languire, più sarebbe diventato cattivo. Secco, sarebbe stato secco. Gommoso. Duro. Avrebbe dovuto sapere che non era il caso di provare qualcosa di elaborato proprio quel giorno. Ma cosa le era saltato in mente? Non era certo una cuoca provetta e fingere di esserlo era ridicolo. Avrebbe dovuto restare fedele ai suoi capperi.

Persino Bailey aveva tentato di dissuaderla. «Non preparargli niente di speciale» aveva detto. «Fagli dei panini con la mortadella. Col pane stantio. Probabilmente gli piacerà avere qualcosa di cui lamentarsi.»

Ma lei l'aveva ascoltata? No, certo che no. E ora uno scrittore vincitore del premio Pulitzer avrebbe dovuto masticare agnello di cartone nella sua sala da pranzo. Anzi, no: uno scrittore vincitore del premio Pulitzer avrebbe dovuto passare sopra una macchia violacea e il segno di una bottiglia sul pavimento prima di masticare agnello di cartone nella sua sala da pranzo. Santo Dio, perché si era lasciata convincere ad accettare?

Anche Dorothy e Loretta avevano interrotto la loro conversazione.

«È una persona normalissima» disse Dorothy. «Si infila i pantaloni una gamba alla volta come tutti, sai?»

«E parlando di pantaloni...» intervenne Mitzi. «Ho visto uno dei tuoi ragazzi, Leonard, l'altro giorno. Aveva i pantaloni praticamente a metà sedere. Dovresti dirgli di tirarseli su, Dot.»

«Oh, credimi, non passa giorno che non glielo dica. Ma se tu pensi di poter ragionare con lui meglio di me, ti invito con tutto il cuore a provarci.» Jean intravide l'espressione di Dorothy e ricordò la conversazione che avevano avuto in auto mentre andavano a St Louis. La sua amica si sentiva giudicata, in questo momento? Sicuramente. Ma Jean pensava anche che stesse imparando a fregarsene almeno un po'.

«Chi ha detto niente sul farlo ragionare?» disse Mitzi. «Gli andrò alle spalle di soppiatto e gli tirerò le mutande finché non canterà da soprano!»

Dorothy scoppiò a ridere. «Suo padre cantava, quando era alle medie. Me lo ricordo. La sua voce era tremendamente acuta e noi non avevamo abbastanza soprani, così lui cantava con loro. Era una cosa buffissima. Lui era imbarazzatissimo e tutti i ragazzi della scuola lo prendevano in giro per questo. Lo chiamavano Elaine invece di Elan.»

«Vedi? Quindi io aiuterei Leonard a relazionarsi con suo padre a un livello più profondo. Leonetta ed Elaine.» Si chinò sul tavolo e con espressione di trionfo fece tintinnare il suo bicchiere con quello di Dorothy in un brindisi.

«Questa storia è ridicola» disse poi, guardando l'orologio. «Sto morendo di fame. Io dico che dovremmo mangiare. Non è mica il papa.»

«Anche se fosse il papa, tu mangeresti ugualmente» obiettò May.

«Solo dopo aver detto le preghiere» rispose Mitzi. «Dai, Jean, si sta freddando tutto. E se non venisse? È proprio il tipo da non presentarsi.»

Guardarono tutti la loro ospite, che stava diventando sempre più pallida. Aveva armeggiato così tanto con il libro che aveva in mano da aver strappato un angolo della copertina e ora aveva paura che lui potesse notarlo e la criticasse per non aver rispettato il suo libro. Perché? Perché, santo Dio, si era fatta convincere da Bailey a invitarlo?

Bailey tirò indietro la sedia e si alzò. «Per me non c'è problema a mangiare. Se arrivi tardi non mangi, questo è il mio motto.»

«Si aspetterà comunque che ci spazzoliamo tutto noi» disse una voce dal fondo del tavolo, e tutte si bloccarono e guardarono Janet, che tremava dal terrore per aver parlato ad alta voce. Strinse le labbra diverse volte, si morse il labbro inferiore, poi continuò: «Lui pensa che le donne sono tutte creature grasse e inutili, quindi...». Tacque per un istante, deglutì con forza e Jean sentì l'impulso di andare da lei, metterle un braccio intorno alle spalle e dirle che andava tutto bene, che poteva continuare a parlare. «È tutto nel libro. Basta leggere tra le righe.»

Loretta sbuffò. «Non troppo "tra", e sì, sono completamente d'accordo con te.»

Mitzi si chinò in avanti, appoggiando sul tavolo i gomiti avvolti in una giacca fantasia marrone e bordeaux che sembrava cucita con la stoffa di una tenda. «Quanto ci scommettete che sua madre è grassa? O chiunque l'abbia cresciuto. Io sono d'accordo con Janet, ha proprio una fissazione. Se leggi tra le righe del suo libro, praticamente dice che tutte le donne sono puttane finché non diventano mamme, e poi diventano puttane grasse e pigre, che scopano non per i soldi, ma per una multiproprietà, auto costose e vestitini di marca per i loro bambini. Nessuno che sia cresciuto bene può credere una cosa del genere, secondo me.»

Dorothy, che era in piedi, si accasciò sulla sua sedia. «Diavolo, neppure i miei ragazzi credono una cosa del genere. Persino Topher, quando non è in prigione, tratta le sue ragazze come regine.»

«Quello che a me ha colpito di più è stata la descrizione che Thackeray ha fatto di Josie, la capobanda. Non avrebbe potuto descriverla più brutta di così!» si lamentò Mitzi.

«Addirittura l'ha fatta attaccare da un nugolo di zanzare in quella scena del campeggio!» fece notare Loretta, e Mitzi annuì.

«Vedi? Chi fa una cosa del genere? Solo uno che odia le donne. Vedrete che metterà piede qui dentro, percepirà le nostre ovaie e si scioglierà in una poltiglia sanguinolenta, come un vampiro al sole.»

«Mmm, che gustosa descrizione, Mitzi. Ora mangiamo» disse May, e tutte si alzarono e si misero in fila al buffet. Jean corse a tagliare l'agnello e a disporlo su un vassoio e fu felice di vedere che non era poi tanto secco come pensava.

Ma prima che potesse prepararsi un piatto, dalla finestra sentì il rumore della portiera di un'auto che sbatteva, seguito dallo scricchiolio di scarpe eleganti che percorrevano il vialetto, poi un uomo che tossiva. Jean ebbe un tuffo al cuore e rimase immobile con la forchetta in mano.

Tutte le altre si erano appena risedute quando suonò il campanello.

«È qui» disse Bailey, e poi Jean sentì il rumore della sedia di sua nipote. Pensò che per un verso era un bene che Bailey andasse ad aprire, dal momento che lei era praticamente paralizzata dal terrore e incapace di fare anche il minimo movimento, ma per un altro... Oh, Signore, Bailey era andata ad aprire!

Jean sentì la porta che si apriva e poi tutta una serie di sussurri provenire dal tavolo, insieme a occasionali rumori di forchetta sui piatti di porcellana (ebbene sì, aveva persino tirato fuori i piatti buoni di nonna Vison per l'occasione, quelli che usava solo per il Ringraziamento e per Natale), e poi una voce maschile che si avvicinava alla cucina. Jean notò che alcune delle signore stavano allungando il collo per dare un'occhiata al Grande R. Sebastian Thackeray III che entrava in cucina.

Lasciò cadere la forchetta, che sbatté rumorosamente sul piatto, e si mise immediatamente in azione, correndo verso l'uomo con le braccia aperte come per prendere qualcosa che lui invece non aveva.

«Benvenuto» disse. «Io sono Jean.»

L'uomo, che era incredibilmente basso e corpulento, praticamente un blocco di grasso e pelle in eccesso in bilico su due gambette da idrante, entrò con espressione accigliata. Bailey lo seguiva con un sorrisetto compiaciuto sulla faccia. Jean aveva il terrore anche solo di pensare a cosa avevano già potuto dirsi, e pregò in silenzio che Bailey non dicesse più una parola. Gli occhi dell'uomo saettarono malevoli per la stanza, le labbra gonfie strette ed eccessivamente umide.

«Puzza come una trattoria di quart'ordine, qui dentro» disse arricciando il naso. «Di grasso rappreso e opinioni infondate, il tutto concentrato in un unico, oppressivo banchetto per i sensi.»

Jean lo guardò perplessa. Non aveva idea di come rispondere a una cosa del genere. Stava forse insultando la sua casa? Sinceramente non ne aveva idea.

«Può prendere la mia giacca» disse poi l'uomo, togliendosi il blazer e tendendolo a Jean con l'indice e il medio, come se da un secondo all'altro potesse lasciarlo andare e se Jean non fosse stata pronta a prenderlo al volo, povera lei...

Jean si affrettò a prendere la giacca e ad appenderla a uno dei ganci dell'attaccapanni a muro della cucina, sbattendo involontariamente contro un vasetto sullo scaffale più in alto, che cominciò a rotolare minacciando di cadere a terra. Jean lo bloccò appena in tempo fermandolo con il palmo della mano.

«La prego, prenda qualcosa da mangiare» offrì poi. «I piatti sono laggiù. E il vino è sul tavolo. Oppure desidera qualcos'altro?»

Thackeray sbuffò. «Mmm, vino da supermercato. Come potrei resistere? Nel brick, immagino.»

Jean sgranò gli occhi. Questa volta era sicura che la stesse insultando. Si schiarì la voce e riprovò. «Ha avuto problemi a trovarci?» chiese, sfoggiando tutto il suo repertorio di ospite cortese. Bailey sparì in sala da pranzo. Thackeray prese un piatto e cominciò a servirsi con fare schizzinoso.

«Una volta ho viaggiato attraverso la Turchia per due settimane, da solo, con nient'altro che una American Express e poche lire turche in tasca» disse in tono enfatico e la sua voce rimbombò talmente per la cucina che i rumori in sala da pranzo cessarono. «Ho vissuto per vent'anni a New York, e mai una volta mi sono perso.» Mise un paio di cucchiaiate dello sformato di patate di Mitzi nel suo piatto, poi guardò Jean con un sorriso che non era affatto amichevole. «Credo di poter gestire le periferie con una certa nonchalance» concluse.

«Oh. Va bene» disse Jean e non sapendo cos'altro dire o fare per questo strano ometto, si spostò lentamente verso la sala da pranzo, fermandosi imbarazzata sulla soglia finché Thackeray non si decise finalmente a raggiungerla, con il piatto straripante di cibo. Aveva preso un po' di tutto, notò Jean, a parte il suo agnello.

«Allora» disse Thackeray, sistemandosi su una sedia e avvicinandola al tavolo. Mitzi si tese verso di lui per versargli del vino. «Cosa mi sono perso? Pettegolezzi, senza dubbio. Chi odiamo di bello oggi? Le top model? Le Casalinghe Disperate di Kansas City? Entrambe?» Si infilò in bocca una grossa cucchiaiata di patate.

«Te» sussurrò Bailey accanto a Jean, e Jean la fulminò con lo sguardo. La ragazza sgranò gli occhi con espressione innocente e si strinse nelle spalle.

Thackeray non l'aveva sentita. Mangiò un'altra cucchiaiata e poi un'altra ancora, mentre tutte intorno al tavolo lo fissavano.

Alla fine si leccò le labbra, bevve un paio di sorsi di vino e si guardò intorno. «Allora, siamo qui per parlare o cosa?»

Jean, imbarazzata, si spostò leggermente sul posto, sapendo che non sarebbe riuscita a mandare giù neppure un boccone del cibo che aveva messo sul piatto, che comunque, nella fretta di rendere tutto perfetto per Thackeray, aveva dimenticato in cucina. Si schiarì la voce. «In realtà abbiamo letto *Colpa* un paio di mesi fa. Ma abbiamo avuto una discussione talmente accesa sul suo libro che abbiamo pensato che sarebbe stato interessante avere il punto di vista dell'autore sulla storia.»

Thackeray indicò Jean con la forchetta. «Sì, sua nipote me l'ha detto. E comunque lei non ha un brutto aspetto per essere una moribonda.» E si ficcò dell'altro cibo in bocca.

Jean guardò Bailey, che arrossì. «Mi dispiace» mormorò. «Diciamo che ho detto qualche bugia per portarlo qui.»

«Non aveva funzionato comunque» disse lo scrittore. «Ho capito che diceva un mucchio di stronzate sin dalla prima e-mail che ho letto. Aveva quella tipica presunzione adolescenziale, quella fanculaggine che rende tutti gli adolescenti così affascinanti.»

Jean vide l'imbarazzo sul volto di Bailey trasformarsi in vera e propria rabbia. Conosceva fin troppo bene quell'espressione: fino a poco tempo prima era l'unica espressione che aveva visto sul volto di sua nipote. Sapeva che Thackeray faceva bene a stare attento o avrebbe scoperto quanto quella "fanculaggine", come l'aveva definita lui, grande tatto lo scrittore, fosse davvero nelle corde di Bailey.

«Ma devo essere grato a chiunque offra la sua famiglia su un piatto d'argento a una puttana delle parole come me. A un guardone di litigi. Un ladro di dolore. Spero, anche se non sono troppo fiducioso, che non stesse mentendo almeno su quello. Dov'è la madre alcolizzata?»

A questo punto Jean e le altre erano così confuse che non potevano far altro che scambiarsi sguardi perplessi, ma Jean sentì sua nipote accanto a lei che si irrigidiva.

«È in un centro di recupero» disse Bailey.

«Oh, no!» esclamò Thackeray. «Ma è troppo perfetto! La madre ubriacona non può essere criticata perché è in un centro di recupero, a disintossicarsi. Neppure io avrei potuto scriverlo meglio.» Indicò di nuovo Jean con la forchetta. «E immagino che questa tua... nonna morente sia quella a cui è morto il marito.»

Jean si raddrizzò sulla sedia. Cosa gli aveva detto Bailey, di lei?

Bailey annuì mentre masticava silenziosamente parole che solo lei riusciva a sentire.

Thackeray si strinse nelle spalle. «Una storia noiosa. La gente muore continuamente. Ma immagino che potrei usare la sua estrema passione per il noioso e l'ordinario per un qualche colpo di scena. Non dimenticare mai il proprio caro defunto, struggersi fino alla tomba, dimenticare di vivere perché l'hai guardato morire. Oh, che cosa tremendamente poetica. La drammatica ironia della faccenda mi uccide.» Mandò giù dell'altro vino e chiuse gli occhi come per godersi la scena che aveva immaginato nella mente. «Si usa da queste parti la parola "vedova" prima del cognome? Tipo "la vedova Jones ha fatto questo, la vedova Jones ha fatto quello"? Ah, ma non importa. Anche se non si usa posso farlo funzionare. Allora diciamo che la vedova... Com'era il suo cognome?»

Schioccò le dita verso Jean e lei rispose senza riflettere, prima ancora che il suo cervello riuscisse a decifrare quello che Thackeray stava dicendo. Quell'uomo aveva un modo molto strano di parlare e Jean non riusciva a stargli dietro. «Vison.»

«La vecchia vedova *Visone*,» disse sbagliando il cognome «che si aggira disperata e sola per la sua casa malandata e piena di spifferi, piangendo il suo amore, solo per scoprire che Mr Perfezione – o dovrei dire Mr Perfettamente Morto? – aveva una relazione di lunga data. Mi dica, vedova Vison, quanto credeva di conoscere il suo caro, vecchio, defunto marito?»

«Molto bene» rispose gelida Jean. Questa volta aveva capito perfettamente dove voleva arrivare e sentì qualcosa di oscuro e pericoloso crescere in lei, si sentì irrigidire, sulla difensiva. Quell'uomo non sapeva niente di lei, di Wayne. Chi credeva di essere per ipotizzare qualunque cosa sulla loro vita?

«Allora, come si è sentita quando ha scoperto che Mr Perfezione aveva un amante gay?»

Jean rimase senza fiato. «Ma non è vero!»

«Ahhh, la cara vedova è anche un po' bigotta» disse Thackeray allungando le parole in un rozzo tentativo di imitare l'accento del Midwest.

Jean tentò una risata, ma quello che le uscì di bocca era talmente privo di gioia che poteva essere definito al massimo un grugnito. «Oh, ma per favore!» disse.

«Ma non sta negando, cara la mia vedova» ribatté lui, infilandosi gioiosamente un uovo sodo in bocca.

«La smetta» disse Bailey e quando lui fece per ricominciare a parlare, lo disse più forte. «La smetta!»

In principio Thackeray sembrò divertito. Ma un istante dopo serrò la bocca in una smorfia di irritazione. «Credo che tu mi abbia portato qui con l'inganno, Bailey. Credo che la tua promessa di lasciarmi usare – parole tue – la tua "incasinata famiglia" per una storia non fosse stata approvata da chi stava più in alto di te.»

«Cosa?» mormorò Jean, girandosi verso Bailey. La ragazza abbassò lo sguardo, imbarazzata, giocherellando con la salvietta che aveva in grembo.

«Be', è un peccato. Neppure il padre assente in cui affondare i denti.»

«Va bene, ora basta» disse Loretta. Aveva un'espressione particolarmente dura che era insolita per lei. «È solo una bambina. La lasci in pace.»

Thackeray finse di asciugarsi le lacrime dagli occhi. «Oh, be', visto che è solo una bambina...» Poggiò un gomito sul tavolo. «Ma si dà il caso che sia una bambina che gode nel manipolare la gente. Quelle cose non gliele ho tirate fuori a forza. È stata lei a dirmele di sua volontà. E io ho accettato la sua offerta. Sono un essere umano, in fondo.»

«No, lei non è umano. È un mostro» ribatté Mitzi. «L'abbiamo capito a pagina cinque. E ora siamo alla resa dei conti.»

Ancora una volta quel sorrisetto arrogante. «Oh, allora è di questo che si tratta. Vi siete riconosciute nella mia opera e oggi è il Giorno dell'Attacco allo Scrittore. Risparmiatemi le chiacchiere inutili. Avete pagato un sacco di soldi per portarmi qui. Offritemi un argomento di conversazione.» Diede un morso a una patata e fece una smorfia. Poi si tirò fuori qualcosa dalla bocca. «Gesù, ma questo è un capello?»

«Ecco l'argomento» disse Mitzi. «Lei ha problemi con sua madre.»

Thackeray scoppiò a ridere, una risata priva di gioia. «Questa è la sua opinione professionale, Dottoressa Nessuno?»

«È l'opinione di tutte noi» ribatté Dorothy. Sollevò il libro. «Questo libro fa schifo. Non riuscivamo a credere che lei volesse dare proprio l'impressione che se ne ricava leggendolo. Ma dopo averla sentita parlare, capisco invece che era così. Perché?»

«Perché è la verità» ringhiò Thackeray, gettando la forchetta sul piatto e scheggiandone un bordo. Jean rabbrividì. Era stato importante per Nonna Vison tenere questi piatti, tutti, in famiglia. «Perché è quello che volete voi, no? Voi lettori di libri, non è quello che cercate sempre? La verità? Be', ecco una verità per voi. A volte le storie sono solo storie e siete *voi* quelli che fornite la cosiddetta verità. E poi, quando non vi piace la realtà che la vostra mente vi ha fornito, date la colpa all'autore. Voi volete il mio sangue perché non vi è piaciuto come vi ha fatto sentire il riflesso dei vostri stessi timori. Come osate interrogare un artista sulla sua arte? Siete volgari e stupide allo stesso tempo.»

«Non sono io quella seduta al tavolo di qualcun altro, a mangiare il cibo di qualcun altro e a insultare tutti gli altri commensali» ribatté Dorothy. «Se proprio vogliamo parlare di volgarità...»

«Ultime notizie» intervenne Mitzi. «Lei è lungi dall'essere perfetto.»

Loretta annuì. «Lei ha il coraggio di criticare la gente per la sua stazza ed è un ciccione pieno di lardo.»

«Decisamente lei non è un artista» aggiunse Mitzi.

«Quanti premi adornano le sue pareti, mia cara?» ribatté Thackeray.

«E quanti amici adornano le sue?» rispose prontamente Loretta.

«Zero, scommetto» aggiunse Mitzi. «Meno di zero.»

«Facciamolo, allora» disse lo scrittore, gettando il tovagliolo nel piatto, appoggiandosi comodamente allo schienale della sedia e incrociando le braccia con espressione trionfante. «Volete criticare il libro? Bene. Criticatelo.»

«Be', tanto per cominciare, noi non siamo il frutto solo delle nostre madri» disse Bailey con voce tremante. Si alzò in piedi. «Ci sono anche i padri. E c'è la responsabilità personale. Vuole sapere qualcosa della responsabilità personale? Lo chieda a qualunque figlio di alcolista. La responsabilità è l'unica cosa che conosciamo. Praticamente ci sguazziamo dentro. Lei sembra credere che siamo destinati a ripetere gli errori delle nostre madri, ma non è così. Sono solo stronzate.»

Thackeray si strofinò pensosamente il mento. «Ah. Quindi tu hai paura di finire in un centro di recupero in futuro, vero? Non ti piace il tema centrale della responsabilità nel plasmare le generazioni future? Hai dei problemi con questa tesi? Allora magari dovresti andare su internet e spargere allarmi bomba. È quello che la tua generazione sa fare meglio.»

Bailey scosse la testa. Sul suo viso c'era un'espressione che Jean non le aveva più visto da quella volta che aveva incrociato il suo sguardo nella mansarda nella sua vecchia casa. «Lei non sa niente. Io non sarò come lei. Non è lei a plasmarmi. Sono io.»

«Be', odio essere io il latore di brutte notizie, Pollyanna, ma le statistiche dicono che tu sarai *esattamente* come lei. E tua figlia esattamente come te. E così via, finché il mondo non sarà popolato da una buona fetta di Vison ubriache che alla fine si uccideranno con dell'alcol scadente. Darwin al suo top.»

Bailey aprì la bocca per rispondere, ma un'altra voce risuonò dall'altro capo del tavolo. «Non è affatto vero.» Janet si spinse via dal tavolo e rimase in pizzo alla sedia.

«Oh, davvero?» ribatté lo scrittore. «Allora che ne dice

se facciamo una scommessa? Io scommetto che sua madre è grassa. Che ha un ruolo molto importante nella sua vita, che non è minimamente capace di autocontrollo e chiaramente ha trasmesso questa mancanza a lei. Ho ragione?»

Jean notò una lacrima striare il volto di Janet, ma la sua amica non fece neppure la mossa di asciugarsela. «No, non è affatto vero» ripeté Janet. «Ma è vero che lei è un ometto impaurito.»

«E lei è la personificazione del mio personaggio, Blanche. Un'ipocrita massa tremolante di lardo, troppo preoccupata che gli altri urtino la sua sensibilità per preoccuparsi di non urtare quella degli altri.» Thackeray guardò poi tutte le altre. «Tutte voi lo siete. Siete la prova che ancora una volta ho ragione. Guardatevi allo specchio, signore. Vedrete un mucchio di premi, tutti col mio nome sopra. Voi, con le vostre abbuffate compulsive, i vostri amanti e i vostri bambini illegittimi, siete i personaggi che mi fanno conquistare riconoscimenti e mi rendono ricco.»

Quella fu la goccia che fece traboccare il vaso. Mitzi saltò su dalla sedia; Loretta strinse i pugni contro i fianchi; persino la dolce May scosse la testa disgustata. Parlarono tutte contemporaneamente, lanciando insulti e frecciatine, invitandolo ad andare in posti dove di certo molti altri lo avevano già mandato. E lui urlò a sua volta, in tono arrogante, sprezzante e prevedibile.

Jean non urlò. Non sapeva cosa dire. L'incontro non era andato affatto come si era aspettata. Aveva pensato che lui avrebbe spiegato perché aveva scritto quello che aveva scritto, che loro avrebbero potuto dirgli quello che pensavano, che lui avrebbe ascoltato e poi sarebbero passati al dolce. Invece stette a guardare mentre il geniale scrittore che lei aveva immaginato si trasformava in un orribile ometto pieno di rancore quanto lo erano i suoi libri.

Ma poi guardò alla sua sinistra e vide Bailey raggomitolata sulla sedia con le gambe strette al petto e il volto sprofondato nelle ginocchia che singhiozzava disperata. Sua nipote alzò gli occhi e la guardò. «Io non sarò come lei. Lo giuro. Non è possibile» gemette, e Jean non riuscì più a sopportare altro.

Si alzò. «Ora basta!» gridò sovrastando le altre voci e riuscendo ad azzittirli tutti. «Ora basta!» ripeté. Si voltò verso Thackeray. «Vada fuori dalla mia casa.»

Lui la fissò ammutolito per la sorpresa.

«Si alzi, prenda le sue arroganti opinioni, la sua giacca da mercatino dell'usato e...» Si bloccò, strinse le mani a pugno. «Se ne vada via subito!»

Thackeray sembrò impiegare qualche istante a capire che l'improvviso scoppio d'ira di Jean era diretto a lui. Ma quando alla fine se ne rese conto, spinse via la sedia con rabbia, si alzò e si precipitò in cucina in un unico, rapido movimento.

«Avrei dovuto sapere che un mucchio di stupide casalinghe del Midwest non potevano avere l'intelligenza di capire il mio lavoro» borbottò mentre prendeva la giacca.

Jean gli andò dietro e fu seguita a sua volta dalle sue amiche, che si affollarono sulla soglia della cucina come un gruppo di volenterosi cittadini che scorta il cattivo via dalla città.

«E un'altra cosa!» gridò Thackeray, strappando via la giacca dal gancio con troppa foga. Il vaso che Jean aveva quasi fatto cadere prima e che aveva rimesso a posto senza preoccuparsi di spingerlo sul fondo dello scaffale ondeggiò avanti e indietro e rotolò a terra, rompendosi in mille pezzi ai piedi di Thackeray e spargendo l'erba di Noah che Bailey aveva nascosto lì dentro per tutta l'estate.

Tutti fissarono sbalorditi la marijuana che si spargeva sulle scarpe dello scrittore.

«Ma quella è...?» chiese Loretta, e Bailey scoppiò a ridere.

«Questa è erba!» esclamò Thackeray saltellando disgustato per togliersela di dosso.

«Da dove arriva?» mormorò Jean, mortificata.

Bailey, piegata in due dalle risate, riuscì solo a mugugnare: «La piscina».

Dorothy alzò gli occhi al cielo. «Santo cielo, Noah.»

Mitzi sbuffò.

Jean tese le mani verso Thackeray, disperata. «Noi non usiamo quella roba qui dentro. È un equivoco. Io non ne avevo idea.» Guardò sua nipote per chiederle aiuto, ma Bailey era ancora in preda all'ilarità, con gli occhi nuovamente pieni di lacrime. «Maledizione, Bailey!»

«Bada al linguaggio, Jean» ribatté Bailey tra una risata e l'altra, e a quel punto anche Loretta scoppiò a ridere.

Thackeray guardò l'erba, poi Bailey, poi Jean e poi di nuovo l'erba. «Voi siete tutte pazze» disse e uscì come una furia dalla casa, scuotendo la testa mentre percorreva il vialetto. «Sapevo che me ne sarei pentito. Io... non ho parole!»

Jean riuscì a malapena a sentire il rumore dell'auto che sgommava via dal suo vialetto sopra le risate che riempivano la sua cucina. Persino Janet rideva con la mano davanti alla bocca. Jean si voltò verso di loro come una furia. «Pensate tutte che sia divertente?» gridò.

Mitzi annuì. «Un po'. No, più di un po'. Ma dai, Jean, è stato uno spasso.»

May ridacchiò. «Tu sai che le protagoniste del suo prossimo libro saranno un gruppo di lettrici assatanate sempre fatte di erba, vero?»

«Oddio» gemette Jean. Cosa avrebbe pensato Wayne, di questa disfatta? Non avrebbe mai più voluto farsi vedere in giro. «Questa cosa è illegale. Ci sono delle droghe illegali sul pavimento della mia cucina!»

«Dovremmo farci stampare delle magliette» suggerì Loretta. «NONNE SPACCIATRICI CHE LEGGONO.»

Bailey si fece strada tra il capannello di amiche e infilò il braccio sotto quello di sua nonna, con il volto risplendente di lacrime di gioia. «Dovresti essere orgogliosa di me, nonna Jean» disse. «Non l'ho fumata.»

«Be', almeno quello» disse Jean e poi anche lei cedette alle risate generali.

«E poi avete sentito quello che ha detto?» chiese May. Le altre scossero la testa. «Ha detto che non aveva parole.»

«Abbiamo ammutolito il grande R. Sebastian Thackeray?» chiese Mitzi.

«È esattamente quello che volevamo!» esclamò Dorothy. «Fargli chiudere il becco.»

Bailey sgranò gli occhi. «Il mio piano ha funzionato!»

E tutte gridarono di gioia.

## Capitolo Ventisette

Si incontrarono nel parcheggio del supermercato. Janet indossava il suo solito grembiulone ed era un po' pallida per lo stress di essere costretta a interagire con le persone. Ma era lì. Si tormentava il grembiule, si strofinava la fronte nel punto in cui il berretto le stringeva un po', gettava sguardi preoccupati all'ingresso del supermercato... ma era lì, nonostante tutto.

Dopo la scenata che aveva fatto a R. Sebastian Thackeray il giorno che a Jean piaceva ricordare come il migliore e il più umiliante della sua vita recente, Janet era sembrata uscire un po' di più dal suo guscio. Avevano deciso di incontrarsi tutte di nuovo la settimana successiva per compensare l'ultimo incontro interrotto bruscamente, e Janet aveva addirittura dato inizio lei stessa alla conversazione, con le mani tremanti sulle pagine del libro che teneva aperto di fronte a sé, ma con una voce più chiara, più ferma.

E in quell'occasione avevano deciso di incontrarsi di nuovo lì, al supermercato.

«Guardate cosa ho portato!» esclamò Mitzi scendendo dall'auto e mostrando a tutte una busta della spesa. Jean rifletté che una volta o l'altra tutte avevano mostrato fastidio per le opinioni eccessivamente categoriche di Mitzi, ma su una cosa erano sempre state tutte d'accordo: nonostante la sua durezza, Mitzi aveva un suo posto speciale nel loro gruppo. Le teneva tutte in riga, ma era anche la loro più grande sostenitrice. Nessuna era più leale di Mitzi. E Jean sapeva anche che la sua amica non giudicava mai nessuno con più severità di quanto giudicasse se stessa.

Mitzi le raggiunse in pochi istanti con Dorothy, appena scesa dalla parte del passeggero, alle calcagna con un gran sorriso stampato sulla faccia.

«Pronte?» chiese Mitzi senza fiato.

«Credo di sì» rispose Jean, e contemporaneamente Bailey esclamò: «Diavolo, sì!».

Jean guardò Janet, che si strinse nelle spalle, infelice. «Non proprio» mormorò.

«Te la caverai alla grande, tesoro» disse May dandole una pacca sulle spalle. «Noi siamo qui.»

«E a proposito di "noi", ho una sorpresa» disse Mitzi. Posò la busta della spesa a terra, si chinò per frugarci dentro e ne tirò fuori una T-shirt nera, sollevandola per mostrarla a tutti. «Ta-da!»

«VGB?» chiese Jean, scrutando la maglietta con gli occhi socchiusi.

Bailey scoppiò a ridere. «Vecchie Galline Bibliofile!» esclamò indicando le lettere più piccole sotto quelle grandi.

«Ne ho fatta una per ciascuna» disse Mitzi. «Pensavo che potrebbe essere il nome ufficiale del nostro club del libro. Che ne pensate?» Ne passò una a ciascuna, poi tirò fuori una maglietta rosa e la porse a Bailey. Sopra c'era scritto: EUG, E Una Giovane.

Bailey batté le mani entusiasta, poi abbracciò Mitzi. «La adoro!»

«Pensavo che questo ci avrebbe dato un po' di autorità» disse Dorothy. «Tipo una divisa, o qualcosa del genere. E poi è divertente.»

Le signore infilarono le magliette sopra le camicette, poi ammirarono l'effetto.

«Sembriamo quelle cameriere sexy di Hooters» disse

Loretta, guardando la propria maglietta. «Solo che le nostre tette sono più cadenti.»

«Parla per te, Lolo» ribatté Bailey, e Jean sorrise. Bailey aveva fatto degli enormi progressi, ultimamente, e Jean sapeva che doveva ringraziare anche Loretta per questo. Sua nipote si era davvero affezionata a Loretta: la chiamava "Lolo" e trascorreva molti pomeriggi nel salottino della sua amica, divorando i libri di Flavian Munney. «Una gioia per la mente» li definiva Bailey, e sia lei sia Loretta si sforzavano in tutti i modi di convincere Jean che leggerli era parte integrante dell'istruzione scolastica casalinga di Bailey. «Lezioni di salute e igiene» dicevano. «No, no, anatomia!»

«Vogliamo andare e concludere questa storia una volta per tutte?» chiese Janet, tenendo in mano la sua maglietta. Non le avrebbero mai permesso di indossarla al lavoro.

«Sei pronta?» chiese Jean e la sua amica scrollò nuovamente le spalle.

«Devo esserlo per forza» rispose. Era stata una sua idea: comprendeva i rischi, ma sapeva che ne valeva la pena e quello che aveva detto Thackeray le aveva ricordato come la gente la vedeva; allo stesso tempo le aveva fatto capire che anche lei era importante e che se non avesse badato da sola a se stessa e ai propri interessi, nessun altro l'avrebbe fatto.

«Facciamolo» disse Mitzi e si avviò con passo sicuro, afferrando Janet per la manica mentre passava e trascinandola attraverso il parcheggio.

Quando le porte del supermercato si aprirono di fronte a loro, tutte si fermarono.

«Da qui devi andare avanti tu» disse May a Janet. «Noi non conosciamo la strada.»

Janet le guardò di nuovo tutte con espressione infelice, poi raddrizzò le spalle e marciò all'interno.

Quando entrarono tutti i clienti si voltarono e i cassieri si fermarono per un istante. Non era cosa di tutti i giorni, dopo tutto, vedere sei donne con indosso magliette uguali che entravano in un supermercato tutte insieme, con un'espressione risoluta.

Jean e le altre ignorarono gli sguardi della gente e seguirono Janet attraverso il negozio fino a una porta su cui campeggiava la scritta RISERVATO AL PERSONALE, e poi su per una rampa di scale in una fumosa sala comune, dove alcuni impiegati del supermercato con uniformi diverse fumavano, leggevano il giornale e frugavano nelle loro borse del pranzo, per la maggior parte stravaccati senza scarpe sui divani. In un angolo c'era un vecchio televisore che prendeva male. Jean notò un'intera parete di finestre, che dalla parte opposta apparivano come specchi. Pensò con un certo disagio a quante volte Janet era stata osservata in quella stanza, controllata senza che lei lo sapesse. Non fece che aumentare la sua preoccupazione per ciò che stavano per fare.

«Ehi, Janet, pensavo che il tuo turno cominciasse alle cinque» disse una donna da uno dei tavoli.

«È vero» rispose Janet. «Rodney è nel suo ufficio?»

La donna fece una smorfia. «Sì, ma è meglio lasciarlo stare. È di cattivo umore.»

«È sempre di cattivo umore» borbottò Janet, mostrando una faccia tosta che Jean non si sarebbe mai aspettata da lei. Poi Janet quasi si precipitò verso una porta in un angolo della stanza, con le amiche al seguito. Bussò e la aprì senza aspettare risposta.

Chino a una scrivania, intento a scrivere, c'era l'uomo pelato che Jean aveva visto rimproverare aspramente Janet per ben due volte.

«Ti ho detto che potevi entrare?» borbottò senza alzare lo sguardo. «Sono occupato. Fuori.»

«*Noi* abbiamo detto che potevamo entrare» disse Mitzi, avvicinandosi a Janet e mettendole un braccio sulle spalle in un gesto di solidarietà.

Rodney alzò lo sguardo dal foglio, la penna ancora poggiata sulla carta. La sua bocca si spalancò leggermente, mostrando degli incisivi piuttosto grossi, che Jean non aveva notato prima. Gli occhietti tondi ingranditi dagli occhiali gli davano l'aspetto di un topo.

«Che succede?» chiese l'uomo, e l'istinto di Jean fu di indietreggiare, scusarsi per l'intrusione e tornare da dove era venuta. Ma poi ricordò come quel tizio aveva messo in imbarazzo la sua amica di fronte a lei, che l'aveva trattata come spazzatura, e si costrinse a raddrizzarsi in tutta la sua statura. Riuscì persino a fare un passo o due verso Janet.

«Siamo qui per rimettere a posto alcune cose» disse Mitzi, e poi diede un colpetto alla spalla di Janet per spingerla a parlare. I giganteschi occhi di Rodney si spostarono dall'una all'altra.

«Cioè?» chiese.

Loretta avanzò mettendosi accanto a Janet, dall'altro lato. «Lei ha da dirle alcune cose» disse. «Giusto?» Guardò l'amica, che sembrava essere stata colpita da un grave attacco di panico da palcoscenico.

«Sì, questo l'avevo capito» disse l'uomo in tono acido, e quando Janet continuò a tacere, aggiunse: «Ora non ho tempo per queste storie. Vattene, mi occuperò di te più tardi. Questo è il mio ufficio, non la meta per una gita tra amiche».

Ma invece di andarsene, Janet si avvicinò alla scrivania, staccandosi da Mitzi e Loretta.

«No» disse con una vocetta leggera, e poi di nuovo, più forte: «No. Non vado da nessuna parte. Fino a quando non mi avrai ascoltato.»

Questa volta Rodney posò la penna e incrociò le mani sopra la scrivania. «Questa è buona. Sentiamo» disse. «Ti prego, dimmi tutto quello che mi volevi dire.»

Janet guardò da sopra la spalla verso Jean, che la incoraggiò con un cenno della testa. «Prima di tutto, detesto il modo in cui ti rivolgi a me. Sei scontroso e mi urli contro senza motivo, mentre io sono una brava impiegata.»

«I ciucci li trovi nella corsia due» ribatté Rodney sarcastico.

«Zitto, testa pelata» disse Dorothy e prese sottobraccio Loretta. Bailey fece un passo avanti e la prese sottobraccio dall'altra parte.

«Ehi, sentite, voi non avete alcun diritto di entrare qui e...»

«E, secondo, non affibbiarmi mai più soprannomi, tipo Cicciabomba, Cosciona o simili. Si tratta di molestie, e io potrei farti causa in tribunale.»

L'uomo sollevò le mani in un gesto di difesa. «Ehi, ehi, nessuno parla di cause legali, qui.»

«Io sono avvocato e le dico che se Janet le facesse causa, potrebbe spremerla come un limone» disse May, facendo un passo avanti e prendendo Dorothy e Mitzi sottobraccio, e anche se era una bugia (May era bibliotecaria e non aveva mai detto le parole "fare causa" in vita sua prima di quel momento), era una bugia molto, molto convincente. «Quindi farà meglio a smetterla di parlare e cominciare ad ascoltare.»

«Terzo, se oserai gridarmi in faccia di fronte a un cliente un'altra volta...» disse Janet, poi si interruppe, insicura su come concludere la sua minaccia.

Alla fine anche Jean si fece avanti e prese Bailey sottobraccio. «Io non comprerò mai più niente, qui. E dirò a tutti quelli che conosco di smettere di fare la spesa in questo supermercato. E, mi creda, conosco un sacco di gente.» Jean sorrise, soddisfatta di se stessa. Era quello che avrebbe detto Wayne. Guardò verso l'alto, sicura di vederlo sorridere dal cielo.

Rodney sembrò sconcertato. «Avete finito? Bene. D'ora in poi coccolerò la vostra amica qui presente. Ma non perché ho paura. Perché sono una brava persona.» Poi agitò le mani come per indicare loro la porta. Lentamente le sei amiche si staccarono l'una dall'altra e si voltarono per andarsene, leggermente a disagio per il modo così prosaico con cui si era concluso l'incontro. Da quello che si erano dette durante l'ultima riunione, ancora su di giri per come avevano demolito il grande Thackeray, Jean si era aspettata... di più.

Ma a pochi passi dalla porta, Janet si bloccò. «No» disse, guardando a terra e stringendo i pugni. «No» ripeté scuotendo la testa. Si voltò, raddrizzò la testa e gridò, più forte di quanto Jean l'avrebbe mai ritenuta capace: «No, tu non smetterai perché sei una brava persona. Perché tu *non sei* una brava persona. Tu smetterai perché io sono più grossa di te e ti prenderò a calci in culo!».

Scoppiarono tutte in un liberatorio «Evviva!», con Mitzi, Dorothy e Loretta che sollevarono il pugno in segno di trionfo. Janet abbozzò un sorriso, che divenne più ampio e solare quando fu chiaro che Rodney non aveva intenzione di ribattere e che, anzi, sembrava spaventato. Quindi sfilarono tutte fuori dall'ufficio, trionfanti, ridenti, con la loro bella maglietta uguale.

# Capitolo Ventotto

Dopo il confronto di Janet con Rodney erano andate a mangiare fuori. Avevano invaso il Gingham Kitchen, un locale famoso per le sue torte dolci e salate, e ognuna aveva ordinato una torta diversa: fragola, rabarbaro, limone, mirtilli, banana, cioccolato e panna e carne tritata. Quando la cameriera arrivò con le ordinazioni, spinsero i piatti al centro del tavolo e ciascuna prese un pezzo di torta, finché i piatti non furono spazzolati e Bailey si leccò le dita per raccogliere le briciole.

Erano euforiche. Sciocche. Migliori amiche.

Janet disse preoccupata che sarebbe stata licenziata e Mitzi osservò che forse se si fosse trovata un altro lavoro con un capo migliore non sarebbe stato poi tanto male.

«E finalmente ti sei decisa a rivendicare i tuoi diritti. Questo non conta?» aggiunse Mitzi e Janet sorrise, felice. Aveva un incisivo leggermente storto... In due anni di incontri del club, Jean non l'aveva mai notato.

«Sì» rispose Janet. «In effetti conta molto.»

«Va bene, va bene» disse May quando alla fine Loretta disse che doveva tornare a casa. «Ma dobbiamo decidere il prossimo libro.»

«Flavian si sta allenando per una maratona, in questo momento» suggerì Loretta e qualcuno le lanciò un tovagliolino appallottolato.

«Una maratona d'amoooore» disse Bailey con voce sexy, e ridacchiò.

«È uscita una biografia di Jeremiah Manning» disse Dorothy. «Ho appena cominciato a leggerla. È davvero interessante.»

«Jeremiah Manning» ripeté Jean. «Dove ho sentito questo nome?»

«È quel parlamentare, hai presente quello con quei capelli...?» rispose May, e mimò dei capelli ricci e voluminosi.

«È quello che ha tradito la moglie con tutta una schiera di ragazzetti dell'università» aggiunse Mitzi. «Un vero cretino. Perché diavolo leggi queste sciocchezze, Dorothy?»

Dorothy si strinse nelle spalle. «Proprio perché è un idiota. È come quando c'è un incidente in autostrada. Devi rallentare per guardare.»

«E i suoi bicipiti come sono?» chiese Loretta.

«Oddio... Boh» rispose Dorothy.

«Potremmo leggere la sua biografia e poi invitarlo a uno dei nostri incontri» suggerì Bailey, e questa volta i tovaglioli appallottolati che la colpirono furono più di uno. «Avete ragione» disse ridacchiando e guardando ostentatamente Jean. «Non abbiamo abbastanza erba per gli ospiti.»

Bailey era tutta un'altra persona, pensò Jean. Aveva ancora i suoi momenti: gridava contro suo padre al telefono praticamente tutte le volte che lui chiamava, scriveva versi poetici deprimenti e oscuri sulle pareti della sua camera da letto con un pennarello nero, dormiva e mangiava troppo e non puliva mai niente.

Ma ci stava provando. E, visto la ragazza che era stata all'inizio dell'estate, il fatto che ci stesse provando era il massimo che Jean potesse sperare.

Dopo mangiato tornarono a casa, ognuna per conto

proprio come spesso accadeva. Bailey sparì nella propria stanza e Jean nella sua. Come d'abitudine, Jean scalciò via le scarpe e andò dritta al cassetto di Wayne. Lo aprì e tirò fuori un unico oggetto: una lettera d'amore, questa volta, che lui le aveva scritto quando erano all'università. La carta era ingiallita e fragile e l'inchiostro era sbiadito dal tempo.

Portò la lettera al letto e si appoggiò ai cuscini, aprendo il foglio e stringendolo al petto. Non aveva bisogno di leggerlo per sapere quello che c'era scritto. L'aveva imparato a memoria mesi prima:

*Mia bellissima Jeanie,*
*ieri sera quanto ti ho chiesto di sposarmi non ero affatto sicuro della tua risposta. Non avevamo mai parlato di matrimonio e non avevo idea di cosa ne pensassi! Potevi essere una di quelle donne che erano preoccupate solo per la loro carriera e non volevano sposarsi. O forse avresti voluto sposarti, ma non con me. O forse avresti voluto sposarti, ma non ora. Stavo correndo un tremendo rischio offrendoti il mio cuore e sperando che non l'avresti calpestato!*

*Sapevo tutto questo, ma alla fine ho deciso che valeva la pena scoprire se, per caso, tu fossi una di quelle ragazze che invece volevano sposarsi e magari persino sposare me, e ora.*

*Sono al settimo cielo perché mi hai detto di sì. Dillo di nuovo... Sì, sì e ancora sì! Dillo il giorno del nostro matrimonio. Dillo nella nostra casa. Dillo in ogni modo che puoi e dillo finché morte non ci separi. E anche allora, dillo di nuovo. È tutto ciò che ti chiedo.*

*Ti amo.*
*Il tuo futuro marito,*

*Wayne*

Jean chiuse delicatamente il biglietto e lo strinse ancora di più al petto. «Sì, sì e ancora sì» sussurrò, come faceva sempre quando prendeva tra le mani quella particolare lettera. «Sì, sì, sì.»

Guardò l'orologio e aspettò che le lacrime arrivassero, che cominciasse il Momento del Pianto.

Ma non arrivarono. Il momento non arrivò.

Aveva detto sì, sì e ancora sì. Aveva detto sì il giorno del loro matrimonio e nella loro casa e in ogni modo che poteva e finché lui non era morto e poi ancora. Aveva fatto come lui aveva chiesto. Era stata la moglie che lui aveva voluto.

Ora ne era sicura, ma le lacrime ancora non arrivavano.

E capì con una certezza che non aveva più provato da quel primo giorno in cui quel primo dottore li aveva guardati con espressione solenne che il suo Momento del Pianto era finito. Era tempo di andare avanti.

Lo stesso sarebbe accaduto a Baley. E lei sarebbe stata lì al suo fianco.

# Capitolo Ventinove

*Cara Margaret Wise Brown,*
*mi chiamo Bailey Butler e ho sedici anni. Ti ho scritto molto tempo fa, ma allora non sapevo che tu eri già morta. L'ho scoperto solo ora mentre cercavo il tuo indirizzo e-mail. Non si possono scrivere e-mail ai morti, perciò questa te la scrivo a mano. Non so proprio dove la manderò. E mi domando: dove mandò mia madre la mia lettera, tanti anni fa? Forse da nessuna parte. E poi spero che non sia sgarbato definirti "morta". Sto ancora imparando da mia nonna ciò che è meglio dire quando le persone sono morte e ciò che non lo è. Penso però che "morta" vada bene in questa circostanza, specialmente perché tu comunque non leggerai mai questa lettera.*

*Sai quando la gente ti chiede qual è il tuo libro preferito di sempre? Se qualcuno lo chiede a me, io mento. È facile. Leggo continuamente e molti dei libri che leggo mi piacciono un sacco. Una volta pensavo di essere Ramona Quimby, poi ho imparato gli incantesimi e roba del genere come Hermione, e ho letto* Anna dai capelli rossi *tante di quelle volte che non riesco più a contarle. E per ciascuno di questi libri, se me l'avessi chiesto mentre li leggevo, ti avrei risposto che era il mio preferito di sempre. O magari avrei inventato qualcosa su* Il giovane Holden, *che non ho mai letto, o su*

Furore, *che non mi è piaciuto per niente, solo per fare la figura di quella colta e impressionare la gente.*

*Ma tutte quelle risposte, vere o false che siano, sarebbero bugie.*

*È il tuo libro,* Una casa per un coniglietto, *il mio libro preferito di sempre. L'ho sempre saputo.*

*Da bambina ne ero ossessionata. Quel coniglietto mi sembrava reale, come fosse parte della mia famiglia. Come il cucciolo che non avevo mai avuto. Sedermi sulle ginocchia di mia madre e ascoltarla leggere quel libro era la cosa più bella del mondo, per me. Era come se non potesse mai succedermi niente di brutto. Come se non potesse mai succedere niente di brutto a nessuno di noi.*

*Lo ammetto, mi sono sempre domandata perché quel coniglietto non aveva una casa. Perché la stava cercando? Dov'era la sua famiglia? Cos'era successo alla sua casa? E perché non sembrava sconvolto all'idea di non averne una?*

*Ma le cose brutte possono succedere. A me. A noi. Non potevo sentirmi al sicuro per sempre. Non potevo stare sulle ginocchia di mia madre per sempre, e fu allora che mi resi conto che a volte i coniglietti non hanno una casa e devono andare in cerca della loro versione del coniglio bianco come la neve che alla fine li accoglierà con sé. Forse era proprio questo che stavi cercando di dire nel tuo libro. Forse non era solo un libro su un grazioso animaletto con delle parole che sono divertenti da leggere.*

*Per anni ho portato quel libro con me ovunque andassi. Nessuno lo sa, ma lo tenevo persino nella tasca anteriore del mio zaino ogni giorno quando andavo a scuola. E sarebbe stato di nuovo nel mio zaino quest'anno, il mio terzo anno di superiori, solo che adesso studio a casa. Ma anche se non studiassi a casa, non l'avrei portato con me, perché l'ho dato a qualcuno che ne ha più bisogno di me.*

*Ho trovato un coniglio bianco che mi ha accolto e mi fa*

*sentire al sicuro. E adesso capisco bene il coniglietto del libro.*

*Grazie per avermi dato... be', ogni cosa.*

*Con amore,*

*Bailey Butler*

Jean bussò alla porta di Bailey, strappandola dal suo pisolino.

«Sei pronta ad andare?»

Bailey si mise a sedere, facendo cadere la sovraccoperta a terra accanto al letto. Si strofinò gli occhi che sentiva impastati. Non sapeva per quanto tempo aveva dormito. Le sembrava un minuto... Eppure aveva avuto abbastanza tempo per sognare sua madre che si era presentata tutta pimpante e piena di salute alla porta, chiedendole se era pronta a tornare a casa. Faceva spesso quel sogno, ultimamente. Immancabilmente Bailey rispondeva a sua madre che era già a casa. Ma alla fine la Bailey del sogno saliva in auto con sua madre, dispiaciuta e triste, ma al tempo stesso entusiasta e speranzosa. Lei odiava quel sogno.

«Ci hai messo una vita» borbottò infilando le infradito e aprendo la porta. «Sono pronta da un sacco.»

La nonna studiò il suo viso e sorrise. «Lo vedo che stavi aspettando con ansia. Hai un'impronta sulla faccia. È stato un bel pisolino?»

«Boh» disse Bailey, prendendo la sua borsa agganciata alla maniglia della porta e mettendosela sulla spalla. Ma non poté fare a meno di sorridere «Ti sei persa mentre andavi in camera per cambiarti?»

«Come ti dico ogni giorno, ci vuole parecchio tempo a trovare il coraggio di infilarsi un costume quando si ha la mia età» disse sua nonna. «E poi ho dovuto chiamare Loretta.»

«Stai benissimo con il costume.» Bailey corse giù per le scale. «Anzi, sei proprio sexy.»

Nonna Jean fece una risata mentre la seguiva per le scale. «Ora è il mio turno di dire "boh".»

Faceva ancora caldo, fuori, anche se era settembre, motivo per cui la piscina era stata tenuta aperta oltre la prima settimana del mese. La maggior parte delle giornate Bailey studiava al computer prima di pranzo, poi lei e la nonna mettevano in borsa sacchetti di pop-corn alla cannella e lattine di bibite e andavano giù alla piscina prima che i ragazzini del quartiere uscissero da scuola e la invadessero.

«Viene anche lei? Loretta?» chiese Bailey mentre saliva in auto e sua nonna le passava l'enorme borsa della piscina e due asciugamani. Era talmente piena di roba che riusciva a malapena a vedere dal parabrezza, ma non le importava. Le ricordava quando era piccola e si nascondeva in piccole fortezze costruite con gli asciugamani. Quando ancora le piaceva essere invisibile...

«Oggi non vuole uscire dal suo salottino» si lamentò sua nonna mentre si sedeva dietro il volante.

«Flavian DJ di un rave party? Ancora? Pensavo l'avesse finito. Non dirmi che ha installato delle luci stroboscopiche nel suo lampadario come aveva minacciato di fare!»

«È molto probabile. Ma ora è passata a Flavian capitano di una nave da crociera. Sta navigando i sette mari con solo un cappello da marinaio indosso e una bussola che punta sempre verso il nord. O almeno è quello che ha detto lei.»

«Oddio» commentò Bailey, scoppiando in un'allegra risata. Di tanto in tanto sua nonna era capace di farlo, di sorprenderla con qualcosa di realmente divertente o stupido, e lei restava quasi scioccata dal suono della sua stessa risata.

Percorsero i quattro isolati che le dividevano dalla piscina in breve tempo. Poi Bailey tentò di districarsi sotto l'ingombrante mole della borsa e degli asciugamani mentre sua nonna le registrava all'ingresso. Noah era al lavoro al tavolo del bagnino, come sempre, e guardava nel vuoto mentre si mordicchiava l'unghia di un pollice come se la sua vita dipendesse da quello.

«Ciao, Noah» disse Bailey mentre passava.

«Ciao» rispose lui. Ancora non l'aveva perdonata del tutto dopo l'incidente del cellulare e Bailey si sentiva in colpa tutte le volte che lo vedeva tirare fuori un vecchio telefono, guardarlo come se non servisse a niente e poi rimetterlo via in silenzio nelle tasche dei pantaloncini da nuoto. Non sapeva come scusarsi con lui e poi non era il tipo di persona che si scusa. Ma era dispiaciuta e, se quello contava qualcosa, lo considerava ancora un amico con cui a volte desiderava poter trascorrere di nuovo del tempo. Non che nonna Jean le avrebbe più permesso di trascorrere del tempo con lui dopo l'incidente dell'erba... Così si accontentò di salutarlo e di lasciare le cose come stavano.

Andarono dritte alle loro due solite sdraio, quelle su cui si erano sedute la prima volta, il giorno in cui Loretta l'aveva disgustata con i suoi discorsi osceni. Tra le sdraio c'era un ombrellone, che Bailey si affrettò ad aprire. Se avesse tirato su i piedi, sarebbe stata totalmente in ombra. Se li avesse allungati, avrebbe potuto prendere un po' di sole sulle gambe. Nonna Jean preferiva l'ombra.

«Hai parlato con mamma o papà oggi?» chiese la nonna non appena si furono sistemate. La stessa domanda ogni giorno.

«No» rispose Bailey, spostandosi per mettersi più comoda sull'asciugamano. La stessa risposta ogni giorno. Immaginava che un giorno la risposta sarebbe stata diversa, ma cercava di non pensarci. Provava e riprovava nella sua testa quello che avrebbe detto a Curt o a Laura Butler se li avesse sentiti, ma una parte di lei temeva che non avrebbe avuto il coraggio di dirlo. E una parte di lei temeva che, proprio come nel sogno, sarebbe tornata da loro, perché erano i suoi genitori e, per quanto li odiasse ora, a volte sentiva anche la loro mancanza. La mancanza dei vecchi loro. Di quelli che ridevano quando lei saltava fuori dal suo fortino di coperte, non più invisibile.

E proprio come ogni altro giorno, fece a sua nonna la stessa domanda: «Tu li hai sentiti?».

Nonna Jean scosse lentamente la testa mentre si girava per prendere la borsa. «Non oggi.»

E Bailey lo odiava, ma quella risposta le procurava sempre una fitta di rabbia e dolore che per un secondo le faceva venire voglia di fare qualcosa di assurdo, come rompere qualcosa o togliersi i vestiti in piscina. A volte cedeva ancora a quella rabbia (c'era una parete nello sgabuzzino della sua camera che aveva così tanti buchi che si vedeva il pannello isolante all'interno), ma sempre più spesso cercava di combatterla. Di non permettere ai suoi genitori di farle questo.

Sua nonna tirò fuori un sacchetto di pop-corn dalla borsa insieme a una bibita e Bailey se li sistemò in grembo. Poi tirò fuori due libri uguali, un corposo romanzo storico a cui Bailey si era stranamente appassionata, e gliene ne porse uno.

«A che punto sei?» chiese nonna Jean, tirando fuori una manciata di pop-corn dalla busta.

«Adelaide ha appena scoperto che John è tornato a casa dalla guerra» disse Bailey.

«Oh, non dirmi altro. Non ci sono ancora arrivata. Tu leggi così velocemente» rispose la nonna.

Bailey si strinse nelle spalle. «Un sacco di pratica, immagino. Meglio che ti sbrighi, però. Il club del libro si incontra la prossima settimana.»

Tirò su i piedi e appoggiò il libro sulle ginocchia. Sua

nonna masticò i pop-corn e aprì la pagina in cui aveva infilato il segnalibro. Noah continuò a fissare nel vuoto e a mordicchiarsi l'unghia, mentre l'acqua lambiva dolcemente i bordi della piscina.

E fianco a fianco, cominciarono a leggere.